"留"光"异"彩

江苏大学来华留学教育媒体报道集锦

SPARKLING IN CHINA

THE MEDIA REPORT COLLECTION HIGHLIGHTING THE INTERNATIONAL
STUDENTS' EDUCATION IN JIANGSU UNIVERSITY

主编

谢志芳　　王丽敏

副主编

戴国伟　徐　丹

张　婧　吴文浩

江苏大学出版社
JIANGSU UNIVERSITY PRESS
镇 江

图书在版编目(CIP)数据

"留"光"异"彩：江苏大学来华留学教育媒体报
道集锦/谢志芳,王丽敏主编. —镇江：江苏大学出
版社,2016.12
ISBN 978-7-5684-0380-1

Ⅰ.①留… Ⅱ.①谢… ②王… Ⅲ.①新闻报道—作
品集—中国—当代 Ⅳ.①I253

中国版本图书馆 CIP 数据核字(2016)第 321821 号

"留"光"异"彩：江苏大学来华留学教育媒体报道集锦

"Liu"guang "Yi"cai：Jiangsu Daxue Laihua Liuxue Jiaoyu Meiti Baodao jijin

主　　编/谢志芳　王丽敏
副 主 编/戴国伟　徐　丹　张　婧　吴文浩
责任编辑/韦雅琪　张　平
出版发行/江苏大学出版社
地　　址/江苏省镇江市梦溪园巷 30 号(邮编：212003)
电　　话/0511-84446464(传真)
网　　址/http：//press.ujs.edu.cn
排　　版/镇江文苑制版印刷有限责任公司
印　　刷/虎彩印艺股份有限公司
开　　本/718 mm×1 000 mm　1/16
印　　张/19.75
字　　数/360 千字
版　　次/2016 年 12 月第 1 版　2016 年 12 月第 1 次印刷
书　　号/ISBN 978-7-5684-0380-1
定　　价/48.00 元

如有印装质量问题请与本社营销部联系(电话：0511-84440882)

序：大力推进来华留学工作是
学校对外宣传的永恒主题

"国以才立，业以才兴。"2014 年 12 月 13 日在北京召开的全国留学工作会议，把来华留学工作推向了新的起点。会上，习近平同志强调，新形势下，留学工作要适应国家发展大势与党和国家工作大局，统筹谋划出国留学和来华留学，综合运用国际国内两种资源，培养造就更多优秀人才，努力开创留学工作新局面，为实现"两个一百年"奋斗目标、实现中华民族伟大复兴的中国梦不断做出新的更大的贡献。同样，2014 年也是江苏大学发展史上具有里程碑意义的一年。学校胜利召开了第三次党代会，做出了建设"高水平、有特色、国际化研究型大学"的战略部署，在更高的起点开启了高水平大学建设新征程。同年，校第二次国际化工作推进会指出把"国际化"作为研究型大学三个典型特征之一，凸显了"国际化"在学校事业发展中的战略地位，充分说明了国际化工作在研究型大学建设中的重要地位，显示了学校对国际化工作的高度重视。会议出台的《江苏大学关于进一步推进国际化工作的实施意见》明确指出："加强英文宣传媒介建设，加强与境外媒体合作，有效提升学校的海外知名度。"可以看出，新时期的大学面临着对外宣传的更新的任务、要求和目标，大力推进来华留学工作是学校对外宣传的永恒主题之一。

对外宣传，简单而言就是向外界发布信息，通过报纸杂志、网络、广播电视等手段，推销介绍学校。其真正价值体现为服务于学校"高水平、有特色、国际化研究型大学"的建设目标，为学校研究型大学的战略转型提供强有力的思想引领和舆论支撑。纵观学校国际化的历程，最早可以追溯到 1980、1982 年举办的两期"亚太农机网中小型农业机械低成本设计培训班"，培训班受到来自印度、泰国、菲律宾、伊朗和韩国的学员的欢迎与好评。1988 年第六期联合国农业机械培训班的 14 名学员分别来自印度、菲律宾、苏丹、伊朗、索马里、厄瓜多尔、埃塞俄比亚、圭亚那、尼泊尔、赞比亚、肯尼亚、乌干达、塞拉里昂、坦桑尼亚等 14 个国家，覆盖了亚非地区的主要农业国家。2005 年学校

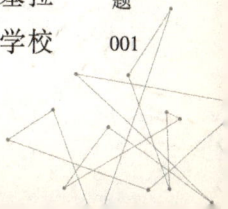

开始成建制招收临床医学专业本科学历留学生，2008 年 6 月学校首位泰国来华留学博士生 Saritporn Vittayapadung（中文名孙龙）顺利毕业。尤其是 2011 年国际教育交流学院更名为海外教育学院（Overseas Education College）独立建制以来，学校的来华留学工作步入了发展的快车道。"十二五"期间，来华留学生规模从 2011 年的 300 余人增长到 2015 年的 1500 余人，平均年增长率 65% 左右。生源国也由 2010 年的 20 个国家和地区增长到 2015 年的 108 个。2015 年在校学历留学生规模达 1000 余人，列江苏高校第 2 位，全国高校第 42 位。已建成临床医学、工商管理、土木工程、机械工程等 12 个全英文授课本科专业，所有学科研究生教育均启动了英文授课项目。目前，学校正朝着江苏省教育对外开放先进高校及全国来华留学生教育示范基地的目标迈进。回首来华留学工作发展历程，我们欣喜地看到，在学校筚路蓝缕、奋发图强、全力发展的历史进程中，对外宣传工作始终围绕主题，明确重点，加大力度，延伸触角，展示成果，发挥着先导和桥梁作用。学校的宣传工作者和校外各级新闻媒体人，以细腻的情思、敏锐的眼光全方位、多角度呈现学校来华留学工作的足迹和辉煌。

学校获评"2014 江苏省对外宣传创新奖"（江苏省高校唯一），《人民日报》《中国日报》《中国教育报》及中新网、光明网、人民网等新闻媒体广泛报道学校来华留学工作，"江苏大学巴基斯坦籍留学生就《习近平谈治国理政》谈感想"活动登上国务院新闻办公室网站和教育部网站。三名留学生参加江苏卫视《世界青年说》录制，六名留学生赴联合国总部讲演，与世界各国杰出青年共话未来；学校来华留学生在加纳国家级报刊 *Graphic Online* 上发表题为《加纳人民必须学习的六大中国人特质》文章，引起中国驻加纳大使的关注，要求多发"睿智的文章"；等等。

"又见几载春风度，别有鲜花满庭香。"

江苏大学海外教育学院肩负着向世界展示学校来华留学工作的任务，责任重大，使命光荣。要让国内外更多的海外学生和机构了解江苏大学，了解江苏大学的办学规模、专业设置、招生就业、培养规格、科研水平等；要让校园新闻"打进"面向国内外各界的报刊、网络、电视台和广播电台，让江苏大学这坛"好酒"，香飘全球。

江苏大学党委书记、校长

目　录

绪　论

构建立体外宣体系,助推学校来华留学事业的快速发展/ 003

高端视角

江苏大学巴基斯坦籍留学生就《习近平谈治国理政》谈感想/ 011

迎"世博"　学才艺/ 013

江苏大学首位外国留学博士生毕业意留中国工作/ 014

走出去引进来　江苏大学双向开放加快国际化步伐/ 015

以"国字头"和国际化助推高水平大学建设/ 017

江苏大学举办"国际文化日"活动　35 国留学生秀绝技/ 021

College lessons in attracting foreign students/ 023

中国画教师指导美国高中生学习水墨画技法/ 024

中国江苏大学—奥地利格拉茨大学孔子学院夏令营/ 025

民间技艺亮相江大"国际文化日"/ 026

江苏大学生搭"汉语桥"助留学生快乐度暑假/ 027

江苏大学留学生了解指尖上的中国/ 029

44 期(2014 年)学游天下/ 031

安信地板与江苏大学共建百万来华留学教育基金/ 034

江苏大学推进"扩大来华留学生规模"试点项目/ 037

他乡不是客——2014 老外的中国瞬间/ 041

江苏大学教育国际化发展之路/ 042

江苏镇江:爱心"重阳宴"　情暖老人心/ 046

加纳驻华大使馆副大使率团参观海外公寓/ 048

镇江留学生向戏曲票友学习戏曲唱腔/ 049

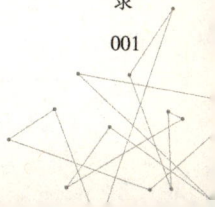

外国留学生街巷剧场体验戏曲文化／ 050

外国留学生快乐体验中国年俗／ 052

古巴侠女以武会友　向往中华文化的留学生／ 055

回眸聚焦

2006—2010 年

　　一、报纸杂志篇／ 059

　　二、网络篇／ 068

2011 年

　　一、报纸杂志篇／ 077

　　二、网络篇／ 081

2012 年

　　一、报纸杂志篇／ 085

　　二、网络篇／ 094

2013 年

　　一、报纸杂志篇／ 114

　　二、网络篇／ 127

2014 年

　　一、报纸杂志篇／ 160

　　二、网络篇／ 183

2015 年

　　一、报纸杂志篇／ 219

　　二、网络篇／ 231

2016 年

　　一、报纸杂志篇／ 260

　　二、网络篇／ 272

附录　"留"下"中国心"／ 305

后记／ 310

绪　论

构建立体外宣体系，
助推学校来华留学事业的快速发展

一、背景和意义

作为中国梦一部分的来华留学是我国教育文化教育的重要组成部分，也是软实力输出的切入点。自1950年教育清华大学接受新中国的第一批留学生以来，来华留学一直受到党和国家领导人的高度重视。改革开放初期，邓小平同志就明确提出，"教育要面向现代化，面向世界，面向未来"，这为我国教育发展指明了面向世界的国际化发展方向。江泽民、胡锦涛等党和国家领导人对留学生工作高度重视，多次在重大国际活动中对来华留学工作做出重要部署。2014年12月在北京召开的全国留学工作会议上，习近平总书记做出了重要指示，李克强总理做出了批示。与之前相比，通过高规格会议来定调留学工作，尤其是把出国留学和来华留学统筹起来谋划，可以说是史无前例的，开了来华留学教育的先例。这是我国第一次全国意义的留学工作会议。

目前，中国进入了全面深化改革开放的重要时期，为实现"两个一百年"的奋斗目标和中国梦，需要培养一大批熟知世界、贯通中外的人才，一大批具备国际视野、战略思维的人才，一大批掌握前沿科学知识和高端技术的人才。高校是国际人才交流和创新人才培养的重地，也是《留学中国行动计划》落实的重要主体，因此高校的重要使命是要主动服务国家战略，借鉴和用好国内国外两种资源，发挥自身特色与优势，创新开展留学工作，努力发挥留学事业在服务国家战略中的重要作用。

纵观我校来华留学事业发展，主要分为三个历史发展阶段：第一为起步阶段，可谓起步早、起点高。我校是全国第一批有条件接受来华留学生的200所高校之一，早在1980年，就受联合国工业发展组织、亚太经社委农机网及农机部、外交部的委托，成为国内第一家承担为发展中国家培养高级农机技术

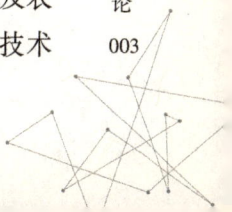

和管理专家任务的高校。学校共面向 34 个国家举办了 15 期农机设计与制造培训班,为发展中国家培养了一大批农机管理和技术高级人才。第二是恢复拓展、丰富内涵阶段。随着中国向世界的开放,从 1989 年开始,学校连续 10 年为日中平和友好会举办了 10 期汉语培训班。1994 年,与日本三重大学、泰国清迈大学联合发起、每年一届的"三国三校国际学术研讨会",在亚洲乃至全球都产生了积极影响。第三为提升层次、加快推进阶段。江苏大学组建以来,特别是"十二五"期间,学校来华留学生教育不断向学历生、高层次、宽领域发展,留学生规模不断扩大,来华留学生规模从 2011 年的 300 余人增长到 2015 年的 1500 余人(其中学历留学生规模达 1000 余人,列全国高校第 42 位、省高校第 2 位),生源国也由 2011 年的 20 余个国家和地区增长到 2015 年的 108 个。在学校来华留学事业发展历程中,对外宣传工作从来没有缺席,始终围绕主题,全方位、多角度地呈现学校来华留学工作的足迹和辉煌。

应该说,学校来华留学生事业的快速发展得益于各级政府及校内外方方面面的高度重视与大力支持。海外教育学院(Overseas Education College,简称 OEC)作为学校来华留学生教育的归口管理部门,一直重视宣传工作,围绕江苏省教育厅和学校"国际化"发展战略,积极利用校内外各种资源,构建立体外宣体系,提升舆论引导力,着力打造具有地域特色,涵盖报纸、网络、电视、广播的全媒体宣传方式,积极展现江苏大学来华留学教育事业的发展,凸显各国留学生多元、多彩的在华生活,提升打造"留学江苏"品牌的贡献度,在江苏省外宣工作会议上获评"2014 江苏省对外宣传创新奖"(江苏省高校唯一)。事实证明,学校影响力的扩大推进了来华留学教育事业的健康快速发展。

同时,我们也清楚看到我校在发展来华留学教育事业上存在的困难,主要包括以下两点:首先,学校地处镇江,受地域局限,海外知名度无法与南京、苏州、无锡等大城市相比,海外学生无论是对学校的了解,还是对学校留学生活的认知,都存在一定的信息阻塞;其次,镇江城市较小,国际化程度与省会城市南京相比较弱,在开展国际化学术会议、举办或参与国际化赛事、拓展海外合作院校方面,资源与平台均受到一定的限制。因此,在这样的背景下,要想让更多的海外学生和机构了解学校,了解学校的办学规模、专业设置、招生就业、培养规格、科研水平等,就需要我们不懈努力,让校园新闻"打进"面向国内外各界的报刊、网络、电视台和广播电台,这才是真正意义上的对外宣传报道。

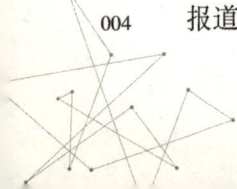

二、思路与措施

近年来,OEC 始终探寻化弱势为亮点的宣传思路,践行全媒体、立体化策略,群策群力,不断创新,通过丰富的现代媒体深度报道了学校来华留学生教育工作,展示了江苏大学来华留学教育工作和留学生精彩纷呈的大学生活。主要措施有:

第一,注重顶层设计,完善宣传团队。要有新闻的宏观意识,即在了解国内外宣传工作大局、高等教育工作政策及新闻媒体宣传要求的基础上,确定对外宣传计划、主题和角度等。OEC 始终将宣传工作列为与招生、教学、学工互相配合、相得益彰的重要工作,淡化镇江的地域劣势,转而深度挖掘镇江这座千年古城的文化内涵与历史价值,例如向海内外留学生大力推介镇江"三山""西津渡"等名胜古迹与历史文化传说,宣讲赛珍珠等"文化人桥"事迹等。院领导对宣传工作常抓不懈,树立了牢固的队伍意识,建立了"院长—分管院长—教工记者—留学生记者团"自上而下、全院成员集体参与的宣传"笔杆子"团队。分管院长始终积极关注有关"国际化"的大政方针,不断调整宣传策略;教工记者注重提高宣传、策划与新闻采写能力;留学生记者团则深入到留学生生活的方方面面,发挥多语种特长,以各种形式参与报道中外学生的交流与互动,为留学生树立主人翁意识,并向海外学子提供真实而详细的宣传资料。我们在对外宣传中坚持了以我为主,借助外媒的力量不失时机地把学校宣传出去。2015 年 4 月 20 日,习近平主席对巴基斯坦进行国事访问。当日,在江苏大学学习的 20 余名巴基斯坦籍留学生热议习近平主席访问巴基斯坦,并就《习近平谈治国理政》一书交流了学习体会。这一新闻就是借助江苏省教育厅网站、教育部网站,最终上了国务院新闻办网站,开创了江苏大学对外宣传工作的先河。

第二,开展校企合作,丰富宣传模式。掌握好新闻源,做到了如指掌、如数家珍;把握住新闻点,了解自己所要报道的内容与兄弟院校相比有什么新创造、新特点,努力成为具有新意的"土特产",而不是与别人雷同的"大路货"。2014 年 3 月,学校打通"安信地板来华留学教育发展基金"这一校企合作、推进留学生教育的崭新通道。此次落户江苏大学的留学教育基金,是江苏大学留学生教育首次接受企业大型资助,这在全国高校也是首创。该基金主要用于资助来华留学生,培养知华、友华、爱华的国际化人才。这一对外宣

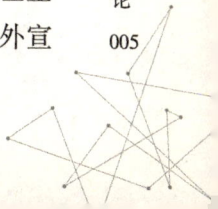

传形式既能直观展示当代中国形象,吸引更多优秀来华留学生,为学校得到并培育更多人才发挥积极作用;也能引领更多企业关注中国留学生教育事业,在资助家庭贫困的留学生顺利完成学业并获得更多海内外就业机会的同时,培养和招募企业需要的人才,扩大企业的海外影响、赢得企业的海外口碑。当日的《镇江日报》头版、新浪网、搜狐网、网易、留学中国网(国家留学基金委网站)纷纷报道了这一消息。

第三,开展外媒合作,开辟特色专栏。调动一切积极因素,坚持"走出去",把校内外的力量结合在一起,共同搞好学校的对外宣传报道。走进报纸、杂志,在校报开设留学生专栏"海院采风"的基础上,2014 年 8 月起,OEC 与《京江晚报》合办专栏,系列深度报道了留学镇江的外国学生的传奇人生。该专栏拉近了镇江市民和外国留学生的距离,增加了镇江的国际化氛围:许多市民通过阅读专栏,深入了解了留学生的传奇经历;留学生通过专栏,表达了对镇江的热爱之情,深切感受到自己已成为"中国故乡"的快乐市民。2015 年 8 月与全面覆盖长三角地区的国内多语种杂志领袖品牌 Map 杂志共同策划,推出专访,以"大学之道——教育国际化背景下的江苏大学"为题报道了江苏大学"中外求索、辐射全国"的来华留学教育。走进广播、电视,分享多元文化。2014 年 9 月 6 号起,由镇江外事办公室、OEC 联合制作的电台节目《乐游全球》在 FM96.3 镇江音乐广播播出,由来自加纳、喀麦隆等国的留学生用汉语主持。留学生们和听众分享了各国的风土人情、特色音乐等。这一外宣方式,不仅展示了留学生的才华,也让听众爱上留学生,并以"乐"游全球的新鲜体验,"心"行世界。2015 年,北京卫视《我是演说家》节目组邀请江苏大学留学生参加节目录制,被选中的留学生讲述了自己的中国生活,展示自己的音乐才华。同年 3 名留学生参加江苏卫视《世界青年说》录制,与世界各国杰出青年共话未来。这次合作标志着 OEC 宣传工作已经取得了"面"的扩大与"质"的飞跃。

第四,依托汉语桥梁,打造文化体验基地。2014 年 9 月 27 日,学校制作网络视频特辑,与全球 123 个国家和地区共庆孔子学院建立 10 周年。该视频记录了首个全球"孔子学院日"活动当天在学校举办的汉语公开课与中国文化游艺会。同时,学校与奥地利格拉茨大学孔子学院积极互动,均用汉语发表感言,展现出"中奥友谊,汉语传情"的美好意义。该视频在两校网站播放并提交国家汉办,激发了留学生学习中国语言、体验中华文化的热情。另外,在教育部的支持下,OEC 重点打造的"主题汉语"品牌活动,被国内外各级媒

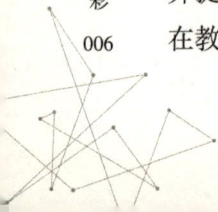

体广泛报道。OEC不仅在校内开展了涵盖书法、绘画、太极、京剧等内容的中国文化体验活动,也与北京、上海高校倾力合作,开展跨校交流。校内外留学生通过在镇江进行文化考察,以点窥面,了解镇江,读懂中国。留学生们表示,相比于"北上广",镇江这座小城独具韵味,未来他们将推荐更多同学来镇江学习。天乐(泰国)等6位留学生获邀赴联合国发表汉语演讲,在那里向世界发出了来自江苏大学的声音:"你们好!我们是来自江苏大学的留学生!"他们的优异表现获得了联合国网站的报道,扩大了学校的影响与知名度。

三、成效与展望

总结过去,成效显著;展望未来,任重道远。近年来,活跃在"全球外国人汉语大会""留动中国""同乐江苏""乐游全球""洋眼看中国摄影展""逛老街,学非遗"等比赛或活动中的我校留学生被中国日报、中国教育报、中新网等各大媒体广泛关注和报道,他们成为学校乃至镇江的一张张特殊的"名片",唱响了江大品牌,讲好了江大故事、发好了江大声音。越来越多的留学生申请来学校短期进修、长期学习或攻读学位,留学生生源国已增加至108个,遍布五大洲。

"国际化"已成为教育发展的一个重要趋势,要求我们必须全面扩大高等教育的国际交流与合作,加快教育与国际接轨的步伐,增强我国高等教育参与国际竞争的能力。当前,国际留学市场竞争激烈,世界上主要发达国家和新兴国家都将国际教育上升到战略高度,推行各项政策,吸引高层次人才,提升教育国际化程度。

中国的外交战略布局不断拓展,"一带一路"建设规划等逐步推进,来华留学发展要与外交战略调整相适应,紧密围绕国家战略,有重点、有层次地培养大批知华、友华人才,涵养支撑新时期外交战略大局的国际人脉基础,加强国家软实力建设。我国教育已进入全面深化改革的新阶段,提升高等教育的国际竞争力,推动世界一流大学建设,迫切要求来华留学创新人才培养模式,打造留学中国品牌,来华留学是服务国家战略和高水平研究型大学建设的需要。

《国家中长期教育改革规划发展纲要(2010—2020年)》要求到2020年,建成一批国际知名、具有特色的高水平高等学校,若干所大学达到或接近世界一流大学水平,高等教育国际竞争力显著增强。教育部2010年发布实施的

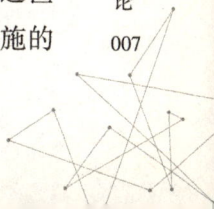

《留学中国计划》，到 2020 年我国要成为亚洲最大的留学目的国。《江苏省中长期教育改革和发展规划纲要（2010—2020）》更是对高水平大学本土学生国际化提出了要求，通过实施《留学江苏行动计划》，要求至 2020 年，江苏成为外籍人士来华学习的主要目标省份。每年在江苏就读的各类外国留学生达到 5 万人，其中高水平大学研究生中留学生比例达 5% 以上。

学校提出了"高水平、国际化、研究型"大学的建设目标，我们要把握好来华留学事业发展这个战略机遇期，为学校高质量地完成目标、实现来华留学教育的健康可持续发展，提供强有力的思想引领和舆论支撑。

"前景令人鼓舞、催人奋进，但幸福不会从天降，我们要树立必胜信念、继续埋头苦干。"在奠基新希望、开启新征程的今天，让我们以此为新的起点，凝心聚力、开拓创新、扬帆远航。

（谢志芳）

高端视角

江苏大学巴基斯坦籍留学生就《习近平谈治国理政》谈感想

　　(2015 年)4 月 22 日,在江苏大学学习的近 20 余名巴基斯坦籍留学生聚在一起,就《习近平谈治国理政》谈感想,并热议习主席访巴。

参加阅读小组的留学生们

　　江苏大学巴基斯坦籍留学生从寒假开始组成了阅读小组,阅读《习近平谈治国理政》。留学生们表示,他们时常都要翻一翻、读一读。留学生们对《习近平谈治国理政》中提到的反腐和文化建设等话题进行了热议,并表示希望自己的国家能更多地借鉴相关经验。

　　博士生 Asif Wali 说他非常感谢习主席访巴,他感受到了这种"铁哥们"的关系,相信在铁路、通信、石油管道等的建设中,两国的发展会越来越好。

　　Ikram Ullah,另一位农学专业 CSC 中国政府奖学金博士生说,在巴基斯坦有这样一句话:"中巴的友谊比喜马拉雅山还高,比海还深,比蜜还甜。"他感谢中国政府为他提供奖学金,使他能够有机会到中国来留学,他已经把中国当成了他的第二故乡。

老师组织留学生进行学习讨论

留学生们在浏览相关网页

留学生们共同阅读《习近平谈治国理政》

电力电子专业的博士生 Aamir 提到在他来中国留学前,曾经在一家中国企业工作,印象特别深刻,他鼓励大家学好中文,回国能有更好的就业机会。

此次活动还吸引了加拿大、德国、加纳、肯尼亚等国学生的参与。

中华人民共和国国务院新闻办公室网站

2015 年 4 月 29 日

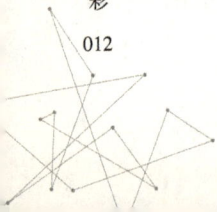

　　(2010 年)3 月 3 日,江苏大学外国语学院的外籍教师指导社区居民学习与世博会相关的礼仪英语。当日,江苏大学外国语学院几名外籍教师和部分大学生一起走进镇江市润州区宝塔路街道同德里社区,开展"'世博'英语进社区"活动,指导居民学习与上海世博会相关的礼仪英语,表达对世博会的热切期盼。

（新华社发　石玉成　摄）

中华人民共和国中央人民政府门户网站

2010 年 3 月 4 日

其他报道媒体：

《扬子晚报》 2010 年 3 月 16 日　A23 版

新民网　http：//news.xinmin.cn/rollnews/2010/03/16/4027777.html

江苏大学首位外国留学博士生
毕业意留中国工作

本报讯 （2008 年）6 月 18 日，在江苏大学 2008 届毕业生毕业典礼上，当该校袁寿其校长为一名身材高大、魁梧健壮的博士生扶正流苏、颁发毕业证书时，全场都投以关注的眼光。这位来自泰国、中文名叫孙龙的小伙子，就是江苏大学，同时也是镇江历史上首位外国博士留学生。

2005 年，泰国清迈大学硕士毕业的孙龙，慕名报考江苏大学食品科学与工程学科博士研究生，师从赵杰文教授。对于这名江大历史上的第一位外国留学博士生，江大针对他的知识结构和专业基础，挑选优秀教师组成了指导小组，精心安排教学计划，并聘请教学经验丰富、有国外留学背景的老师进行教学。赵杰文教授还依托江苏省自然科学基金重点项目，指导孙龙确定了主要研究方向，并以"高光谱图像技术进行农产品内外品质的检测"作为他的论文选题，这属于农产品品质无损检测研究的国际最前沿领域。三年来，孙龙刻苦钻研，采用高光谱图像技术对苹果的糖酸度、硬度和损伤等进行了快速无损检测的研究，在国内属于首创。就在前不久，在由 7 位博士生导师组成的答辩委员评审中，孙龙的论文全票通过答辩，并被评为江苏大学优秀博士论文。

"镇江很漂亮，很安全，我喜欢！"在孙龙眼里，镇江人"很友好，可亲"。现在博士毕业了，最大心愿是留在中国"上班"，孙龙这样说道。

（张明平）

科技日报

2008 年 7 月 8 日　7 版教育观察

其他转载媒体：

学位网　http：//www.xue－wei.com/guowaixuewei/115701.html

中国知网　http：//xuewen.cnki.net/CCND－KJRB200807080073.html

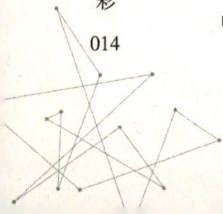

走出去引进来
江苏大学双向开放加快国际化步伐

"高水平大学一定是国际化的大学。"在昨日举行的江苏大学国际化工作推进会上，该校校长袁寿其指出，国际化是我国高等教育继大扩招、大建设、大提升之后的又一时代潮流，今后高校新一轮的重新洗牌将在很大程度上取决于高校的国际化程度。该校提出了在"十二五"期间成为外国留学生留学中国重要目标高校和江苏省教育对外开放先进高校的总体目标。

据了解，世界一流大学本科国际学生的比例一般占10%左右，外国研究生的比例超过20%，国际教师的比例在10%以上。江苏大学将国际化作为推动高素质创新型人才培养和高水平大学建设的重要战略引擎，还提出了"十二五"期间在学生的国际流动、教师队伍的国际化、教学与课程国际化，以及国际合作研究和国际合作办学等方面的具体目标。例如，该校提出到2015年，具有海外学习经历学生及外国留学生比例双双达到5%，教师赴境外高水平大学或研究机构进修深造1年以上的比例超过10%，以及建设开放式、国际化教育教学体系，建设高水平国际科技合作平台，新增海外孔子学院等。

该校针对大学生推出了"在校大学生海外学习项目"，鼓励高年级本科生和研究生申报国家留学基金委公派研究生项目、参加国际学术会议、到境外友好学校（或经过学校认证的教育机构）进行一段时间的交流学习，或者到境外进行实习、实践（含暑期带薪实习、专业实习、社会调研、游学等）。此外，学校还鼓励高年级本科生和研究生，毕业后到境外教育机构进一步深造或到境外企业就业。学校专门设立海外游学项目奖学金，资助经济困难的优秀学生参加海外游学或学术交流。

针对教师，该校还积极实施"青年教师国际能力提升计划"，将"访名校、拜名师"师资培养计划进一步深化为"访国际名校、拜国际名师"，通过设立境外培训基金，鼓励中青年骨干教师到国外一流学科专业进修、深造。此外，还通过双边或多边科研合作交流，举办或承办高水平国际会议，聘请长、短期外

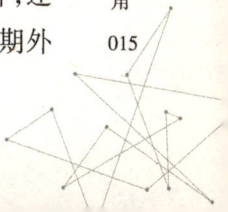

籍专家,开展双语教学与国际化专业建设,推进外国留学生教育等系列项目,进一步深化国际学术交流、提升师资队伍的国际竞争力。

据悉,早在1980年,该校就作为国内第一家承担为发展中国家培养高级农机技术和管理专家任务的高校,共面向34个国家举办了15期农机设计与制造培训班,为发展中国家培养了一大批农机管理和技术高级人才。学校荣获"新中国输出中华文化和技术优秀单位"称号。1994年,该校与日本三重大学、泰国清迈大学联合发起的以"亚洲在世界人口、粮食、能源、环境的作用"为主题、每年一届的"三国三校国际学术研讨会",目前已发展成为10余个国家、20余所亚洲高校参加的大学生和青年学者的学术盛会,在亚洲乃至全球都产生了积极影响。近年来,该校留学生规模不断扩大,培养类型由非学历教育进一步拓展到学历教育,培养领域由临床医学进一步拓展到工商管理、国际贸易、材料科学与工程、管理科学与工程、食品科学与工程、环境科学与工程等多个学科领域,培养层次由本科进一步提升到硕士、博士研究生。

此外,今年6月22日,国家副主席习近平亲自为该校和澳大利亚国立大学共建的"中—澳功能分子材料国际联合研究中心"揭牌。该校与奥地利格拉茨卡尔·法兰茨大学合作共建的孔子学院也于今年10月正式揭牌。

(霍建伟　张明平)

新华网江苏频道

2010 年 12 月 19 日

其他转载媒体:

网易　http://news.163.com/10/1219/14/6O9A0LAC00014JB5.html

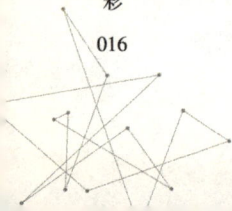

以"国字头"和国际化
助推高水平大学建设

当前,我国正步入转型期,经济社会转型的关键在人才,基础在教育。教育规划纲要提出,把全面提高高等教育质量,建设一批高水平大学作为推动经济转型、建设创新型国家的关键举措。这深刻表明,高质量的经济发展必须要有高水平的高等教育的支撑。

什么样的大学才能称为高水平大学?对此,仁者见仁,智者见智。斯坦福大学校长约翰·汉尼斯曾对"卓越"大学列出 5 个指标,即教职员工的生产率,包括引文和出版物的情况、研究的影响、奖项和同行的评估、学生质量,以及教学质量。如果一所大学能够在这 5 个方面都做到了国内有地位、国际有影响,那么,这所大学就一定是高水平大学。

"国字头"品牌是高水平大学的基本内涵

"国字头"是我们对国家级的学科、项目、人才、成果及各类奖项的总称,这些都是体现学校办学实力与水平的关键指标。尤其是作为一所地方高校,只有将办学理念、办学模式、培养质量、学科建设、科学研究等置于国家级平台上加以考量,其特色和水平才能得到社会的肯定和认可,才能做到"国内有地位"。正是基于这样的认识,"十一五"期间,我们将实施"国字头"品牌建设工程作为提升内涵、加快推进高水平大学建设进程的战略引擎,通过"国字头"项目的不断突破,造就、催生事业发展的内生动力,引领、带动学校整体水平不断向前迈进。

第一是努力打造教学品牌。江苏大学组建后,我们及时确立了"人才培养是学校工作的根本任务,教学工作是学校工作的重中之重,教学质量是学校的核心竞争力,教学改革的基本出发点是以人为本"的工作理念。2005 年,学校在获得教育部本科教学工作评估"优秀"成绩的基础上,进一步加快推进

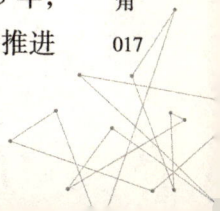

以五大子工程和20个具体建设项目为主要内容的质量工程和研究生创新工程,建设形成了以4项国家级教学成果奖、5个国家级特色专业、4门国家精品课程、2个国家优秀教学团队、1个国家级实验教学示范中心和2个国家人才培养模式创新试验区为代表的一批优质教学资源。在这批优质教学资源的引领下,学校连续3年"全国百篇优秀博士论文"榜上有名,2次喜捧"挑战杯"全国大学生科技作品竞赛"优胜杯"。2010年,学校成为全国50所毕业生就业典型经验高校、全国61所教育部卓越工程师培养计划试点高校和江苏8所国家教育体制改革试点高校之一。

第二是努力打造队伍品牌。队伍建设上,我们始终坚持"不遗余力、不惜重金、不拘一格"的工作方针,每年设立3000万元专项经费,同时还专门成立了人才工程办公室,倾力培育人才。"十一五"期间,学校面向海内外公开选聘了4名"江苏大学特聘教授"和一批讲座教授,他们的加盟迅速将学校的相关学科带入国内甚至国际学术前沿。目前,学校的高端人才队伍建设已初见成效。"十一五"以来,学校教育部"长江学者"特聘教授、国家"千人计划"实现突破,2人获批国家杰出青年基金,7人跻身"新世纪百千万人才工程"国家级人选,1人获"何梁何利基金科学与技术创新奖",同时获批教育部科技创新团队1个。学校连续3次被评为"省高校师资队伍建设先进高校"。

第三是努力打造科研品牌。学校重点在项目、成果、平台3个方面倾力打造科研"国字头"。"十一五"以来,我们承担了国家级科研项目441项,其中国家"973"子项、"863"重点项目和重大科技专项40余项,以及国家自然基金351项、国家社科基金25项、全国教育科学规划项目6项。在这批"国字头"的支撑下,学校形成了一批标志性的创新成果:学校荣获国家级科技成果奖6项;"中—澳功能分子材料国际联合研究中心"由国家副主席习近平亲自揭牌;"水泵及系统工程技术研究中心"获批为国家级工程技术研究中心;学校与镇江市共建的大学科技园跻身国家级大学科技园。学校还两度荣获科技部颁发的"金桥奖",并被评为"江苏省'十一五'获重大科技成果奖励成绩显著高校"。

第四是努力打造学科品牌。高水平大学关键要有一批具有"话语权"和"显示度"的高水平学科。三校合并以来,我们在致力于优化完善工学、医学、理学、经管、文史哲法教五大学科板块的基础上,积极构建特色鲜明、结构合理、交叉渗透、具有较强内生力和拓展力的学科体系,实施重点学科建设工程。学校学科特色得到进一步彰显,形成了9个博士学位授权一级学科、8个

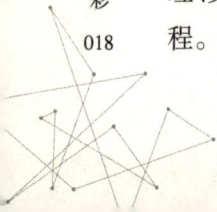

博士后流动站、2 个国家重点学科、1 个国家重点（培育）学科、3 个省一级学科国家重点学科培育建设点等一批优势学科。优势、重点、新兴交叉学科的形成与涌现，有力引领、带动了学校内涵实力的快速提升。

国际化程度是高水平大学的重要标志

当前，世界多极化、经济全球化深入发展，科技和人力资源在全球范围内进行整合与配置，对高等教育的发展产生了重要而深刻的影响。世界范围内的教师、学者、学生的流动性越来越大，大学通过全方位、多渠道、宽领域的交流与合作，在世界范围内共享优质教育资源，成为当今世界高等教育改革发展的潮流。国际化程度成为高水平大学的重要标志。

我校作为全国第一批有条件接收外国留学生的 200 所高校之一，早在 20 世纪 80 年代就面向 34 个国家举办了 15 期农机设计与制造培训班，为发展中国家培养了一大批农机管理和技术专家。学校曾获"新中国输出中华文化和技术优秀单位"称号，这是我校在国内有影响、行业有地位的重要历史基础。为此，我们在学校"十二五"规划中，把国际化与"国字头"作为推动高水平大学建设的两大战略引擎。特别是在规划中，我们对学生的国际流动、教师队伍国际化、教学与课程国际化、国际合作研究、国际合作办学等 5 个方面都明确了具体指标。对学生的国际流动，我们提出到 2015 年，具有海外学习经历的学生比例要达到在校生的 3%，研究生中外国留学生的比例也要达到 3%。为此，学校专门设立海外游学奖学金等，资助经济困难的优秀学生赴海外游学或参加海外学术交流。对教师队伍国际化，除每年引进 50 名左右的海外博士外，教师赴境外高水平大学或研究机构进修深造 1 年以上的比例要超过10%；同时规定，国家重点学科、江苏省优势学科及江苏省重点学科建设经费的 10% 必须用于国际学术交流与人才培养，以此提升教师的国际化能力和水平。在教学与课程国际化方面，我们将在引进消化吸收国外先进课程资源的基础上，进一步加大双语课程比例，建成 3~5 个国际化专业，全英文课程外籍教师比例要达到 30% 左右。在国际合作研究和国际合作办学方面，我们将建设 3~5 个高水平的国际科技合作平台，新增 1 所孔子学院和 5 项中外合作办学项目，并要力争创办中外合作办学机构，等等。目前，我们已与美国、日本、德国、俄罗斯等国家的 40 余所高校和科研机构建立了友好合作关系，与奥地利格拉兹大学合作建设了孔子学院，与德国马格德堡大学和英国利兹大学分

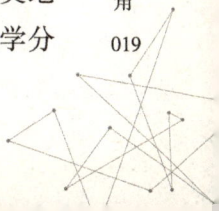

别联合开展了研究生培养和本科国际课程实验班。外国留学生培养由本科生拓展到硕士、博士研究生。

以"国字头"和国际化为两翼推动高水平大学建设

在高水平大学建设方面,我们通过狠抓"国字头"项目和推进国际化进程,进行了初步实践,取得了一定成效。目前,"'国字头'工程是建设高水平大学的重要抓手,国际化是推动高水平大学建设的有效途径"已越来越成为全校师生的共识。"国字头"和国际化作为高水平大学建设的两个重要方面,在未来事业发展中,我们将进一步把两者紧密结合,通过"国字头"项目建设打造国际化的平台,通过加快国际化进程提升"国字头"项目的内涵和国际影响力。

具体来讲,在"国字头"方面,我们将在倍增已有教学、科研、学科、队伍等"国字头"数量的基础上,进一步开拓"国字头"新领域,尤其是要在院士的引进与培养、一级学科国家重点学科、国家"973"项目和国家重点实验室等方面实现新突破,努力扩大"国字头"的覆盖面。在国际化方面,我们将按照"外国留学生留学中国重要目标高校和江苏省教育对外开放先进高校"的总体要求,在教育规划纲要的指导下,认真制定国际化工作校院两级规划,着力完善国际化工作推进机制、激励机制和保障机制,进一步强化国际化工作与人才培养、科学研究、学科建设和师资队伍的紧密结合,深入推进创新人才、卓越人才、精英人才和国际化人才培养模式改革,通过国际教育、人才、科技资源的共享和交流,不断增强学校的国际影响力,努力在"引进来"与"走出去"的双向开放格局中实现事业新跨越。

（江苏大学校长　袁寿其）

中国教育报

2011 年 11 月 1 日　10 版

其他转载媒体:

中国共产党新闻网　http://www.npopss‐cn.gov.cn/GB/219567/219573/16103324.html

中国新闻网　http://www.jyb.cn/high/sjts/201111/t20111101_461187.html

人民网　http://theory.people.com.cn/GB/16124385.html

凤凰网　http://edu.ifeng.com/gundong/detail_2011_11/01/10324037_0.shtml

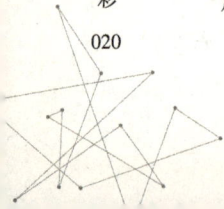

江苏大学举办"首届国际文化日"活动(1)　　　　　（吴奕　摄）

江苏大学举办"首届国际文化日"活动(2)　　　　　（吴奕　摄）

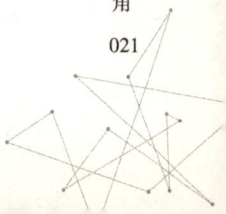

中新网南京 11月19日电（吴奕　朱晓颖）　19日，江苏大学举办"首届国际文化日"活动，来自叙利亚、印度、尼泊尔、苏丹、卢旺达、加拿大等34个国家的200多名外国留学生走上舞台唱歌、表演服装秀和民族舞蹈，相继介绍起自己国家的文化特色。中国大学生也秀起书法、管弦乐和扇子舞。

"来中国两个多月，我已经很习惯这的生活了。"活动现场，来自俄罗斯的姑娘奥丽娅一口东北腔中国话。她说："最早教我汉语的老师是哈尔滨人，所以我的儿化音特别重。"奥丽娅大学主修的是东方学，大学毕业后，她获得了孔子学院奖学金来到中国学习汉语，她认为学习汉语最好的地方还是在中国。

加纳孪生兄弟 Leonard 和 Bernard 表演了原创歌曲《Be Magnified》。这对兄弟在校园里可是名人，他们的组合名称叫"李白"。弟弟 Bernard 说，他平时有好的想法就会记下来，创作成歌词，请会作曲的留学生朋友谱上曲就行了。兄弟两人性格外向，与路上的行人碰上聊两句就成了朋友。因此，"李白"经常被路人朋友请去参加沙龙，表演自己的原创歌曲。

活动现场，江苏大学日语系学生进行了日本插花表演，名为"四季"的插花作品的作者是日语系大三学生董梦歌，她用发芽的绿叶代表春天，用盛开的月季代表夏天，用发黄的荷叶代表秋天，用枯萎的树枝代表冬天，"春夏秋冬"构成了整幅作品。

中国新闻网

2011 年 11 月 20 日

College lessons in attracting foreign students

Ghanaian student Tweneboah-Koduah Priscilla Akosua learns Yueju Opera, which is popular in East China, at Jiangsu University in Zhenjiang, Jiangsu province, last week.
YANG YU/FOR CHINA DAILY

中国日报网

2012 年 5 月 19 日

其他报道媒体：

科技世界网　http：//en. twwtn. com/Academy/70_2467_2. html

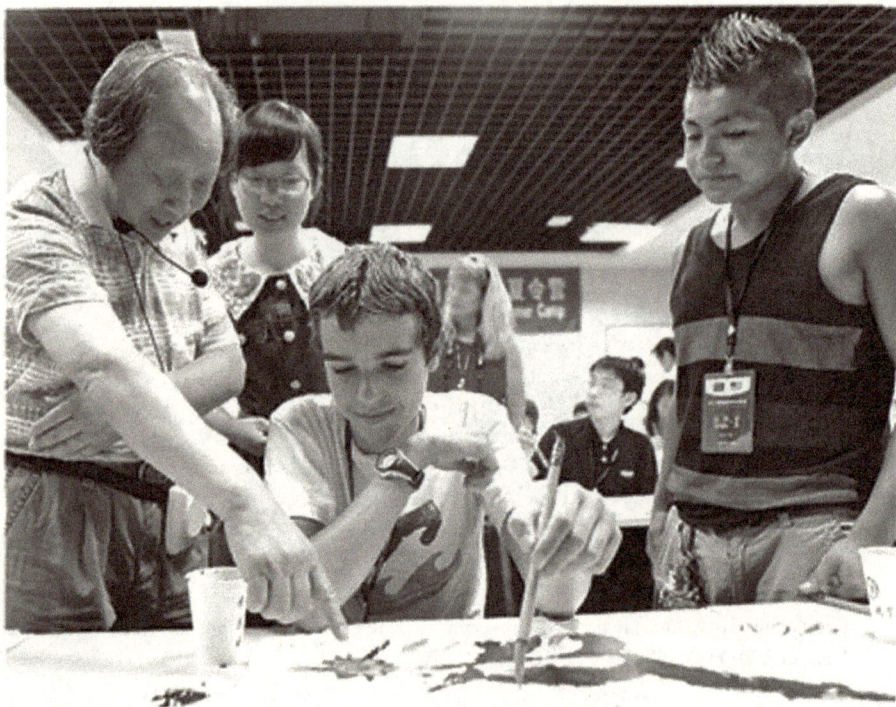

7 月 17 日,江苏大学中国画教师指导美国高中生学习中国传统水墨画技法。当日,2012 年"汉语桥"美国高中生夏令营在江苏大学开营。在为期一周的夏令营中,来自美国华盛顿十余所中学的 29 名高中生将与江苏省镇江第一中学的师生进行联谊,开展"一对一"汉语学习等活动,体验丰富的中国文化。

(新华社发　杨雨　摄)

人民日报 海外版

2012 年 7 月 19 日　4 版

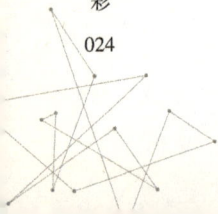

中国江苏大学—奥地利格拉茨大学
孔子学院夏令营

　　随着中外文化交流的增多,中华文化的国际影响力不断增强。图为赴我国江苏省镇江市参加"中国江苏大学—奥地利格拉茨大学孔子学院夏令营"的奥地利大学生开展"捏面人学书法,感受中国文化"活动。在夏令营中,奥地利大学生系统学习中国传统水墨画、武术、戏曲、民间艺术等,展开了一次丰富的中国文化之旅,亲身感受中国传统文化的魅力。

人民日报 人民视觉

2013 年 8 月 1 日　7 版

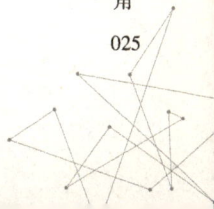

民间技艺亮相江大"国际文化日"

留学生表演舞蹈　　　　　　　　　　　　　　　（张斌　吴奕　摄）

中国江苏网讯　昨天上午,由江苏大学海外教育学院、校学生会国际部主办的第三届"国际文化日"活动举行。

来自镇江民间文化艺术馆,从事剪纸艺术、中国结制作及蛋雕制作的民间艺术大师们,应邀参加了国家风情展示环节的中国展台展示,为学生们表演了自己的独门绝艺。来自印度、土耳其、马来西亚、加纳、泰国、韩国等多个国家的留学生们在展台前聚集,细心观看着一件件剪纸作品、中国结和糖画在大师们手中成型,并争相与大师们合影。

此次活动旨在通过民间艺术大师现场表演,丰富广大学生的课余生活、拓宽视野。同时,也为各国留学生回国后积极宣传、推广和弘扬中国传统文化起到一定的促进作用。

（张翔龙　姜萍）

中国江苏省委新闻网

2013 年 6 月 3 日

其他报道媒体:

中国江苏网　http：//jsnews. jschina. com. cn/system/2013/06/03/017501783. shtml

镇江日报　http：//jsnews. jschina. com. cn/system/2013/06/03/017501783. shtml

江苏大学生搭"汉语桥"
助留学生快乐度暑假

留学生学习剪纸　　　　　　　　　　　　　（盛捷　摄）

留学生学写中国字　　　　　　　　　　　　（盛捷　摄）

中新网镇江　7月6日电（范延臣　彭彬）　"汉语好难啊，以前放暑假要么回家，要么就在宿舍待着……现在有了'汉语桥'这个平台，不愁暑假怎么过了。"为了让留学生过好暑假，江苏大学志愿者搭"汉语桥"助留学生快乐度暑假。6日，记者来到了"汉语桥"的活动现场。

上午9点，在江苏大学附近的华莱士西餐厅，已经坐满了十几位留学生，他们正热火朝天地和中国志愿者一起讨论各种问题。随后，志愿者们推出了中国篆刻、李小龙截拳道、剪纸艺术——中国结、唐诗宋词大比拼等一系列活动,深深地吸引住了留学生们,他们不住感慨赞叹。

来自加纳的留学生奥杜尔来到中国已经三年多了,在江大主修经济的她以前主要通过培训班学习汉语,但她不喜欢那种死板的教学方式,觉得还是"汉语桥"这种形式多样的学习方式更让人轻松愉快。奥杜尔期待在"汉语桥"认识更多的中国朋友,更令奥杜尔开心的是,活动结束后她还将和志愿者一起去吃过镇江锅盖面。"现在好了,不仅可以跟中国学生学汉语,还可以跟他们一起做志愿活动呢。"

"'汉语桥'带给我更多学习中国传统文化的机会,这次活动我想是'汉语桥'今后开展的良好开端。"刚来中国时,留学生安福德一句汉语都不会说,甚至觉得所有的中国人面孔都一个样。在中国的时候,他喜欢泡吧,品尝各种中国食物,参加江大各个学院组织的各类活动。他结识了一些中国朋友,朋友们邀请他参加了"汉语桥"等活动。在活动中,他的汉语水平得到飞速提高,现在,他的汉语已经说得较为流利了。活动中他还表达了对"汉语桥"第二季的满满期待和对组织方所举办活动的大力赞扬。同时还盛情邀请中国学生周末的时候一起到球场踢球。

尽管外面下着大雨,但这丝毫没有影响到留学生们的兴致,他们不仅兴奋地和江大截拳道协会的成员一起探讨中国"Kongfu",还对中国古老的篆刻艺术着了迷,围着篆刻艺术成员现场请教篆刻中国古代文字的方法。白色、黑色、黄色,各种肤色的人们汇聚在一起,宛若一个欢腾的海洋。"这个活动真来对了,想到了我家乡的舞会。"来自印度的赛德姆操着带有浓厚家乡口音的普通话感慨地说。

活动负责人、江苏大学电气学院学生会副主席浦周敏告诉记者,在江苏大学,学习汉语的"汉语桥"、party 越来越受到留学生们的欢迎,并形成了一定的规模。"汉语桥"在江大外国留学生中慢慢传播开来,成为留学生了解江苏大学、了解镇江、了解中国的窗口。

中国新闻网

2013 年 7 月 6 日

其他转载媒体:

人民网 http://edu.people.com.cn/n/2013/0706/c1053-22102828.html

中国日报网 http://www.chinadaily.com.cn/hqgj/jryw/2013-07-06/content_9515041.html

江苏大学留学生了解指尖上的中国

10月18日下午,江苏大学海外教育学院喜爱乐器的留学生们在镇江市著名古筝教师陶文霞的指导下,了解了古筝的历史、流派等知识,并亲手抚琴拨弦,真实地体验了一回"指尖上的中国"。

留学生在陶文霞老师的指导下学习古筝(1)

今年9月起,江苏大学海外教育学院开展了"中国文化体验之旅"系列活动,继成功举办第一次书画学习活动后,本次古筝名曲鉴赏活动亦得到了留学生们的广泛关注与参与。在陶文霞老师细致、生动的讲解下,留学生们初步了解了古筝的构造、弹奏古筝的基本姿势等知识。陶文霞老师示范了山东筝纯朴古雅的演奏风格、潮州筝委婉缠绵的别致韵味和浙江筝诗情画意的独特风韵,留学生们则跨越了国家和民族的界限,心领神会,共同感受到了古筝的美妙之处。

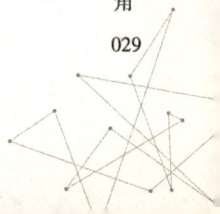

留学生在陶文霞老师的指导下学习古筝(2)

最让留学生们兴奋的是,他们每个人都有机会在陶文霞老师的指导下亲手抚弦拨琴,体验"指尖上的中国"。一开始,留学生心存疑虑,谁也不愿意第一个上台学习弹奏,还是来自波兰的卡弥尔打破了僵局,勇敢地走到台前尝试。他好奇地裹上义甲,手足无措地坐在古筝前,但经陶文霞老师一指点、一示范,立即茅塞顿开,一个个清澈的音符从他手下流淌而出。现场的气氛逐渐高涨起来,每个留学生都跃跃欲试,陶文霞老师则"乘胜追击",逐个音符示范了一曲《笑傲江湖》,留学生们毫不怯场,短短几分钟,每位留学生都顺利学会了简单的弹奏技法。活动结束后,来自泰国的孔诗琳和来自古巴的李丽尤为恋恋不舍,她们表示非常愿意长期学习古筝,真正掌握这门中华传统才艺。

据悉,本次江苏大学海外教育学院"中国文化体验之旅——古筝名曲鉴赏"活动得到了镇江市媒体的广泛关注,镇江电视台新闻频道、《镇江日报》和镇江金山网纷纷报道。

留学中国网

2013 年 11 月 6 日

记者：江苏大学为什么坚定地走国际化办学

袁寿其校长：大家可能都知道的，实际上大学从开头的时候都是国际化的，像最早的博洛尼亚大学等。那么可以说，目前全世界最好的一些大学，大家也都知道的，都是国际化程度很高的。那么，我们学校也是为自己设定了高水平、有特色、国际化，这样的一个发展理念。尤其是我们学校为什么这样做，(因为)感觉到要想提高自己的水平，一定要把自己置身于国际化这样一个环境中。而且还有一个，我们学校虽然是综合性大学，工程比较强，那么工程技术的话，全世界实际上是通用的。而且我个人感觉到，高校主要还是为社会提供人才跟科技。现在经济已经全球化了，实际上确确实实全球化是不可阻挡的一种发展趋势，我们学校一定要适应这样的需要，提供国际化的视野，提供国际化的一些知识和技能、一些训练(给)学生，这样子的话，他出去以后适应社会的能力会更强。

江苏大学校长袁寿其在接受采访(1)

记者：办学国际化的历程

袁寿其校长：应该说我们学校的前身为镇江农机学院。在镇江农机学院时期，我们也是全国首批有权接受外国留学生的 200 所高校之一。那么历史上我觉得很有典型意义的，(是)我们最早的时候曾经受联合国粮农组织的委托，代表中国政府为亚太地区的 30 多个国家培训高级的农机管理专家和农机的高级技术专家，所以我觉得很有意义，这是我们很早(的国际化)。那么后来一段时间，可能国际化相对做得差一点，但从改革开放以后，特别是最近进入 21 世纪以后，我们充分认识到国际化工作对高校学科建设与人才发展培养的推动作用，所以又抓得非常紧。那么还有一个很大的事件，我个人感觉到我们在 2010 年召开的全校的国际化工作推进会，有 4000 多人参加，其中 1000 多老师教授，还有 3000 多学生，这估计在全国高校都比较少。为什么这么做呢？因为我们学校不像北京、上海、南京的高校那样处于很发达的地方，但镇江这个地方也有区位优势，是东部发达地区。此外，我们镇江相对是一个中小型城市，我们的老师、学生，相对国际化意识和理念不够。所以要通过这样一个推进会来提高这样的意识理念，同时出台很多政策，让大家往这个方向去发展。

江苏大学校长袁寿其在接受采访(2)

记者：国际化给学生带来的具体帮助

袁寿其校长：很多，那么我觉得，过去可能不是很多人想着要出国，现在我们很多人都会往这个方向去想。像过去我们的学生里头，考过雅思、托福的人很少，我们有时候一个国外的大学有合作项目，要推荐学生，但是大家都没有雅思、托福的成绩，就去不了。现在很多人有这个成绩。我们学校专门设立了500万元的国际化专项经费，学生考过托福、雅思的，我们都可以来报销，因为学生里头很多农村的，条件不是很好，拿出近2000元的考试费是困难的，那么我们就给他资助。我举个例子，2008年的时候我们学校只有七八个同学能够出国，到去年我们一年已经有约390个同学出国。那么今年的话，到暑假的时候，我们已经有400多个学生出国。所以我认为这个成绩应该还是非常明显的。现在有专门条例，学生到国外去读高一级学位，按照他读的学校的层次，我们都给他1万到3万不等的资助。包括参加国际会议，我们都有5000块钱的资助。其他的还有导师的课题，要给他资助。所以应该来说，对国际化的途径、资助，我们还是有不少措施的。

记者：未来办学国际化的发展目标和规划

袁寿其校长：我们学校马上12月份准备要开第二次国际化工作推进会，我们非常希望通过将来出台的一系列的举措，重点的话，我们想要教师的国际化，多聘一些国外的教师。过去我们聘请的国外教师，基本是以语言为主的。现在我们希望专业教师多聘一些，包括科研合作的教师。另外我们海外的留学生，现在将近1000人，我们希望能够扩大到2000人左右。包括我们留学生的层次，过去是以本科生为主，将来我们要发展为以本科生、研究生、博士后为主，各种层次比较全，我觉得要提高这个层次。另外我希望我们的国际合作办学项目能够进一步扩大，能够让国内的学生在四年读书期间有更多出去交流、访问的机会。还有，我希望我们的学生能够参加国际性的学术会议，能够有更多机会在国际舞台上得到锻炼，增长见识。总之，我们希望通过几年努力，在江苏省的高校里头，在国际化的指标方面，能够走在前列。

（《学游天下》是江苏广播电视总台特别打造的全省首个海外留学、游学资讯及访谈类栏目。）

江苏大学—安信地板来华留学生教育基金启动仪式现场

江苏大学陈龙副校长主持会议

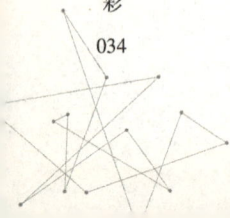

江苏大学—安信地板来华留学教育基金捐赠仪式

嘉宾(左起)镇江市副市长曹丽虹、江苏大学校长袁寿其、安信伟光(上海)木材有限公司董事长卢伟光、中国高等教育学会外国留学生教育管理分会常务副秘书长白松来、江苏省教育厅国际合作与交流处副处长俞晓南为"江苏大学留学生教育实践基地"揭牌

江苏大学校长袁寿其讲话

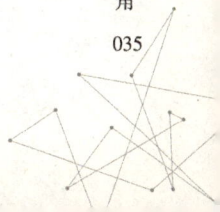

安信地板董事长卢伟光讲话

中国高等教育学会外国留学生教育管理分会
常务副秘书长白松来讲话

领导和获得2013—2014学年安信地板来华留学奖学金
学生合影

凤凰视频
v.ifeng.com

2014 年 3 月 27 日

江苏大学推进"扩大来华留学生规模"试点项目

当前江苏正把大力发展留学生,尤其是留学研究生教育作为推进教育国际化的重要抓手,明确提出:到 2015 年,在江苏学习的外国留学生要达到 30000 人,高水平大学研究生中外国留学生比例要达到 3%,外国留学生在 100~1000 人规模的高校,规模年均增幅要达到 20%。根据这一总体要求,江苏大学积极开展了"打造工程类外国留学生教育特色,全方位扩大来华留学生规模"教育体制改革试点,经过两年的探索,取得明显进展。

截至 2013 年 10 月,学校留学生规模达到 1000 余人(全省高校第 7 位,宁外高校第 2 位);学历生由 5 年前不足 130 人发展到近 900 人;全英文授课本科专业由 5 年前 1 个拓展到 11 个专业,留学生生源国拓展到五大洲 89 个国家。留学生培养层次也由本科生教育进一步拓展到硕士、博士研究生及博士后。

一、主要举措与成效

(一)完善奖学金体系,提高留学生引力

为了给留学生教育开展提供经费保障,学校设立了国际化专业建设基金、英文授课精品课程建设基金、江苏大学海外留学生奖学金等,基本建成了包括国家政府奖学金、孔子学院奖学金、江苏省政府茉莉花奖学金、江苏大学外国留学生校长奖学金、学院奖学金,以及企业奖学金在内的多元化、立体式来华留学生奖学金体系。同时,积极联络外向型企业,搭建校企合作平台,成功引进了大型龙头企业安信伟光(上海)木材有限公司在我校设立 100 万元"江苏大学安信地板来华留学教育基金"。此外,通过设立助教、助研、助管等勤工助学体系,进一步完善了留学生教育的资助渠道,为吸引留学生来校创造了良好的条件。

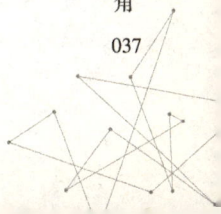

（二）深化教学改革，打造精品项目

学校专门制订了留学生培养计划，大力推进互动式研讨性教学，实行主讲教师试讲准入制，建立了以教师"英语授课能力""师生互动能力"和"教学设计能力"为主的"留学生评教体系"；探索了以医学留学研究生指导、医学本科生（MBBS）主讲的医学生年度研讨会模式，有效促进了课堂研讨向课后延伸。在此基础上，将全英语授课精品课程纳入学校精品课程建设体系，目前已建成校级英文授课精品课程18门，"国际贸易实务"成功入选教育部2013年度来华留学英语授课品牌课程。2013年接受教育部MBBS项目检查评估成绩优秀。

与此同时，学校鼓励各学院抢抓机遇，创建学科特色明显的留学生教育项目。校工程训练中心启动的中日韩"创新工程设计暑期项目"面向机械、机电、测控、光信息、电气、电子、计算机等专业本科生、研究生开展的国际化创新工程教学实践项目，每年由中日韩三国高校轮流主办。电气学院等5个学院开设了工科留学生暑期学校。艺术学院与美国爱达荷大学学生联合开展的景观设计项目，中外学生共同访问历史文化古迹——镇江市上党镇槐荫村，了解槐荫村的自然地理、区位交通、历史传说、人文特色等，共同组队进行景观设计比赛，中外学生均受益匪浅。

（三）引入心育模式，实践快乐留学

学校把"一本四全"的心育模式应用于留学生教育，即一切以学生为本、关注全人身心健康发展、实施全程心理健康教育、强化全员心理保健意识、营造全校心理健康氛围，聘请了专职外籍心理专家，设立心理咨询室、开展心理普查，通过组织留学生参加"我爱我家"工作坊、开设"爱的历程"心理课程、融入全校心理健康教育活动等，帮助来到异国他乡的学生保持健康的心理状态，快乐地投入学习、研究。

此外，学校积极组织留学生参加丰富多彩的文化体验活动，包括"留动中国"——在华留学生阳光运动文化之旅（获江苏省冠军）、"同乐江苏"外国人才艺大赛（获汉语演讲季军）、国际龙舟赛、中国戏曲文化体验，以及传统节日体验等。"中外研究生学术论坛"成为中外学生交流与融合的品牌活动。中外学生共同组成的"牵手走世界协会"承办了国际文化日、"汉语桥"汉语大赛等活动。留学生还自发成立了足球队、田径队、板球队、篮球队等，获得校运会足球比赛冠军、运动会团体总分第三名。中外学生组成的牵手走世界协会在国际文化日、"汉语桥"汉语大赛、中外研究生学术论坛、春节联欢晚会及各

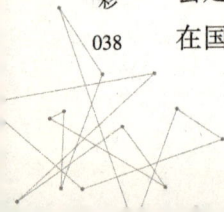

类文化赏析、暑期夏令营活动中发挥了重要作用,中外学生交流融合的国际化校园氛围已初步形成。留学生自办院刊"Olive";自办研讨会——"Life Builder Conference"自办"医学生协会 IMSA-JU",自创音像公司等。留学生活动多次得到新华社、中国日报、人民日报、中新网等多家媒体报道。

(四)规模稳步扩大,结构不断优化

截至 2014 年 10 月,学校留学生规模达到 1000 余人;学历生由 5 年前不足 130 人发展到近 900 人;全英文授课本科专业由 5 年前的 1 个拓展到 11 个,留学生生源国拓展到五大洲 89 个国家。留学生培养层次也由本科生教育进一步拓展到硕士、博士研究生,以及博士后。目前,学校所有研究生专业都准备招收外国留学生,留学研究生已达 100 余人。

此外,学校与奥地利格拉茨大学共建的孔子学院与汉德语言文化中心工作扎实推进,"江苏大学汉语国际推广中心"于 2013 年 4 月正式成立,ACCA 镇江考点落户我校。

二、主要经验

一是明确一个理念。即确立"国际化是建设高水平大学的必由之路"的理念,着力在观念上、行动上、体制上解决影响、制约国际化工作推进的突出问题,不断推动国际交流与合作由被动向主动、自发向自觉、借鉴向创新的转变。

二是做实两级规划。即通过制定校院两级留学生发展规划,明确了"十二五"期间留学生教育的指导思想、工作方针、目标任务和政策举措,以及各学院(研究院、中心)发展留学生教育的推进规划,做到工作推进上有责任人,方法步骤上有路线图,任务落实上有时间表。

三是形成三项机制。即从发展留学生教育的战略高度,着力构建了"三推进""三激励""三保障"的工作机制,形成了"校留学生工作领导小组引领推进、职能部门协同推进、学院学科主体推进"的"大留学生教育管理体系"。同时,通过强化目标激励、支持激励和荣誉激励,落实经费保障、队伍保障和设施保障等,确保投入留学生教育工作的学院、学科和教师有为有位。

四是强化四个结合。即强化留学生教育与人才培养、科学研究、学科建设和师资培养的结合,以国际的、跨文化的、全球的理念培养面向世界、具有国际视野的创新人才,用融入世界的学科和科研成果反哺留学生教育。

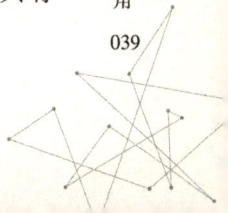

在教育厅的关心指导下，学校先后成为"中国政府奖学金来华留学生接收院校""孔子学院奖学金接收院校"，并被评为"江苏省教育国际合作与交流先进学校""江苏教育民间国际合作与交流先进集体"和"江苏省留学生管理先进单位"。

三、存在的不足与努力方向

虽然我校的留学生教育工作取得了一定成绩，但与留学生教育开展得先进的高校，以及江苏教育现代化指标体系的要求相比，还有很大差距。诸如国际有影响力的学科还太少，师资队伍的国际化水平还不能完全满足留学生教育的要求，国际化的育人环境还有差距，等等。

为此，在今后的工作中，我们将通过大力推进队伍建设、制度建设，进一步完善留学生教育体制与机制，按照重点学科发展留学研究生教育，一般学科发展留学生本科生教育的原则，努力把江苏大学建成来华留学生留学江苏的重要目标高校。

（李国强）

光明教育
edu.gmw.cn

2014 年 12 月 20 日

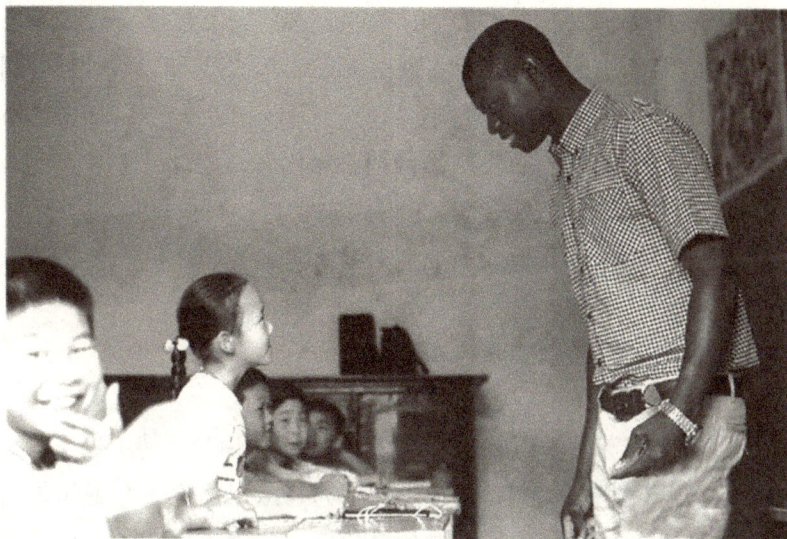

　　支教——7 月 16 日，在安徽省六安市金寨县汤家汇镇笔架山小学，来自加纳的马平（右）在和一名小学生进行英语对话。马平是江苏大学的一名留学生，今年 7 月，他作为该校"大眼睛"公益团队的志愿者，来到笔架山小学开展为期一个月的爱心支教活动。

中国搜索
ChinaSo.com

2014 年 12 月 24 日

高端视角

041

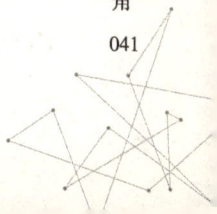

江苏大学的国际化起步较早。在 20 世纪 80 年代,江苏大学受联合国及农机部、外交部的委托,面向 34 个发展中国家举办了 15 期农机设计与制造培训班,培养高级农机技术和管理专家。进入 21 世纪后,学校在 2010 年和 2014 年分别召开了两次国际化推进会,强调把国际化作为建设高水平大学的必由之路。2012 年,江苏大学牵头组建了现代农业装备与技术研究协同创新中心,建设高水平、有特色、国际化研究型大学成为江大人的梦想。

一、国际化工作的主要成绩和感悟

2010 年以来江苏大学国际化工作的主要成绩:通过坚持引进来与走出去并重,以观念转变为先导,以提高办学水平为目标,以培养具有国际化视野和创新精神的高素质人才为核心,以师资队伍国际化为关键,统筹规划,不断完善,形成了以学校为主导,学院和学科为主体,教师和学生积极参与的国际合作与交流新格局。

1. 国际学术声誉提高

4 年间学校共承担国际科研合作项目 33 项,申请国际 PCT 专利 35 个,SCI 论文 2356 篇,年均增长 17.6%。举办了 24 场国际学术会议,来自 45 个国家和地区的近 700 名海外专家学者参会。此外,学校与日本三重大学、泰国清迈大学发起的"三国三校国际学术会议"已经成功举办了第 22 届,今年 10 月在江苏大学举行。学校的工程学、材料科学、临床医学和化学等 4 个学科领域,进入 ESR 排名全球前 1%。

2. 教师队伍国际化水平提升

近年来学校大力实施海外引资计划,首批"国家外专千人计划"和首批"江苏外专百人计划"均榜上有名。4 年共引进具有海外学习经历高层次人才 118 人,选派了 240 余名教师赴海外进修。目前,专任教师中有海外学习经历的达24%，专业外教比例达42%。学校兼职教授 Elsbett 荣获2012年中国政府"友谊奖"，新材料研究院名誉院长 Flemming 教授2013年当选中国科学院"外籍院士"。

3. 国际合作伙伴数量增加

4年来学校与美国、澳大利亚、日本、韩国、德国、加拿大等24个国家和地区的54所大学或科研机构新建了交流合作关系。学校与澳大利亚国立大学联合共建了"中—澳功能分子材料国际联合研究中心"，与美国加州大学戴维斯分校合作成立了"中美合作鲜切产业研究院"，与马里兰大学、加纳大学共建了"世界食品保藏研究中心"，与丹麦的奥尔胡斯大学共建了"中丹材料学联合实验室"，与奥地利格拉茨技术大学、爱尔兰都柏林大学等10余个欧盟单位联合开展了"中欧生物质能源国际合作项目"研究。

4. 学生的国际流动数量增长

学生"走出去"方面：学校先后与德国马格德堡大学和美国阿卡迪亚大学展开合作办学，与意大利帕多瓦大学、澳大利亚昆士兰科技大学、瑞典克里斯蒂安斯塔德大学等联合开展了研究生培养，等等。4年来，具有海外经历学生的人数从不到50人增加到500余人。"引进来"方面，学校实施了"打造工程类外国留学生教育特色，全方位扩大来华留学生规模"国家教育体制改革试点项目，全英文教授本科专业由3个拓展到11个，43个硕士、13个博士一级学科招收英文授课的研究生。留学生规模由120余人发展到1300余人，其中学历留学生超过了70%，生源国达108个。

机制建设方面：学校建立了统一领导、归口管理，分级负责协调配合的国际化工作机制，由一把手校长负责，通过每月的国际化工作例会对各学院、科研机构国际化工作中遇到的问题及时进行沟通，对各学院科研机构国际化工作遇到的问题进行沟通协调和解决。

师资培养方面：学校每年引进约150名高层次人才，其中三分之一具有海外背景，45周岁以下晋升正高职称需要有一年以上的海外留学经历，同时还专门设立了师资培养出国留学基金和国际学术交流基金。

政策导向方面：首次国际化工作推进会以来，学校出台了25项推进国际化的政策，建立了500万元大学生留学交流基金，同时要求国家重点学科、省优势学科，以及省重点学科建设经费10%用于国际交流和国际化人才培养。学校在国家政府奖学金、孔子学院奖学金、江苏省茉莉花奖学金的基础之上，专项设立了外国留学生校长奖学金、留学研究生助教基金等，引入100万元

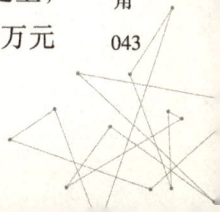

"安信地板"留学生企业奖学金,构建了多元化、立体式的来华留学生奖助学金体系。

环境营造方面:学校积极推进工程类专业国际教育论证,专门设立留学服务中心;汉语国际推广中心定期举办中外研究生学术论坛、国际文化节,开展耶鲁学堂和新东方讲堂等,同时融入国际元素,凸显本校特色,大力加强校园英文网站建设。

二、进一步推进国际化,建设高水平大学的主要措施

1. 充分认识国际化在研究型大学建设中的地位和作用

国际化是经济全球化对研究型大学建设的必然要求,经济的全球化推动着大学的国际化,大学通过实施国际化战略,在全球范围内相互学习借鉴,分享先进的高等教育理念和经验。中国广泛参与国际事务,为高校融入高等教育国际化创造了机遇。

国际化是衡量研究型大学实力水平的重要指标。我国明确把拥有广泛国际合作基础作为研究性大学的基本条件之一。国际化必须融入学校人才培养、科学研究、师资队伍、学科建设及管理服务的方方面面。

2. 继续推进国际化的战略

突出学术导向,实施国际学术声誉提升计划。通过国际化战略执行国际通行的学术标准,遵守国际通行的学术规范,最大限度争取国际学术资源,促进优秀学科领域的发展。

一要鼓励学科教授之间的国际交流与合作,完善鼓励和扶持国际合作科研机构或平台建设的政策,每年重点资助建设 2～3 个国际合作的科研平台。二要积极实施国际期刊论文质量提升工程,鼓励向本学科国际顶尖期刊投稿。三是设立 100 万元专利运行引导基金,如加大 PCT 国际专利申请的培育力度,发挥专利对提升学科核心竞争力的支撑作用。

突出队伍支撑,实施国际化师资引进培养计划。一是进一步落实高端、青年、国际化、师资队伍建设工作方针,引进汇聚一批具有国际一流水平的领军人才和具有国际竞争力的人才。二要鼓励各学院科研机构积极争取聘专项目,为学校学科发展赢得更多的国际学术资源。三是加大青年教师走出去的工作力度,努力建设一支具有与国际同行进行平等对话能力的师资队伍。

突出学生主体,实施国际化人才培养计划。研究型大学一定是致力于培

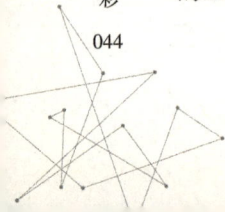

养能立足本国、具有全球视野及国际理解和跨文化交流能力的创新型人才的大学。一要学习借鉴国外高水平大学的课程体系，同时与国际接轨，加快工程类专业国际教育论证。二要广开渠道，加大学生国际化交流专项基金的数额，让更多的学生在校期间能够实现求学经历的国际化。三要鼓励支持各学院科研机构，立足学科专业特色，积极申报中外合作办学项目。到 2019 年，在校生海外经历比例达到 5%。国际学生培养方面，积极开展中外高校联合培养，通过分类培养、多元评价，增大奖学金额度，加大发展学校来华留学研究生教育，着力推进留学生教育内涵的提升，努力在生源结构、培养质量，以及全英文授课课程建设方面取得新的突破。学校将设立 100 万元专项基金用于本科生、研究生、国际化专业建设，优势学科和博士点的学科有不少于三分之一的专业课程实施原版教材全英文教学。

突出环境营造。研究型大学一定是拥有国际化环境和氛围的大学，联合国教科文组织把国际化定义为把跨国家和跨文化的管理和氛围与大学的教学、科研和社会服务等主要功能相结合的过程。一要高标准地做好学校和学院英文网站的改版升级工作。二要进一步加大国际学术交流资助力度，确保每年承办 4~5 次高水平国际学术会议，每年邀请 200 人次以上的国际知名专家学者来校访学、讲学。三要积极探索留学生趋同化管理模式，逐步推进中外学生同堂上课，以及使用与国际接轨的教学计划、教材、教学方式和考核标准，鼓励留学生组织或参加各类社团组织，举办中外研究生学术论坛等大型学术交流活动，促进中外学生相互交融。四是大力加强国际化办学支撑条件建设，推进数字化校园和智慧校园建设，加大外文资源建设力度，不断完善中英文标识。五要进一步健全海外校友网络，充分发挥海外校友在学校高端海外人才引进、国际创新平台构建、国际合资项目申报、国际化人才培养，以及留学生生源拓展等方面的重要桥梁作用。

总之，我们正处于全球化时代，而国际化是高等教育主动适应全球化的重要举措。我们必须进一步解放思想，凝心聚力，开拓创新，推进学校向研究型大学的战略转型。

（江苏大学党委副书记、纪委书记　许化溪　在第十六届中国国际教育年会上的讲话）

外国留学生在向老人们敬酒送祝福

社区的老人们在开心品尝"重阳宴"

外国留学生和社区志愿者一起制作重阳糕

外国留学生和社区志愿者在展示制作的重阳糕

　　2015 年 10 月 18 日,外国留学生向老人们敬酒送祝福。当日,江苏省镇江市金山街道太古山社区开展第四届"舌尖上的重阳"活动,来自江苏大学的外国留学生和社区志愿者共同为 30 多名空巢、孤寡老人制作重阳糕和家常菜肴,让老人们乐享爱心"重阳宴",喜迎重阳节的到来。

(中新社发 石玉成 摄)

2015 年 10 月 18 日

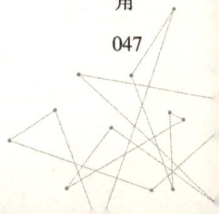

加纳驻华大使馆副大使率团参观海外公寓

高静院长陪同加纳驻华大使来访团进行参观访问

近期,加纳驻华大使馆副大使 Horace Nii Ayi Ankrah 等一行三人在江苏大学海外教育学院高静院长的陪同下来到江苏大学海外公寓 C 区 8－9 栋进行参观访问。

加纳驻华大使馆来访团参观了值班室、洗衣房、加热间、活动室及学生宿舍,询问了留学生在中国的饮食、住宿习惯,并同留学生代表进行了亲切的交谈。加纳驻华大使馆来访团对留学生的住宿条件表示满意,并兴致勃勃地在宿舍拍照留念。

目前,在校加纳籍留学生共 180 余人,为江苏大学第一大留学生群体,培养层次涵盖本科、硕士、博士研究生。江苏大学后勤服务集团海外公寓全体员工将继续秉持着集团"热情、高效、安全、优质"的服务理念,为来自 93 个国家的 1500 多名留学生提供更为优质的服务。

人民日报

2016 年 3 月 29 日

镇江留学生向戏曲票友学习戏曲唱腔

　　3月27日是世界戏剧日。昨日,金山街道杨家门社区街巷剧场热闹开唱,戏曲票友表演了扬剧等传统曲目,并指导来自赞比亚、韩国、印度等国的江大留学生画戏曲脸谱,学习戏曲唱腔及其表演艺术,以此弘扬中国传统的戏曲文化。图为戏曲票友在指导江苏大学的外国留学生学习戏曲唱腔。

(文雯　摄影报道)

人民网 people.cn

2016 年 3 月 26 日

其他转载媒体:

教育部网　http：//www. moe. edu. cn/jyb_xwfb/s5984/xw_tsxwft/201604/t20160405_236655. html

新华网　http：//news. xinhuanet. com/politics/2016 - 03/26/c_128835068. htm

扬子晚报网　http：//www. yangtse. com/m/news/jiangsu/zhenjiang/2016 - 03 - 26/284302. html

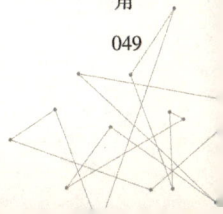

外国留学生街巷剧场体验戏曲文化(1)

外国留学生街巷剧场体验戏曲文化(2)

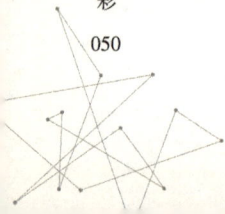

外国留学生街巷剧场体验戏曲文化(3)

　　扬子晚报网　3月26日讯(石玉成　万凌云　摄)　25日,江苏大学的外国留学生和戏曲票友一起画戏曲脸谱。当日,江苏大学来自赞比亚、韩国、印度等国的留学生走进镇江市金山街道杨家门社区街巷剧场,在当地戏曲票友指导下画戏曲脸谱,学习戏曲唱腔及其表演艺术,体验中国传统的戏曲文化,迎接3月27日世界戏剧日的到来。

(刘丽　编辑)

2016年3月26日

外国留学生快乐体验中国年俗

外国留学生在展示编织的中国结

　　春节临近，江苏大学部分外国留学生近日来到镇江市润州区金山街道银山门社区，开展"体验中国年俗"活动，通过学习编织中国结、剪纸、写春联、包饺子等，快乐体验中国春节相关的年俗文化。

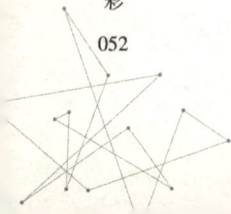

民俗专家赵惠芹指导外国留学生编织中国结

外国留学生与社区居民一起包饺子

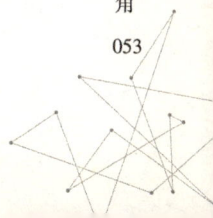

外国留学生学习写春联

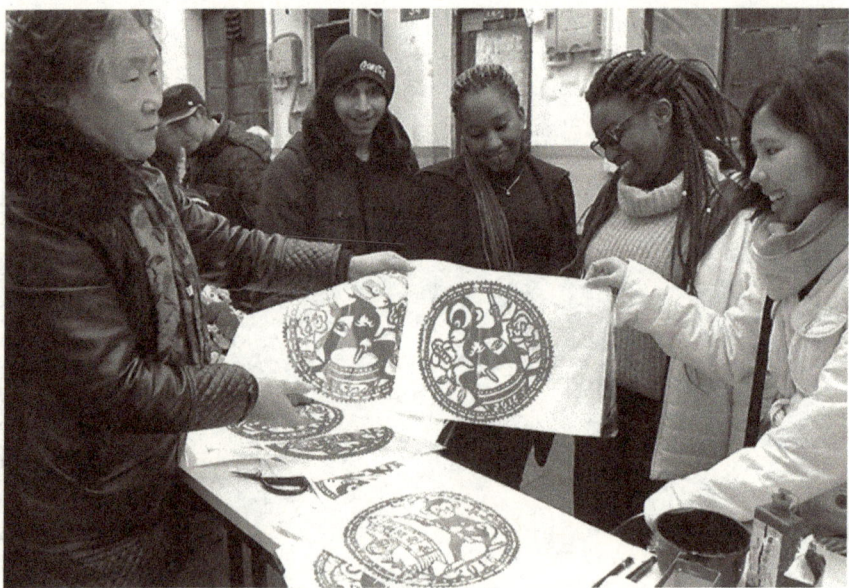

剪纸专家尹桂兰向外国留学生演示讲解与猴年相关的剪纸作品

（石玉成　任梅　摄）

中华人民共和国教育部网站

2016 年 2 月 3 日

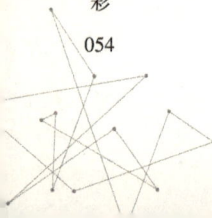

视频简介：江苏大学编排的鼓上舞可谓技惊四座，而领舞者是一个拉丁美女李丽，表演前还紧张得说不出话来。

央视主持人在播报相关新闻

江苏大学王丽敏副院长接受采访

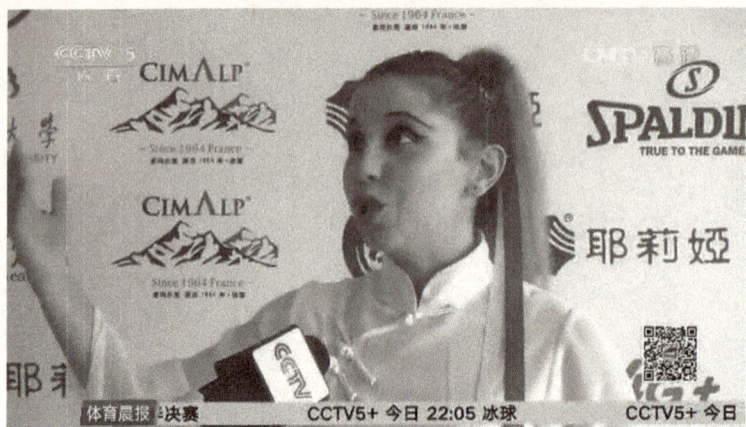

留学生李丽接受采访

李丽领舞鼓上舞

CCTV 央视网.com 央视

2016 年 2 月 3 日

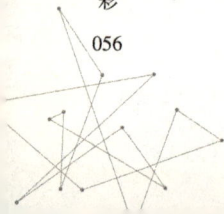

回眸聚焦

一、报纸杂志篇

实验课上的留学生

日前,江苏大学医学院实验楼内,来自印度、巴基斯坦等国家的留学生首次上显微观察实验课,课余时间还围着老师问个不停。

(本报记者　张学军　摄)

中国教育报

2006 年 11 月 11 日　1 版

"我当上了文化志愿者"

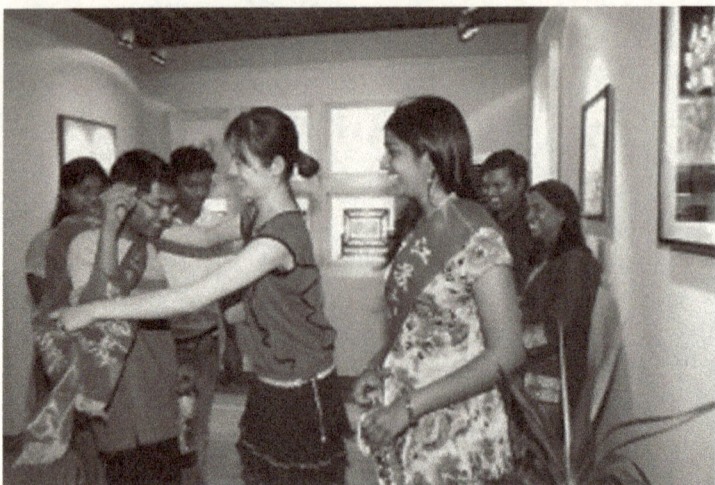

　　5月23日,江苏大学的一批印度留学生在江苏镇江市民间艺术馆参观《白蛇传》传说展览。当天,留学生们正式成为江苏大学文化志愿者,将在回国后进行中国民间文化传播。

（陶春　摄）

人民日报 海外版

2007 年 5 月 25 日　2 版

中外师生纸鹤传情

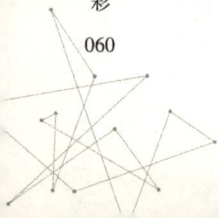

5月15日,江苏大学的外籍教师和大学生一起用千纸鹤为四川地震灾区的灾民们祈祷平安。当日,江苏大学师生们纷纷捐款献爱心,一起折千纸鹤,写上祝福的话语,共同为四川地震灾区的灾民们祈祷平安。

(石玉成 徐惠红 摄)

中国教育报

2008年5月21日 9版

其他报道媒体:

中国教育新闻网 http://www.jyb.cn/photo/gdjy/200805/t20080521_164264.html

中国财经报 2008年5月20日 4版

共话"端午"

在端午节即将来临之际,江苏大学几名外籍教师和20多名大学生一起走进镇江市润州区金山街道太古山社区,与社区居民一起包粽子、话"端午",在开开心心的实践中体验中国的传统文化和风俗习惯。

(石玉成 徐惠红 摄)

新华日报

2008年5月30日 A7版

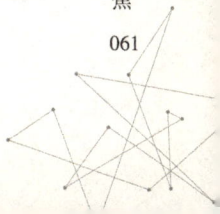

禁毒宣传

昨日,镇江市润州区禁毒大队民警带着 4 名已戒毒瘾的"禁毒志愿者"走进江苏大学,通过专题讲座、现身说法、现场咨询等形式,向中外师生宣讲《中华人民共和国禁毒法》和毒品的危害,教育大家自觉远离毒品。

（石玉成　张文君　摄）

江苏法制报

2008 年 6 月 16 日　2 版

"镇江很美,想当镇江女婿"
——走近江大首位外国留学博士孙龙

本报讯　昨天上午,在江苏大学 2008 届毕业生毕业典礼上,当袁寿其校长为一名身材魁梧健壮的博士生扶正流苏、颁发毕业证书时,全场都投以关注的眼光。他就是来自泰国的江大首位外国博士留学生孙龙。昨日,毕业之时的他向记者表露出对镇江依依不舍的留恋之情,同时他还想找位镇江姑娘当女友。

据了解,孙龙 2005 年在泰国清迈大学硕士毕业,怀着对中国文化的敬仰,他慕名报考了江苏大学食品科学与工程学科博士研究生,并以优异的成绩成功入选。对于这名江大历史上的第一位外国留学博士生,学校针对他的知识结构和专业基础,挑选了优秀教师组成指导小组,精心安排教学计划,并聘请教学经验丰富、有国外留学背景的赵杰文教授作为他的指导老师。

据赵杰文教授介绍，这三年来，孙龙在学习上非常刻苦，他所研究的"高光谱图像技术进行农产品内外品质的检测"的论文选题，属于农产品品质无损检测研究的国际最前沿领域，在国内属于首创。就在前不久，在由 7 位博士生导师组成的答辩委员会评审中，孙龙的论文全票通过，还被评为江苏大学优秀博士论文。

"今天心情很好，很骄傲！"毕业典礼结束后，孙龙操着流利的汉语和记者交流起来，"这三年不容易，很辛苦，一直忙着做实验、写论文。"其实，三年来孙龙早已成为学校的名人，这不仅因为他是位身高近 1.9 米的老外，还因为他的中文歌曲堪比"原唱"，得过江大校园歌手大赛的第一名。此外，开朗随和的性格、乐于助人的品质也让他在学校师生中很有人缘。

"镇江太漂亮了，社会和谐安全，真让我留恋！"当记者问起他对生活了三年的镇江的印象时，孙龙乐呵呵地说。闲暇时，孙龙也喜欢旅游爬山。他告诉记者，他几乎跑遍了江苏所有的地级市，镇江的"三山"及南山风景区更是他经常去的地方。"中国所有的城市当中，我最喜欢厦门和镇江两个城市。"不仅对镇江的山水怀有好感，在孙龙眼里镇江人"很友好，可亲"。"如果可能，我想找个镇江女孩做女朋友。"孙龙笑着说，这么多年自己一直忙于学习，没时间谈感情，今年已经 31 岁了，应该成家了。

对于毕业后的打算，孙龙表示，自己有一半中国血统，97 岁的外公是广东湛江人，现在中国的社会经济发展形势这么好，毕业后当然最想留在中国工作了，而且镇江是他的首选。

（张明平　沈湘伟）

京江晚报
2008 年 6 月 19 日　A4 版

江苏大学首位外国留学博士生毕业

本报讯　日前，在江苏大学 2008 届毕业生毕业典礼上，当该校校长袁寿其为一名身材高大、魁梧健壮的博士生扶正流苏、颁发毕业证书时，全场都投以关注的眼光。这位来自泰国的名叫 Saritporn Vittayapadung（中文名孙龙）的小伙子，是江苏大学首位外国博士留学生。

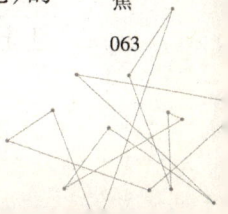

2005年，泰国清迈大学硕士毕业的孙龙，慕名报考江苏大学食品科学与工程学科博士研究生，师从赵杰文教授。对于这名江大历史上的第一位外国留学博士生，江大针对他的知识结构和专业基础，挑选了优秀教师组成指导小组，精心安排教学计划，并聘请教学经验丰富、有国外留学背景的老师进行教学。赵杰文教授还依托江苏省自然科学基金重点项目，指导孙龙确定了主要研究方向，并以"高光谱图像技术进行农产品内外品质的检测"作为他的论文选题——属于农产品品质无损检测研究的国际最前沿领域。

三年来，孙龙刻苦钻研，采用高光谱图像技术对苹果的糖酸度、硬度和损伤等进行了快速无损检测的研究，在国内属于首创。在由7位博士生导师组成的答辩委员评审中，孙龙的论文全票通过答辩，并被评为江苏大学优秀博士论文。

"今天心情很好，很骄傲！"毕业典礼结束后，孙龙操着一口流利的汉语感慨道，"这三年不容易，很辛苦，一直忙着做实验、写论文。"其实，三年来"很辛苦"的孙龙，业余生活也很丰富多彩，在江大早就是个校园名人。这倒不仅因为他身高近1.9米"目标大"，还因为他的中文歌曲唱得堪比"原唱"，进校不久就获得了江大校园歌手大赛第一名，后来还参加过江苏省和长三角地区外国友人才艺大赛。"在泰国我都没这么风光过。"孙龙笑着说。

"中国所有的城市当中，我最喜欢两个，一个是厦门，一个是镇江。"不仅对镇江的山水怀有好感，在孙龙眼里镇江人"很友好，可亲"。"如果可能，我想找个镇江的女孩子做女朋友。"开朗的孙龙笑言自己31岁了，之前一直忙学习没时间顾及自己的感情，现在可以考虑了。他还透露，现年97岁的外公是广东湛江人，小时候他就有个心愿来中国看看，现在博士毕业了，最大心愿是留在中国"上班"。

科学时报

2008年6月30日

走进西津古渡保护非物质文化遗产

6月13日是中国第四个"文化遗产日"。近日，镇江市30多名中外大学生走进该市西津渡古街民间文化基地，开展"中外学子探寻民间文化"实践活

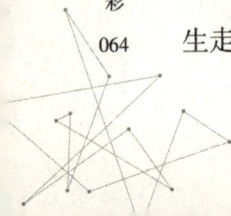

动,通过向民间艺人学习才艺绝技,进一步了解丰富多彩的民间文化艺术,迎接"文化遗产日"的到来。

（石玉成　王海军）

江苏教育报

2009 年 6 月 11 日　3 版

中外学子社区宣传

6 月 24 日,江苏大学 20 多名中外大学生来到镇江市润州区金山街道太古社区,开展"中外学子社区宣传环保"主题实践活动。中外学子们与社区居民一起利用废旧的纸板、易拉罐、饮料瓶等材料,"变废为宝",创作了一件件环保工艺品,积极宣传环保知识,大力倡导绿色环保人人参与的生活理念。

（石玉成　杨春峰）

教师报

2009 年 7 月 1 日　A1 版

外籍师生镇江学戏

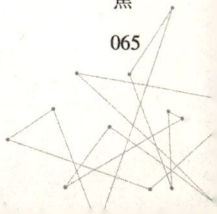

11 月 24 日,江苏大学部分外籍教师和外国留学生来到镇江市润州区金山街道黑桥社区,在当地戏曲票友的指导下,学习扬剧、越剧、淮剧等戏曲唱腔和表演艺术,体验中国富有地方特色的戏曲文化。

(新华社发 石玉成 摄)

人民日报 海外版

2009 年 11 月 25 日 4 版

其他转载媒体:

中国政协新闻网 http://cppcc.people.com.cn/GB/34958/10443283.html

人民代表报 2009 年 11 月 28 日第 7 版

江苏工人报 2009 年 11 月 24 日第 1 版

江苏大学与格拉茨大学共建孔子学院

本报讯 日前,江苏大学与奥地利格拉茨大学共建孔子学院。格拉茨大学校长古切尔霍费尔和中国驻奥地利大使史明德共同为格拉茨孔子学院揭牌。这是奥地利境内的第二所孔子学院。

格拉茨孔子学院的主要活动是汉语教学,目前已有 3 个班近 70 名学生。学院以传播中国语言文化、支持奥地利中文教学为基本任务,旨在增进奥地利人民对中国语言和文化的了解,发展中国与奥地利的友好关系,促进世界多元化文化的发展。

格拉茨大学建于 1585 年,是继维也纳大学之后奥地利的第二所最古老的大学,曾产生了 6 名诺贝尔奖获得者,与全球 500 家大学建立了交流与合作关系。据悉,目前全球共有 88 个国家和地区建立了 282 所孔子学院和 272 个孔子课堂。

(张明平 姜木金)

中国教育报

2010 年 10 月 25 日 6 版

其他转载媒体:

科技日报 2010 年 9 月 21 日 7 版 教育传真

江苏教育报 2010 年 9 月 27 日第 A2 版 新闻

镇江日报 2010 年 11 月 5 日/第 002 版 要闻

江苏大学"双向开放"加快国际化步伐

本报讯 "高水平大学一定是国际化的大学。"在 12 月 8 日举行的江苏大学国际化工作推进会上，该校校长袁寿其说，国际化是我国高等教育继大扩招、大建设、大提升之后的又一时代潮流，今后高校新一轮的重新洗牌将在很大程度上取决于高校的国际化程度。该校提出在"十二五"期间成为外国留学生留学中国重要目标高校和江苏省教育对外开放先进高校的总体目标。

据了解，世界一流大学本科国际学生的比例一般占 10% 左右，外国研究生的比例超过 20%，而国际教师的比例则在 10% 以上。江苏大学将国际化作为推动高素质创新型人才培养和高水平大学建设的重要战略引擎，还提出了"十二五"期间在学生的国际流动、教师队伍的国际化、教学与课程国际化，以及国际合作研究和国际合作办学等方面的具体目标。该校提出到 2015 年，具有海外学习经历学生及外国留学生比例双双达到 5%，教师赴境外高水平大学或研究机构进修深造 1 年以上的比例超过 10%，以及建设开放式、国际化教育教学体系，建设高水平国际科技合作平台，新增海外孔子学院等。

该校推出"在校大学生海外学习项目"，鼓励高年级本科生和研究生申报国家留学基金委公派研究生项目、参加国际学术会议、到境外进行一段时间的交流学习。此外，还鼓励毕业后到境外教育机构就业。学校专门设立海外游学项目奖学金，资助经济困难的优秀学生参加海外游学或学术交流。

该校还积极实施"青年教师国际能力提升计划"，将"访名校、拜名师"师资培养计划进一步深化为"访国际名校、拜国际名师"，通过设立境外培训基金，鼓励中青年骨干教师到国外一流学科专业进修、深造。此外，还通过科研合作交流、高水平国际会议、聘请外籍专家、双语教学与国际化专业建设、外国留学生教育等项目，进一步深化国际学术交流、提升师资队伍的国际视野。

（霍建伟　张明平）

科技日报

2010 年 12 月 21 日　7 版

二、网络篇

江苏大学外籍师生向社区票友学习京剧

11月24日,江苏大学的外籍师生在镇江市黑桥社区向票友学习戏曲表演艺术。当日,江苏大学部分外籍教师和外国留学生来到镇江市润州区金山街道黑桥社区,在当地戏曲票友的指导下,学习扬剧、越剧、淮剧等戏曲唱腔和表演艺术,体验中国富有地方特色的戏曲文化。

(新华社发 石玉成 摄)

搜狐教育

2009年11月25日

江苏大学留学生龙舟队将参加2010金山湖龙舟赛

江苏大学国际教育交流学院组建的留学生龙舟队系一支充满激情活力的年轻队伍,他们由来自世界各国的留学本科生和研究生组建而成,平均年龄22岁。本届江苏大学留学生龙舟队虽然比赛经验不足,但留学生们都喜爱中华文化、虚心好学,因而进步很快,在日常的训练中同舟共济、团结合作、勇于拼搏。他们决心不辜负学校的希望,在比赛中共创佳绩。

江苏大学领导对国际教育交流学院的留学生龙舟队给予了极大的支

留学生参加龙舟赛

持。他们希望参赛的各国留学生通过参加金山湖龙舟邀请赛,增进中外人民之间的相互了解和友谊,进一步加深留学生对中华文化、民族风情的了解。

在本届金山湖龙舟赛上,江苏大学留学生龙舟队志在发扬"更高、更快、更强"的奥林匹克精神,努力拼搏,赛出风格和友谊,展示江苏大学留学生的精神风貌。

(Stella)

留学中国网

2010 年 5 月 26 日

江苏大学外国留学生与中国孤寡老人共度中秋

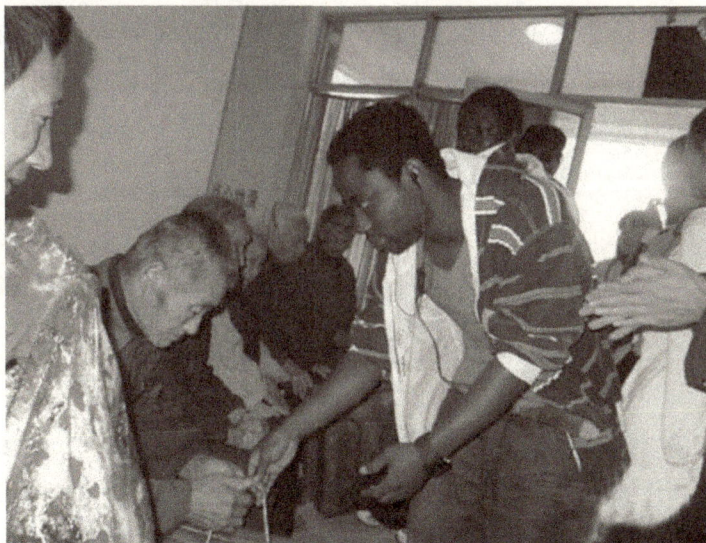

留学生志愿者给老人送去月饼和水果

中新网镇江 9 月 23 日电(彭彬 周以林 王艳玲) 昨天,江苏大学 15 名青年志愿者和 5 位外国留学生志愿者冒着大雨来到了镇江谏壁敬老院,给那里的 18 位老人送去过节的月饼和水果。

由于敬老院附近的莺歌桥正在整修,志愿者们不得不提前两站下车,绕了一大圈才来到敬老院。更可怜的是 10 点半左右天突然下起了大雨,虽然都

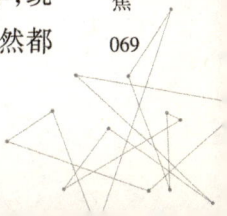

打了伞,但志愿者们浑身上下都湿透了,看得敬老院的张桂琴院长很是心疼。"没事,没事",面对张院长的问候,印度籍留学生 Shakill 连连摆手,他左摇右晃的样子逗得在场老人开怀大笑。

"你从哪来的?""在这想家吗?""你们那里也过中秋节吗?"老人们对眼前的留学生很是好奇。97 岁老奶奶倪陈氏热情地拉着江大非洲籍留学生 Bright 的手,问了他许多问题。虽然 Bright 的中文水平还可以,但老人的镇江方言让 Bright 抓狂不已,不断地用可怜的眼神向中国学生求助。"你好,祝您中秋节快乐!"来自安哥拉的 Allie 大声地向 93 岁老人张顺儿问好。可由于老人的耳朵不大好,Allie 听到的回答总是"什么?",Allie 只得一遍遍重复。功夫不负有心人,最终 Allie 听到了老人说的"也祝你中秋快乐"。她当时就跳了起来。现场气氛很是热烈,据张院长介绍,连以前喜欢清静的老赵也走出房间跟大学生们聊了起来。"这些大学生真太好了,和他们一起过,这节就有意思了。"老赵开心地说。

老人们的热情和过节的喜庆劲儿也感染了留学生。来自邻国巴基斯坦的一木感觉很是温馨,想家的感觉淡了许多。已在江大求学三年多的一木只能在每年暑假的时候回去一次,想妈妈的时候只能在电话里听听声音。"中国的这个节日真好,可以一家人团聚,我们国家也应该有这样的节日。"

中国新闻网

2010 年 9 月 23 日

奥地利格拉茨孔子学院正式成立

新华网奥地利格拉茨 10 月 29 日电(刘钢)中国江苏大学与奥地利格拉茨大学合作成立的孔子学院 29 日晚在格拉茨大学正式成立,格拉茨大学校长古切尔霍费尔和中国驻奥地利大使史明德共同为孔子学院揭牌。

格拉茨孔子学院是继维也纳孔子学院之后,奥地利的第二所孔子学院,也是中国与奥地利在教育领域交流与合作的又一成果。

格拉茨孔子学院中方院长张文莉介绍说,格拉茨孔子学院的主要活动是汉语教学,将从 2010 年 11 月起开始正式授课,目前已有 3 个班近 70 名学生。学院以传播中国语言文化、支持奥地利的中文教学为基本任务,旨在增进奥地利人民对中国语言和文化的了解,发展中国与奥地利的友好关系,促进世

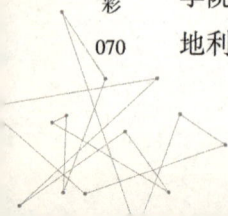

界多元化文化的发展。

在当晚的揭牌仪式上,古切尔霍费尔在致辞中说,格拉茨孔子学院的建立得到了格拉茨市政府、议会和中国政府的支持,为奥地利人了解和学习中国语言及文化提供了一个平台,也将有助于拓宽学生的知识结构,必将促进奥中两国关系的深入发展。

中国江苏大学副校长许化溪表示,江苏大学为格拉茨孔子学院的建立进行了积极而充分的准备。孔子学院成立后,江苏大学和格拉茨大学也将以此为平台,开展包括课题研究、人员培训等方面的交流与合作。

史明德在致辞时指出,格拉茨孔子学院的成立顺应了两国人民希望加强了解的愿望。"孔子学院的主要任务不仅只是传播中国的语言和文化,这里也同样是促进各国人民理解及进行文化交流的平台。"

包括奥地利施泰尔马克州政府及格拉茨市政府代表在内的奥地利各界人士约 500 人出席了孔子学院揭牌仪式,并欣赏了舞狮、合唱、舞蹈、太极拳等节目。

奥地利格拉茨大学创建于 1585 年,是继维也纳大学之后奥地利的第二所最古老的大学,尤其在经济学和社会科学领域具有很强实力,曾产生过 6 位诺贝尔奖获得者。

目前全球共有 88 个国家和地区建立了 282 所孔子学院和 272 个孔子课堂。

www.news.cn
新华网
NEWS
www.xinhuanet.com
新华通讯社主办

2010 年 9 月 23 日

其他转载媒体:

凤凰网　http://news.ifeng.com/world/detail_2010_10/30/2950304_0.shtml

中新网　http://www.chinanews.com/hwjy/2010/11-01/2625102.shtml

网易　http://news.163.com/10/1030/13/6K8CJDG400014JB5.html

搜狐　http://news.sohu.com/20101030/n276807118.shtml

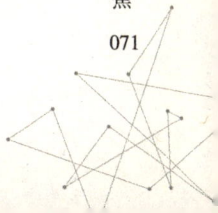

奥地利第二所孔子学院揭牌

　　10 月 29 日,在奥地利格拉茨大学孔子学院揭牌仪式上,奥地利学生演唱中文歌曲《月亮代表我的心》。当日,奥地利格拉茨大学与中国江苏大学合办的孔子学院揭牌,成为奥地利境内继维也纳大学孔子学院之后的第二所孔子学院。

（新华社记者　徐亮　摄）

搜狐新闻

2010 年 10 月 30 日

江苏大学有个中药"百草社" 外国留学生也来取经

"中药迷"神采奕奕带着"战利品"归来

中新网镇江 12月4日电（蒋慧群　戴有慧　王春龙）"您好！请问你们的'药行天下，养生保健'活动，我和我的朋友能加入吗？"今天，江苏大学药学院百草社意外接到印度籍留学生 Max 的来电，要求来百草社向中国医药学者取真经。

百草社是由江苏大学药学院院长赵明和杨彤彤老师于 2009 年 3 月创建的，现有成员 80 人，社员全是学院学生，他们以弘扬中华医药文化为主旨，在学习书本知识的同时，还经常全体上山采药。中华医药真经深深吸引了外国的"和尚"，他们纷纷要求取经。Max 和 Imu-Imra 在中国求学 5 年，深受中国文化的熏陶，一有空就到江苏大学附属医院实习，耳濡目染中渐渐迷上了博大精深的中医药文化。得知百草社是以"弘扬中医学知识"为宗旨的团体，他们便立刻联系了该学生组织，并且与药学院师生建立了良好友谊。每次百草社的活动他们都分外积极，一些德国、巴基斯坦等国家的留学生也慕名前来参与活动。

在每次百草社"游南山、采药材"活动中，Max、Imu-Imra 和他们的朋友都跟着制药工程系教授、博士生导师欧阳臻，药用植物学教师陈红霞及众多社

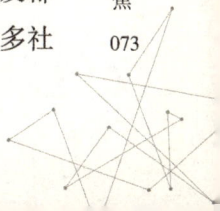

员们探寻南山药草。或穿梭在竹林,或踏着荆棘前行,或挥着锄头挖药草,抑或休息时蹲在青石板上观察药材——"这么多花草原来都可以入药,太神奇了!"Imu-Imra 无不赞叹中医药的神奇。每当他拎着满满一袋子"战利品"取经而回来时,总是特别激动:"我终于亲眼见到了传说中的何首乌、威灵仙、凤尾草——有机会,我要把这些中药真经带回我的国家,和家人朋友一起分享!"

中国新闻网

2010 年 12 月 4 日

其他转载媒体:

网易　http：//news. 163. com/10/1204/12/6N2DEBUN00014JB6. html

央视网　http：//news. cntv. cn/20101204/106770. shtml

腾讯网　http：//edu. qq. com/a/20101204/000070

凤凰网　http：//edu. ifeng. com/gundong/detail_2010_12/04/3347340_0. shtml

搜狐网　http：//roll. sohu. com/20101204/n300878580. shtml

中国网　http：//big5. china. com. cn/gate/big5/edu. china. com. cn/liuxue/2010 – 12/05/content_21481471. htm

光明网　http：//big5. gmw. cn/g2b/edu. gmw. cn/2010 – 12/06/content_1443251. htm

出国留学网　http：//www. liuxue86. com/a/1529. html

江苏大学留学生过别样"十一"

中新网镇江　10 月 5 日电(蒋慧群　霍建伟)　"我的愿望就是祝福中国和德国发展得更好!"国庆期间,刚刚来到江苏大学留学的德国留学生 Sarah Hattheis 也迎来了她在异国他乡的首个生日。在日前举办的生日聚会上,Sarah Hattheis 带着些许欧洲口音,向大家说出了自己的生日心愿。

进入留学生公寓 1205 室,首先映入眼帘的是一面鲜艳的五星红旗和床头挂着的红红的中国结,给人一种浓浓的"中国味"。墙壁上张贴的生日贺卡和主人开心的照片,则烘托出一片喜庆安详的节日氛围。Sarah Hattheis 介绍说,虽然自己生在 9 月,但跟 10 月 1 日中国国庆节和 10 月 3 日德国国庆日靠得很近,于是便将 3 个生日放到一起庆祝,感觉真是棒极了! 她还高兴地告诉记者,床头的中国结是刚认识不久的中国朋友送给她的生日礼物。她得知中国结代表着吉祥如意、永结同心,因此非常喜欢,视若珍宝。

据了解，Sarah Hattheis 跟其他 4 个德国同学来江苏大学学习汉语才一个多月，但出国前主修语言国际教育，所以对中国文化早有了解。"孔子、庄子、老子的著作我们都读过。"Sarah Hattheis 的舍友 Lsabelle Gltong 骄傲地告诉记者，她们觉得在中国处处都能体会到儒家的中庸思想，连外出旅游的动车都是"和谐号"。

谈到端午节的赛龙舟，今年参加镇江龙舟比赛的印度留学生深有感触，原本狭窄的空间要坐那么多人，还得一起奋力划船，只有掌握平衡并用力一致才能保证不翻船，才可能获胜，他们对这些小事的印象非常深刻。

国庆假期，Sarah Hattheis 还准备和室友一起到西安一睹兵马俑的风采。之前，她们曾游览过中国不少名胜古迹，长城、故宫、东方明珠电视塔、夫子庙等，说起来如数家珍。她们想在中国留下更多的经历和留念，以便回国后家人朋友一起分享。

中国新闻网

2010 年 10 月 5 日

其他转载媒体：

一起去留学　http：//www.177liuxue.cn/shenghuo/2010－10/157598.htm

江苏大学中外学子志愿为长江母亲河"美容"

中新网镇江 10 月 24 日电（彭彬　李梦璐　王春龙）　江苏大学为倡导大学生投身"爱护地球家园"，保护长江母亲河，特别举行了这次为长江母亲河"美容"活动。这次活动共吸引了 50 多名大学生志愿者参加，其中包括 4 名巴基斯坦留学生。

"长江，是你们中国人的母亲河，也是所有地球人的母亲河。"今天上午，在江苏大学就读的外国留学生 Khan 兴奋地说。

在现场可以看到，尽管江边风力不小，而且水温较低，有的志愿者还一次次陷进淤泥里，但他们依旧坚持参加清污行动。来自巴基斯坦的留学生 Khan 捞长江里的漂浮物时，一不留神右脚滑近了水里，干净的裤管瞬间沾满了污泥。他匆匆整理后，又跟上队伍。

"你们带上我吧，我也想去！"留学生 Ale 在"英语角"得知志愿者们要去长江边捡垃圾后，便一个劲地央求要跟着一起去，同时，他的三个巴基斯坦同胞听说后也积极参与了进来。据了解，Ale 告诉记者，自己在中国求学已经是第四个年头了，4 年来，他已经到过中国近 20 个城市了。尽管看过无数风景，但让他触动最深的是长江。Ale 说，没到中国前，他就听过长江，见了长江后，长江的广博和浩瀚给了他很深的震撼。"真不敢想象，长江竟然可以这样宽广，很高兴能为中国人的母亲河做点什么。"

　　活动负责人介绍，今年以来，为了引导大学生自觉保护长江原生态，江苏大学开展了"保护长江，从我做起"系列活动，从组织学生观看"保护长江"为主题的纪录片到举行"保护母亲河"横幅签名，再深入镇江市的小学和社区进行"长江保护"系列宣传。

　　这位负责人还说，为了把保护长江进行到底，他们还在酝酿成立一支保护长江志愿者队伍，定期为长江母亲河"美容"，使古老的母亲河永远焕发生机活力。

CNTV
中国网络电视台

2010 年 11 月 25 日

一、报纸杂志篇

江苏大学首批医学类外国留学生顺利毕业

本报讯 "健康所系,性命相托。(Health related, life entrusted.)"在近日举行的江苏大学首批医学类外国留学生毕业典礼上,来自印度的 22 名留学生庄重地重温了医学生誓词。

毕业典礼上,21 名临床医学专业本科留学生和 1 名硕士研究生被授予了学位。据介绍,该批留学生自 2005 年进入该校学习临床医学,成为该校首批课程招收的学历留学生。去年年底,他们顺利完成了学习任务,圆满结束所修课程,均取得了学位和学历证书。"感谢江苏大学把我从一个孩子培养成为一名济世救人的医生。"留学生代表黎明表达了对学校的感激之情。他表示,回国后一定努力工作,为母校争光。据悉,江苏大学是改革开放后全国第一批有条件接受外国留学生的 200 所高校之一。目前,该校共有来自 16 个国家的近 200 名留学生。

（霍建伟　江永华）

江苏教育报

2011 年 1 月 6 日　2 版新闻

其他转载媒体:

新民网　http：//news. xinmin. cn/rollnews/2011/01/03/8659927. html

留学无忧网　http：//www. liuxue51. net/

江大师生走进社区过腊八

江大外国语学院的留学生及外教,与太古山社区居民一起喝腊八粥。

(文雯　石玉成　摄影报道)

京江晚报
2011 年 1 月 11 日　2 版

这对黑人兄弟叫"李白"

"这里的人都挺好的。"加纳的双胞胎兄弟白纳德(Bernard)和李纳德(Leonard),来到中国镇江攻读江苏大学工商管理硕士也已经两个月了。昨天，当记者见到两兄弟时，这对异国他乡的兄弟已经和同学们混得烂熟。同学们戏称他们为"李白"兄弟（各取前一个字），两个月左右，他们给同学们带来了太多快乐，而兄弟俩也已爱上了镇江这片美丽的土地。

通过同学和老师的翻译，采访中记者了解到，虽然有着同样的中国情结，但双胞胎兄弟选择留学中国的原因却各有不同。

弟弟李纳德指着自己的眼睛问记者："是不是很小，很像中国人的眼睛？"原来，还是在加纳的时候，他的老师和同学们都认为传统意义上的中国人都是"小眼睛"，所以亲切地称呼他为"小中国人"，而就是在这一称呼中，他的中国留学梦也在与日俱增。

白纳德的"中国梦"源于他在加纳酒店的工作。工作中，他结交了很多中国大使馆及到加纳旅游的中国朋友，通过朋友们的介绍，他一直梦想有一天能来到中国学习。凑巧的是，他通过互联网结识了已经在江苏大学学习了两年的加纳留学生 Erwest，初步了解了镇江和江苏大学。随后，积极创造条件，又通过了 Erwest 的引荐，最终确定了留学江苏大学。今年的 3 月 8 日，是这对已经 35 岁的双胞胎兄弟终生难忘的一天，他们一同来到了美丽的镇江，在江苏大学实现了梦寐以求的"中国留学梦"。

两个多月，虽然中文只学会了一点，但却并不影响兄弟俩对使用中文的热情。兄弟俩进江大不久，他们的一位中国朋友就惊奇地发现，这哥俩的中文名字一个姓"李"，一个姓"白"，连起来正巧是中国古代的伟大诗人"李白"。两兄弟对这个"发现"特别开心，并表示以后一定要学好中文，好好读读这个大诗人的作品。

由于对周边环境还不太熟悉，兄弟俩平时除了上课和参加每周四学校对外交流协会组织的活动外，一有时间就待在宿舍里学做中国菜。接受采访时，兄弟俩还特意露了一手，不一会工夫便现场做了一道番茄炒蛋。而学校食堂里的宫保鸡丁、西红柿炒鸡蛋，都是兄弟俩最爱吃的中国美味。

"这个是我们自己对着菜谱学的，感觉做得不大对，跟在食堂里吃到的味道不一样。"李纳德告诉记者，他的厨艺很不错，做的意大利面条很好吃，下次一定请记者尝尝他的"意大利面条"。

（倪琼　刘忠桥　霍建伟　万凌云）

中外学子共画和谐字

    11 月 17 日是"国际大学生日"，江苏大学开展了"中外学子共画和谐字"主题活动。该校大学生与留学生共同以绘画的形式，画、字结合，创意赋予汉字新的活力。字以画为本，画寓字以意，中外学子通过"画字"这一新颖独特的形式，体验中华传统文化，领略汉字博大精深的艺术魅力。图为中外大学生在共同进行"画字"创作。

（杨雨　摄影报道）

科学时报

2011 年 11 月 22 日　2 版 A6 版大学周刊

1 亿外国人热衷学汉语

    10 月 29 日，奥地利格拉茨大学与江苏大学合办的孔子学院揭牌。

    11 月 8 日，瑞士第一家孔子学院在日内瓦莱芒湖畔成立。近年来，随着中国经济的发展，汉语释放出前所未有的魅力，"汉语热"热遍全球。截至 2010 年底，全球学习汉语的外国人已达到 1 亿。

    当春秋时代的孔子周游列国时，他不会想到，2500 多年后，以他名字命名的孔子学院成了传播中华文化与中华文明的新使者。

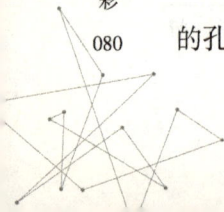

奥地利格拉茨大学与江苏大学合办的孔子学院揭牌

人民日报

2011 年 11 月 28 日　4 版

二、网络篇

奥地利孔子学院渐成中奥文化交流重要平台

据国家汉办网站消息,自 2010 年 10 月 29 日揭牌以来,奥地利格拉茨大学孔子学院通过各种文化活动日渐扩大影响力,正成为当地民众学习汉语、了解中国的一个重要窗口。除此之外,格拉茨大学孔子学院还成了格拉茨市与镇江市、江苏大学与格拉茨市各个大学之间进行文化、经济、教育和学术交流的重要平台。

以中奥建交 40 周年为契机,以格拉茨大学孔子学院为平台,江苏大学校长代表团和镇江市代表团在 6 月 28 日到 6 月 30 日之间访问了格拉茨市。

6 月 28 日,格拉茨大学孔子学院接待了中方合作学校江苏大学代表团一行。校长袁寿其率队参观了孔子学院,并高度赞扬了格拉茨孔子学院建立以来取得的进步。随后,格拉茨大学校长 Alfred Gutschelhofer 先生、副校长 Roberta Maierhofer 女士与江苏大学校长代表团会面,签订了校际合作备忘录,并在格拉茨大学国际关系办公室的组织下,与相关学院教授深入探讨了合作

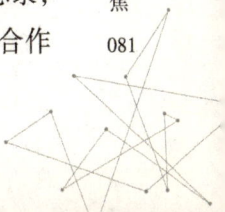

的可能。

访问期间,代表团成员张乾元教授在孔子学院为哲学系、孔子学院,以及对中国文化感兴趣的师生做了题为《周易的五种基本美学特征》的讲座。该讲座由格拉兹大学哲学系主办,江苏大学、格拉兹大学孔子学院协办。6月30日,江苏大学校长团与格拉茨工业大学校长 Hans Sünkel 先生举行会谈,并参观流体机械和汽车实验室,与相关学院商讨互派学生、合作研究的进一步计划。

6月29日,镇江市副市长王萍率团与格拉茨市副市长 Lisa Rücker 女士举行了会谈,缔结为友好合作城市。双方市长表示,将借助格拉茨孔子学院这个平台进一步加强在文化、教育和经济领域的合作。格拉茨市专门为两个代表团的到来,在市政府广场上升起中国国旗。

2011年暑期,格拉茨大学孔子学院将组织来自奥地利全国的23名中学生访华,在镇江市扎营,同时还计划邀请施泰尔马克州30多名中小学校长访华,让校长们深度了解中国,进一步加强奥地利中小学的汉语教学推广工作。

中华人民共和国国务院新闻办公室

2011年7月6日

江苏大学成功举办 MBA 留学生与企业家座谈会

10月11日上午,由江苏大学 MBA 教育中心主办的"江苏大学 MBA 留学生与企业家座谈会"在三江楼 1506 室举行。海外教育学院院长、博士生导师高静教授参加了此次座谈,座谈会由江苏大学 MBA 教育中心副主任何娣副教授主持。

江苏大学 MBA 教育中心在对 MBA 留学生的培养环节中始终倡导"走出去 请进来"的实践教学思路,强调管理理论教学与管理实践相结合。此前,已组织了 MBA 留学生赴多家企业进行参观。本次,将企业家请进课堂,面对面地与我校 MBA 留学生进行座谈,加强了 MBA 留学生与企业家的交流,更好地拓宽了学生的视野。

本次座谈会邀请了扬州对外经贸企业协会副会长、扬州新凤凰公司执行董事、江苏大学 2008 级 MBA 姜飙先生作为嘉宾。姜飙先生具有 20 年的外贸经验,出访过 30 多个国家,参与了迄今为止全球个人护理行业最大的高露洁收购三笑集团的项目。其创立的扬州新凤凰公司是江苏省高新技术企业,现

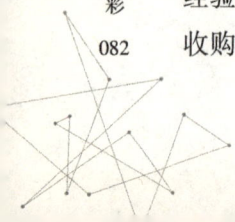

有员工 300 多人,年出口 2000 万美元,主营产品包括口腔护理系列产品和光电制品两大系列,其中有数个产品是国家级重点新产品。

姜飙先生首先表示非常高兴以 MBA 学长的身份向 MBA 留学生们分享自己的企业管理经验,然后回顾了自己创业经历及公司的发展历程,并就公司目前经营管理理念与来自加纳等国的 MBA 留学生进行了广泛交流,会上姜飙先生展示了公司的新产品,并向 MBA 留学生们赠送了礼物。座谈会现场气氛热烈,MBA 留学生们提问踊跃,姜飙先生厚实的企业背景及幽默的言语,引来留学生们的阵阵掌声,同学们纷纷表示受益匪浅。

本次座谈会是我校国际化推进工作中的一次良好实践,不仅丰富了我校 MBA 留学生的教学形式,也提高了我校 MBA 留学生的培养质量。

江苏大学 MBA 教育中心还将连续举办多场"江苏大学 MBA 留学生与企业家座谈会",为我校 MBA 留学生搭建起一个平台,为其提供更多与中国企业家交流的机会。

sina 新浪博客

2011 年 10 月 20 日

100 余名中外大学生在江苏大学实践环保理念

新华网江苏频道 南京 10 月 31 日电(记者 凌军辉) 破旧的布、二手军训服、粗毛线如何实现再利用? 30 日下午,在江苏大学举行的"三国三校"国际学术研讨会的"低碳环保节能竞赛"环节,来自中国、日本、泰国、印度尼西亚、加拿大 5 个国家 7 所高校的 107 名大学生,经过头脑风暴,做出了一件件让人意想不到的环保作品。

"三国三校"国际学术研讨会最早于 1994 年由日本三重大学、泰国清迈大学和中国江苏大学共同发起,每年一届,由三所大学轮流主办,时至今日,会议每年都吸引一些非会议成员的国家和高校加盟。

"印尼学生来到镇江后,感觉很冷,我就想到给他们做副手套。"心灵手巧的江苏大学女生倪琼仅用两块红色的布就做成了手套,既环保低碳又美观大方,"他们都说戴起来有明星范儿。"

"在印尼,很多像我妈妈一样的女性都要做大量家务,浇花就是件特别花时间的家务事。"印尼大学生阿利用两个塑料瓶和一个乒乓球做成了节能爱心水壶,通过塑料瓶控制水流速度,通过漂浮的乒乓球观察水量,"这样妈妈就能腾出手来干其他活了。"

第十八届"三国三校"国际学术研讨会于 26 日至 30 日在位于镇江的江苏大学举行,以"生态发展与低碳"为主要议题。在为期 5 天的活动期间,100多位中外大学生通过学术交流、低碳环保竞赛、感受中国文化行和文艺晚会等一系列活动,交流、实践环保理念。

江苏大学国际处处长李仲兴告诉记者,学术交流是"三国三校"的主要环节,通过 PPT、用英语介绍论文的主要观点,这对很多本科生来说是不小的挑战。

在学术交流环节,江苏大学财经学院的大三学生刘旸旸提交了精心准备的论文《资源环境承载力》,通过建立指标体系给江苏省 13 个省辖市的资源环境承载力依次打分排序,获得了评委的好评。泰国清迈大学的一位老师专门和刘旸旸联系,希望引用她的研究方法撰写论文,向当地政府提出建议。

"三国三校"国际学术研讨会给中外大学生提供了交流和成长的平台。江苏大学的学生齐欢告诉记者,几天的相处,她感受到了不同文化背景下学生的不同性格。日本学生特别随性,学术演讲时也会手舞足蹈;印尼学生英语很好,创新的点子很多;泰国大学生特别尊重中国文化,非常虔诚。"不同的语言和文化一点也不影响我们交流,听不懂就写下英语单词,大家都聊得特别欢乐,就像很久的朋友。"

新华日报

2011 年 10 月 31 日

其他报道媒体:

一起去留学网　http:∥www.177liuxue.cn∕riben∕xuexiao∕2011－10∕270340.html

江苏教育　http:∥www.ec.js.edu.cn∕art∕2011∕11∕8∕art_4344_59904.html

一、报纸杂志篇

江苏高校留学生人数 5 年预计翻一番

本报讯 "到 2015 年,在江苏学习的外国留学生预计达到 3 万人左右,其中高水平大学外国留学生研究生的比例将达到 3% 左右。"日前,江苏省来华留学生教育工作现场推进会在江苏大学举行,推进会传达了江苏省大力发展外国留学生教育的强烈信号。

据悉,江苏省现有的留学生规模位居全国第四。截至 2011 年底,共有来自 169 个国家的 15815 名留学生分布在全省 43 所高校学习。从今年起,江苏省承担了国家"完善留学生培养体制机制,扩大留学生规模"的试点任务。

目前江苏省高校留学生人数排名中,南京大学、苏州大学、南京师范大学 3 所高校居前位,3 所高校留学生人数总和超过了全省份额的 40%。留学生数位居中上游水平的江苏大学等多所高校都将国际教育作为重要发展战略,力求留学生规模和培养质量得到巩固提高。江苏大学表示,5 年内将与 10 所国际高水平大学建立包括学生互换、学分互认、学位互授联授等在内的交流合作关系。

(吴奕)

科技日报
2012 年 1 月 17 日　7 版

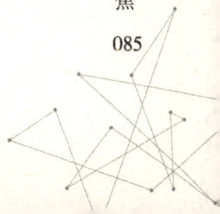

江苏高校扩大留学生规模

本报讯 （通讯员 吴奕） "到 2015 年,在江苏学习的外国留学生预计达到 3 万人左右,其中高水平大学外国留学生研究生的比例将达到 3% 左右。"近日,江苏省来华留学生教育工作现场推进会在江苏大学举行,推进会传达了江苏省大力发展外国留学生教育的强烈信号。

据悉,江苏省现有的留学生规模位居全国第四。截至 2011 年底,共有来自 169 个国家的 15815 名留学生分布在全省 43 所高校学习。从今年起,江苏省承担了国家"完善留学生培养体制机制,扩大留学生规模"的试点任务,拟通过改革留学生培养模式、提升留学生教育师资水平、完善留学生管理体制机制、营造良好环境等 4 项措施,将江苏建设成为外国人在中国学习的主要目标省份。

"十二五"期间江苏高校留学生教育发展规模预测表也在推进会现场发布。记者看到,目前江苏省高校留学生人数排名中,南京大学、苏州大学、南京师范大学 3 所高校遥遥领先,3 所高校留学生人数总和超过了全省份额的 40%。留学生数位居中上游水平的南京航空航天大学、江南大学、江苏大学等多所高校都将国际教育作为重要发展战略,力求留学生规模和培养质量得到巩固提高。

江苏大学海外教育学院院长高静介绍,江苏大学的国际化工作引入了"动车组"概念,在留学生教育中每个单位都要承担职责、提供动力,江苏大学 5 年内将与 10 所国际高水平大学建立包括学生互换、学分互认、学位互授联授等在内的交流合作关系。

为了打造"学在江苏"品牌,增强江苏高等教育的国际吸引力,江苏省政府于 2010 年专门设立了"茉莉花留学江苏政府奖学金",资助力度达到每学年 2 万~3 万元。2011 年"茉莉花"已资助 265 名外国留学生共计 600 万元,2012 年奖学金额度预计达到 730 万元。

中国科学报

2012 年 2 月 1 日 B2 版—线传真

其他报道媒体:

江苏新闻网 http://www.js.chinanews.com/news/2012/0208/34762.html

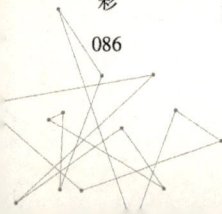

留校学生，寒假生活依旧温暖

每年寒假，回家过年是所有求学在外的学子们一个共同的期盼。然而，由于种种原因，有些学生没有选择与亲人团聚，而是留在了学校。但令人欣慰的是，他们同样度过了一个温暖而有意义的春节。

师生相伴除夕夜
用自己的劳动过有意义的寒假
过个"温暖文化年"
外国留学生中国过大年

江苏大学海外教育学院 400 多名外国留学生中，有 209 名学生留在中国过大年。

据了解，经济条件较好的留学生基本选择一放假就回国探亲，而因为经济条件所限，很多留学生则选择"留守"在中国过年。

"中国的春节就相当于我们国家的排灯节。"来自印度的 Sara 说，印度没有春节，排灯节是他们最重要的节日，排灯节那天家家户户都会点亮蜡烛或油灯，因为它们象征着光明、繁荣和幸福。加纳留学生 Bernard 表示，加纳人过的是圣诞节，那天亲戚朋友都会聚集到一起开 party，吃着各种各样的美食，边听音乐边跳舞。Bernard 认为，不论是圣诞节或春节，其实都是一个亲友团聚的节日。

江苏大学还为留学生组织了春节晚会，让留学生包饺子、吃年夜饭，让"留守"异乡的学生体验到中国春节喜庆、团圆的氛围。

（本报记者　黄辛　通讯员　支勇平　李华东　吴奕　姚臻）

中国科学报

2012 年 2 月 1 日　　B1 版头条大学周刊

加纳留学生校园唱"脸谱"

扬子晚报讯（实习生　彭彬　记者　万凌云）"蓝脸的窦尔敦盗御马，红脸的关公战长沙……"昨天下午，江苏大学"学苑楼"传来了一阵字正腔圆的中国戏歌《说唱脸谱》，吸引了不少大学生驻足围观。只见一

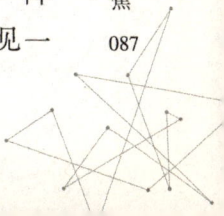

位身着京剧花旦服饰的非洲女留学生，一板一眼地表演着京剧，不时还配合一些戏曲身段。在场的大学生们都不敢相信自己的眼睛，甚至怀疑自己穿越了。

记者了解到，这位留学生名叫Priscilla，来自非洲加纳。在江大留学期间，她一直跟中国朋友一起出去玩、吃中国菜、体验中国民间习俗。一次偶然的机会，Priscilla听留学生公寓的朋辈志愿者唱起《说唱脸谱》，一下子就着了迷，缠着志愿者教她。学会之后，她又不满足了，想接触正宗的中国戏曲文化，每次参加留学生交流活动，都会寻找机会。功夫不负有心人，在多位中国朋友的帮助下，Priscilla掌握了《女起解》《红楼梦》选段。

记者在现场随机采访了几位学生，有意思的是，大学生们对戏曲比较感兴趣，但同时有些惭愧，京剧唱得都没有外国留学生好。"看来我们要努力了，要把老祖宗留下的东西继承好，千万不能'墙里开花墙外香'。"管理学院的郭明明表示。

扬子晚报

2012年5月14日　A12版

咱也演回"杨贵妃"

江苏大学部分来自奥地利、俄罗斯、韩国和日本的外国留学生,来到镇江市桃园中心小学,参加"体验京剧国粹,弘扬传统文化"活动。

（张星　石玉成　摄）

新华日报

2012 年 6 月 8 日　A6 版

中外学子体验端午

端午节临近,镇江部分中外学生走进润州区七里甸街道五洲山村,与村民一起包粽子、制香囊、拼龙舟模型,开心体验中国传统的端午文化。

（石玉成　摄）

新华日报

2012 年 6 月 19 日　A7 版

江苏大学留学生向京剧小演员学唱京剧

（人民视线　石玉成　摄）

人民日报　海外版

2012 年 6 月 26 日　1 版

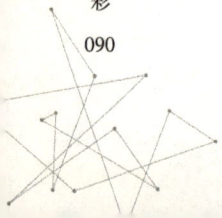

汉语桥梁　中国魅力

来自华盛顿的高中生在练习中国传统水墨画技法

同学展示自己亲手制作的面塑"大熊猫"

"汉语桥梁　中国魅力"2012年"汉语桥"美国高中生夏令营在江苏大学开营。来自美国华盛顿十余所中学的29名高中生走进江苏大学,向中国师生学习汉语,了解体验中国传统民间面塑艺术和中国传统水墨画技法,感受中国传统文化的魅力。

（杨雨　徐伟　摄）

新华日报

2012 年 7 月 18 日　A2 版要闻

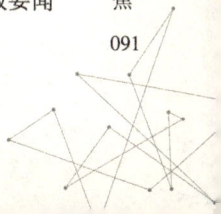

捏面人学书法　感受中国文化

留学生展示自己亲手制作的面塑"大熊猫"

日前,赴中国江苏省镇江市参加"中国江苏大学—奥地利格拉茨大学孔子学院夏令营"的21名奥地利大学生开展"捏面人学书法,感受中国文化"活动。活动中,同学们详细了解了中国民间面塑艺术、中国书法的历史与发展,并在老师指导下亲自动手体验"捏面人"和中国书法技巧。这种直接的体验,将使他们对中国传统文化留下深刻印象。

（上官芷瑄）

人民日报 海外版

2012年8月3日　13版

其他报道媒体:

国务院新闻办公室门户网站　http：//www. scio. gov. cn/zhzc/3/32765/Document/1426553/1426553. htm

In Africa, with sweet somethings

Chinese students teach their classmate from Ghana how to make mooncakes at the Jiangsu University in Zhenjiang, East China's Jiangsu province, on Sept 27. Xu Wei/for China Daily

CHINADAILY

China Daily 9/30/2012 page3

"119 消防宣传月"活动

11月9日是全国消防日,江苏大学与镇江市消防支队联合举行了"119消防宣传月"启动仪式暨消防疏散演练与技能竞赛活动,进一步提高高校师生的消防安全意识和自防自救技能。海外教育学院的20名外国留学生也出现在消防现场,进行消防应急疏散演练,学习消防技能。

（本报通讯员　张明平）

中国科学报

2012 年 11 月 14 日　6 版

二、网络篇

留学生"中国年攻略"

中国农历龙年春节将至,海外中国留学生、华侨华人,以及孔子学院师生日前纷纷举行联欢活动,喜迎新春佳节到来。

春节来了,留学生们应该怎样度过这个龙年春节?

临近春节,高校陆续停课放假,选择留在中国的外国留学生春节假期都做些什么呢? 15 日,记者走访了江苏大学海外教育学院,得知该校 400 多名外国留学生中,有 209 名学生留在中国过大年,放假了他们大多选择当起了"宅男"或"宅女"。

"中国的春节就相当于我们国家的排灯节。"来自印度的 Sara 说。印度没有春节,排灯节是他们最重要的节日,排灯节那天家家户户都会点亮蜡烛或油灯,因为它们象征着光明、繁荣和幸福。加纳留学生 Bernard 告诉记者,加纳人过的是圣诞节,那天亲戚朋友都会聚集到一起开 party,吃着各种各样的美食,边听音乐边跳舞。Bernard 认为,不论是圣诞节或春节,其实都是一个亲友团聚的节日。

(吴章勇)

中国青年网
youth.cn
共青团中央主办

2012 年 1 月 19 日

留学生中国过年　多数选择当"宅"一族

临近春节,高校陆续停课放假,选择留在中国的外国留学生春节假期都做些什么呢? 15 日,记者走访了江苏大学海外教育学院,得知该校 400 多名外国留学生中,有 209 名学生留在中国过大年,放假了他们大多选择当起了"宅男"或"宅女"。

来自加纳的 Godwin 是个医学生,已经在中国过了两个春节。他告诉记

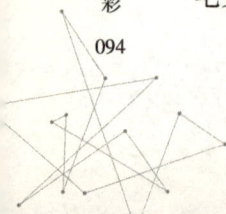

者,假期里自己生活非常简单,主要是待在宿舍里看电影、和朋友聊天、吃饭和睡觉。"为什么不趁着假期出去旅游?"Godwin 的回答是天气太冷也没有钱。记者了解到,经济条件较好的留学生基本选择一放假就回国探亲,因为经济条件所限,很多留学生选择"留守"在中国过年。像 Godwin,要在中国学习 6 年时间,他预计一次都不会回家。

"中国的春节就相当于我们国家的排灯节。"来自印度的 Sara 说,印度没有春节,排灯节是他们最重要的节日,排灯节那天家家户户都会点亮蜡烛或油灯,因为它们象征着光明、繁荣和幸福。加纳留学生 Bernard 告诉记者,加纳人过的是圣诞节,那天亲戚朋友都会聚集到一起开 party,吃着各种各样的美食,边听音乐边跳舞。Bernard 认为,不论是圣诞节或春节,其实都是一个亲友团聚的节日。

记者从江苏大学还了解到,在春节前夕,该校要为留学生组织晚会,让留学生学习包饺子、吃年夜饭,让"留守"异乡的学生体验到中国春节喜庆团圆的氛围。

CCTV.com 央视网

2012 年 1 月 21 日

江苏大学隆重召开 2012 级留学生开学典礼

2012 年 11 月 17 日上午 9 时,江苏大学 2012 级留学生开学典礼在研究生报告厅隆重举行,校长袁寿其,校长助理、学工处处长李洪波,以及国际合作与交流处、研究生院、教务处、海外教育学院等相关部门(学院)领导应邀出席。

开学典礼上,袁寿其首先代表学校对近 200 名 2012 级留学生来到江苏大学学习表示热烈欢迎和诚挚问候。他在讲话中,对海外教育学院代表队在前不久刚刚举行的第 11 届校田径运动会上取得团体第四名的好成绩表示祝贺,对留学生们在第二届中外研究生学术论坛上取得的优异成绩表示肯定。袁寿其在讲话中,还介绍了江苏大学的基本概况和致力于推动国际化办学进程所采取的举措。他最后希望,留学生不论来自哪个国家都要践行江苏大学"博学、求是、明德"的校训,努力学习、广交朋友,享受在校的美好时光,不断提高自身的综合素质,努力成为未来的杰出校友。

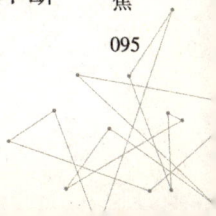

袁寿其校长发表讲话

为留学生颁发荣誉证书

　　教师代表、化学化工学院欧忠平教授，博士生代表、来自加纳的 Samuel，以及本科生代表、来自巴基斯坦的 Afsar 分别发言，表达了对 2012 级留学生的美好祝愿。来自乌干达的 Edwin 代表新生发言，他代表全体新生感谢学校的周到安排，并承诺将会在今后的学习生活中更好地融入江苏大学这个大家庭争做优秀的江大学子。

　　开学典礼上，还表彰了 9 位中国政府奖学金获得者、6 位茉莉花奖学金获得者，并为 6 位孔子学院奖学金获得者、35 位江苏大学外国留学生校长奖学金获得者、40 位学习优秀奖学金获得者和 8 位社会活动特殊贡献奖获得者颁发了荣誉证书。

中 华文教育
凝志共愿人连 知识改变命运

2013 年 2 月 5 日

镇江：一市民资助非洲留学生

金山网讯 大爱之城镇江又传佳话：江苏大学一名来自非洲的留学生，因为经济原因学业难以为继时，一位不愿透露姓名的市民及时伸出援手，资助他完成了学业。这是记者昨天从江苏大学了解到的。

今年 27 岁的帝成（化名）来自非洲某国，家中还有三个妹妹一个弟弟，父母没有工作。两年前他获得了留学江苏大学的机会。起初，帝成远在非洲的舅舅尽力为他提供了学习费用，但渐渐力不从心，每年 20000 多元的学费和每个月约 800 元的生活费让帝成面临不小的压力。不久前，跟随老师去一家太阳能工厂参观时帝成遇到了市民颜先生，聊过几分钟后，他留下了颜先生的电话。

帝成随后通过短信咨询颜先生能否帮他介绍一份兼职的工作，这样他就能坚持在中国的学习。了解此事后，颜先生甚至都没有和帝成再见面，就资助了他去年欠下的部分学费，并且告诉帝成，会继续想办法帮助他，直至他毕业工作。

江苏大学海外教育学院老师邹时健证实了帝成的话，并表示颜先生的后续资助款也已到账。据他介绍，帝成是个很用功的学生，虽然所选的专业功课很多、学业负担较重，但他的成绩一直在班级排第一，每次都拿一等奖学金。

几经周折，记者联系上了正在德国出差的颜先生，他最近一直在国外做访问学者。电话中颜先生说："我在湖北大悟山区农村长大，从农村小学到江苏大学，读书、留校、创业，得到了很多人的支持，当我有困难、觉得无助时，很多身边的人对我的帮助让我一步一步成长，现在当我得知这么优秀的学生遇到了困难要退学回国时，我觉得不能眼看着这件事情发生。非洲的学生到中国求学，能拿一等奖学金，很不容易，如果因为经济原因退学，太遗憾了。我愿意尽我最大的努力帮助他。"

中等个子、皮肤黝黑，一笑起来露出雪白牙齿的帝成用英语告诉记者，平时他的时间全部用在学习上,只有每周六下午去踢足球,还交了很多中国学生朋友。此前,他听人介绍,知道了镇江是座"大爱之城"。"满城尽飘黄丝带"的主角,就是江大学子陈静。"如果可能,我会回我的祖国(就业),把我在镇江遇到的一切告诉人们——镇江是座温暖的城市。"

中国江苏网

2012 年 4 月 23 日

市图书馆"古籍展览校园行"走进江大

4 月 23 日下午,由镇江市图书馆组织的"古籍展览校园行"活动在江大校园成功举办,由工作人员现场演示的雕版印刷术更是引起了中外学子的浓厚兴趣。

留学生体验雕版印刷术

据悉,这次展览由镇江市图书馆和江苏大学图书馆联合主办,旨在向大学校园传播古籍文化、促进文化传承,为期 5 天,展出数百帧精美的图片,图文并茂地展示了我国有甲骨文以来三千年典籍文化的历史、镇江人藏书读书的历史、古代典籍中的镇江,以及近几年来我市在古籍普查、古籍保护与古籍开发工作中所取得的成就。

展览中,市图书馆专业人员演示了雕版印刷技术,引起了不少学生尤其是留学生的浓厚兴趣。

据悉,镇江作为一座历史文化名城,曾孕育出无数的文化名人和经典著作,涌现出众多藏书机构和藏书家,全市先后有 26 部珍贵古籍入选《国家珍贵古籍名录》,近百部古籍入选《江苏省珍贵古籍名录》。市图书馆被国务院评为"全国古籍重点保护单位",并被省文化厅评为"江苏省'十一五'古籍保护先进单位"。

镇江市数字图书馆
ZHEN JIANG DIGITAL LIBRARY

2012 年 4 月 25 日

江苏：戏曲文化进校园

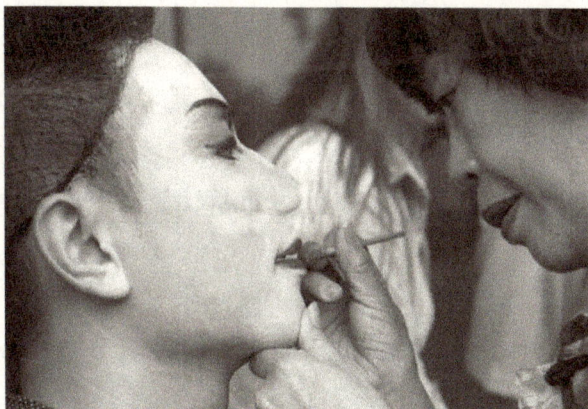

留学生体验京剧彩妆装扮

留学生在学习京剧唱腔

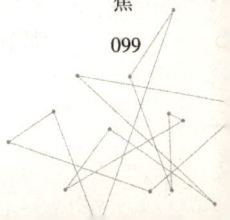

留学生在展示京剧扮相

2012 年 5 月 13 日，江苏大学举办"戏曲文化进校园"活动，来自镇江市文化馆戏曲团的演员们走进校园，指导师生学习传统越剧表演技巧，开展传统戏曲化妆体验、戏曲服装展示、角色互动等活动，让师生了解戏曲艺术，感受中国传统文化的魅力。

中华人民共和国国务院新闻办公室网站

2012 年 11 月 5 日

江苏大学建朋辈志愿者　让留学生感受"第二故乡"

中新网镇江　5 月 15 日电（彭彬　盛捷）　"亲爱的洋，这周末有空吗，可以来参加我们的 party 吗?"15 日上午，江苏大学管理学院大二学生闻洋接到了加纳学生 Samuel 的邀请。闻洋只是"朋辈志愿者"和留学生互动的一个缩影，作为全国首创"朋辈志愿者"制度服务留学生的高校，江苏大学"朋辈志愿者"以朋友和同辈的身份，给予留学生心灵上的温暖，积极为他们构建"第二故乡"。

江苏大学海外教育学院老师介绍，朋辈有"朋友"和"同辈"的双重含义。"朋友"指有过交往并且值得信赖的人，"同辈"指同年龄或年龄相近者。同龄伙伴通常有共同的爱好、价值观和文化背景，彼此之间容易理解、沟通，为了让远道而来的留学生感受到来自朋友的真诚温暖和贴心帮助，作为"朋辈志愿者"，不仅要从社交礼仪、宗教信仰、文化理念、文化差异等方面进行强化，还要注重细节培养。2011 年 5 月，经过一个月的严格选拔，90 名志愿者从 400 多位报名者脱颖而出,首支江苏大学"朋辈志愿者"团队正式成立,为全国首创。

留学生从刚下飞机的那一刻,就有"朋辈志愿者"与他们结伴,他们是留学生对异国求学生活的第一认知。"朋辈志愿者"不仅会引导留学生适应新环境下的学习与生活,熟悉校园、介绍风土人情、推荐中国小吃,甚至细微到帮忙办理一卡通、安装宽带、介绍如何使用图书馆。对留学生来说,在未来的生活中,一切都不再孤单。

"感觉在江大的留学生活很开心,有什么问题找志愿者,都会得到及时的帮助,除了有点想家,其他和在家乡都没什么区别。"来自非洲的 Bashiru 表示,在来中国之前,她害怕过异国他乡求学的艰难,担心过漂洋过海后举目无亲的困境,想象过一个人背上行囊远走他国的孤单,但到了江苏大学后,她发现这一切都不是问题。刚到学校,就有"朋辈志愿者"带着她熟悉校园、吃中国菜、逛市中心……Bashiru 记忆最深刻的是,到校没多久的一天肚子她突然很痛,当时已是晚上 9 点多,但一个电话志愿者就过来了,把她送到了医院,她当时感觉特温暖。

据了解,"朋辈志愿者"一般采取一对一的形式,最多一个志愿者与两名留学生结对,结对原则一般是"男生对男生,女生对女生"。目前,已经有 100 多位留学生得到帮助,第二批志愿者即将选拔。

中国新闻网

2012 年 5 月 15 日

其他报道媒体:

人民日报　http：//paper. people. com. cn/jnsb/html/2012 - 01/17/content_994884. htm

戏曲文化走进江苏大学　非洲留学生感受越剧魅力

新华网江苏频道　南京 5 月 14 日电　5 月 13 日,江苏大学举办"戏曲文化进校园"活动,镇江市文化馆戏曲团演员走进校园,指导师生学习表演传统越剧,并开展传统戏曲化妆体验、戏曲服装展示等活动,让师生们了解戏曲艺术,感受中国传统文化。

（曹倩　编辑）

来自非洲加纳的留学生在体验中国传统戏曲彩妆装扮(1)（杨雨　摄）

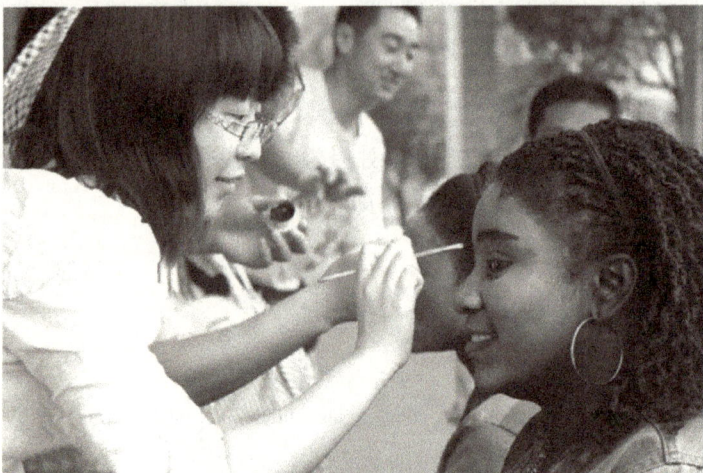

来自非洲加纳的留学生在体验中国传统戏曲彩妆装扮(2)（杨雨　摄）

今晚网
jwb.com.cn

2012 年 5 月 16 日

其他报道媒体：

东方热线·快讯　http：//news. cnool. net/0－1－43/6554. html

优酷视频　http：//v. youku. com/v_show/id_XMzk2NjY0NDky. html

北晚视觉　http：//www. takefoto. cn/viewnews－18303. html

凤凰网　http：//edu. ifeng. com/photo/liuxueshenghuo/detail_2012_05/15/14534899_

0. shtml

江苏大学建首个留学生实习基地

中新江苏网　镇江 5 月 22 日电（吴奕）　5 月 14 日，来自加纳的江苏大学留学生 Bernard 走进恩坦华汽车零部件（镇江）有限公司，进行为期 3 个月的实习。"我的工作是在人力资源管理部负责员工的语言培训、业务演讲，能把学到的 MBA 知识和实际工作结合起来，这样的锻炼真好！"

恩坦华公司是一家美国独资企业，日前，江苏大学管理学院与其签订协议，在恩坦华成立了首个江苏大学留学生实践教学基地，工商管理专业的博士、硕士、本科留学生都将有机会进入公司实习，了解人力资源、市场营销、生产管理等岗位的实际运作情况。

"管理学科是一个应用性很强、实践要求很高的学科，"江苏管理学院党委书记周绿林介绍，该校管理类本科生每学期有 3 个星期的专业实习，毕业实习也达到 5 周。为了加强对留学生应用型管理人才的培养，实践教学基地成立后，MBA 等管理专业的留学生也将和中国学生一样，有固定的实习基地和规定的实习周期。

目前，江苏大学管理工程共有 34 名博士、硕士和本科留学生。和 Bernard 同时进入恩坦华公司实习的，还有 MBA 留学生 Leonard 和 Muni。Muni 到中国 1 年多了，这是第一次在中国企业进行长期实习，他和公司员工关系不错，还帮助团队在开会时展示工作。他说："实习对我的学习非常重要，我终于可以把学到的知识活学活用了。"

中国江苏网
JSCHINA.COM.CN

2012 年 5 月 22 日

本以为划龙舟只需体力 洋弟子体验中国龙舟赛

龙舟赛现场 （王煜 摄）

顺利到达终点 （王煜 摄）

中新网镇江 5月22日电（王煜 吴奕 盛捷） 22日，记者从江苏大学获悉，在镇江举行的第三届"金山湖国际龙舟大奖赛"上，有一支特殊的龙舟队——由江苏大学海外教育学院24名"洋弟子"组成的龙舟队一路杀进了半决赛，吸引了不少观众的目光。"我们力气挺大，完全可以参赛！"这群来自五大洲的"洋弟子"原先不知道龙舟是什么，现在已经爱上了"赛龙舟"这项中国的传统运动。

"天哪,多么挤的一条小船啊!"Shakil 第一次看到龙舟时,他直觉自己被"坑"了,"我还以为是旅游时划的那种船呢。"来自巴基斯坦的 Shakil 是江苏大学医学专业五年级本科生,今年已经第三年参赛了。现在 Shakil 已经对龙舟了如指掌,"根据国际标准,一条龙舟长 12.4 米,宽为 1.146 米,共坐 22 名参赛选手,船头部分还要空出鼓手和鼓的位置。"对于身材高大的 Shakil 来说,在船上转个身都很难,"有一次我站起来确定方向,再坐下去时一屁股就直接坐到了后面一个人的腿上。"坐得不舒服,Shakil 却坚持连续三年参赛,他很享受大家"同舟共济"的感觉。

第一次参赛时,留学生们都觉得比赛划船有力气、胆子大就行,只提前训练了 6 天,结果连小组赛都没有进。今年他们提前准备了很久,PK 掉了来自镇江本地的一支专业级队伍,获得了通向半决赛的入场券。Rizwan 是 Shakil 的老乡,也是队友。在船上,Shakil 负责在船尾掌舵,Rizwan 负责在第一排摇橹,两个人配合得不亦乐乎。Rizwan 认为,是龙舟赛让他学会了中国式的谦虚和务实。

布莱恩来自肯尼亚,这个永远笑眯眯的小伙子划龙舟后,对龙舟的起源产生了兴趣。"中国的端午节要吃粽子、赛龙舟、挂菖蒲,都是为了纪念一个叫屈原的人。""粽子很好吃,我不饿的时候也能吃好几个!"布莱恩说,为了好吃的粽子,自己会刻苦训练划船的技能。

"留学生的生活比想象中丰富多了。"巴基斯坦学生阿萨德是本届留学生龙舟队的队长,他来中国 4 年多,刚刚参加了学校"汉语桥"大赛,用汉语讲述自己的大学故事。更早些他还参加了"同乐金陵",穿着中国古装,把镇江传统的"白蛇传"演绎得活灵活现,"明年就要毕业了,想想真是舍不得离开啊。"

CCTV.com

2012 年 5 月 22 日

其他报道媒体:

网易　http://news.163.com/12/0522/10/823PLVAB00014JB6.html

中新网　http://www.chinanews.com/edu/2012/05-22/3905369.shtml

搜狐　http://roll.sohu.com/20120522/n343790831.shtml

回眸聚焦

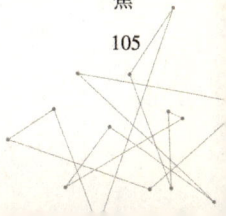

江大建立留学生实践教学基地　洋学生走进中国企业实习

中国江苏网　5 月 23 日讯　来自加纳的 3 名江苏大学留学生，上周走进恩坦华汽车零部件（镇江）有限公司，他们将在这里实习 3 个月。恩坦华公司位于镇江新区丁卯，是一家美国独资企业，他们与江大管理学院签订了协议，建立了首个江大留学生实践教学基地。

据了解，江大工商管理专业的博士、硕士、本科留学生都将有机会进入这家公司实习，了解人力资源、市场营销、生产管理等岗位的实际运作情况。留学生 Bernard 和 Leonard 是兄弟俩，也是本报曾经报道过的"李白兄弟"，此次一同前去实习。"由于他们两人目前的英语水平还有待提高，因此就以客人的身份，参加到企业正在进行的一个项目'英语演讲俱乐部'中，在参加活动的过程中提高专业和英语能力。"恩坦华人事部经理刘阿冰告诉记者，另一位 MBA 留学生 Muni 英语口语较强，他已经参与到这一演讲项目的组织中。这个项目每周开展时都会有一个话题，让员工用英语进行演讲、主持会议，在锻炼中不断提高员工的英语会话能力。每周，Muni 要花几个半天时间准备这一项目，同时还要帮助员工一起准备。

刘阿冰说，外国留学生来到企业，除了可为企业创造更好的英语环境外，他们自己也可以更多地和他人进行交流，在交流中了解更多信息。到中国一年多的 Muni，此次是第一次在中国企业实习，他高兴地说："实习对我的学习非常重要，我终于可以把学到的知识活学活用了。"

"管理学科是一门应用性很强、实践要求很高的学科。"江大管理学院党委书记周绿林介绍，学校管理类本科生每学期有 3 个星期的专业实习，毕业实习也达到 5 周。为了加强对留学生应用型管理人才的培养，实践教学基地成立后，MBA 等管理专业的留学生也将和中国学生一样，有固定的实习基地和规定的实习周期。刘阿冰还告诉记者，此次江大的这 3 位留学生，也是恩坦华接待的第一批外国实习生。今后，随着"英语演讲俱乐部"项目的不断开展，将会有越来越多的外国留学生来到这里实习。

（吴奕　孙霞）

中国江苏网
JSCHINA.COM.CN

2012 年 5 月 23 日

体验京剧国粹 弘扬传统文化

留学生学画京剧脸谱

留学生体验京剧艺术

中国江苏网 6月8日讯 2012年6月7日,镇江市桃园中心小学开展"体验京剧国粹、弘扬传统文化"活动,邀请江大留学生走进小杜鹃京剧艺术团,学画京剧脸谱,欣赏京剧表演,体验中国传统文化。

2012年6月8日

中外学子体验端午文化

中外大学生与小学生一起展示制作的香囊

新华网江苏频道 南京 6 月 18 日电 当日,江苏大学和江苏科技大学的中外大学生与村民一起包粽子。端午节临近,江苏大学和江苏科技大学部分中外大学生,以及镇江市朱方路小学的学生一起走进润州区七里甸街道五洲山村,与村民一起包粽子、制香囊、拼龙舟模型,交流民风民俗,开心体验中国传统的端午文化。

(石玉成 摄)

新华日报

2012 年 6 月 18 日

其他报道媒体:

江苏国际战线 http://gjzx.jschina.com.cn/20219/201206/t1028039.shtml

2012 年"汉语桥"美国高中生夏令营在江苏镇江开营

夏令营在江苏大学开营,来自美国华盛顿十余所中学的 29 名高中生走进江苏大学,向中国师生学习汉语,了解体验中国传统民间面塑艺术和中国传统水墨画技法,感受中国传统文化的魅力。此次夏令营由国家汉办主办,旨在为美国中学生创设良好的汉语学习交流平台,展示汉语和中国传统文化的魅力,增进中美文化交流。据了解,在为期一周的夏令营中,来自美国的中学生们还将参加与江苏省镇江第一中学的师生进行联谊、参观醋文化博物馆、体验中国武术、与中国学生开展"一对一"汉语辅导等活动,展开一次奇特丰富的中国文化之旅。

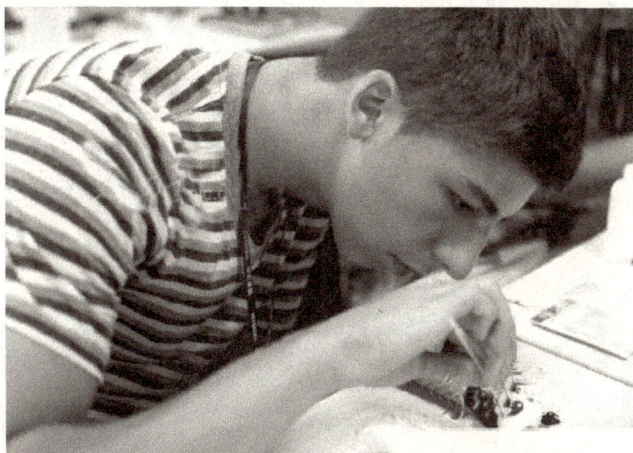

一名美国高中生在学习中国传统民间艺术"捏面人"

江苏大学的大学生志愿者指导美国高中生学习中国传统民间艺术"捏面人"

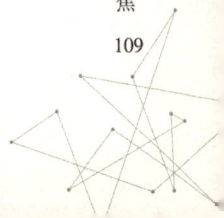

来自美国华盛顿的高中生开心展示自己亲手制作的面塑"大熊猫"

江苏大学中国画教师田致鸿(左)在指导美国高中生学习中国传统水墨画技法

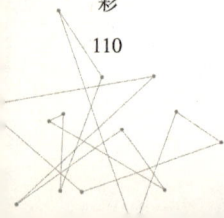

来自美国华盛顿的高中生在练习中国传统水墨画技法

光明日报

2012 年 7 月 17 日

其他报道媒体：

新华网　http：//www. js. xinhuanet. com/2012 – 07/19/c_112474759. htm

大洋网　http：//news. dayoo. com/china/57400/201207/19/57400_108705968. htm

美国的高中生在练习中国传统水墨画技法

　　7 月 17 日,来自美国的高中生在练习中国传统水墨画技法。当日,2012 年"汉语桥"美国高中生夏令营在江苏大学开营。

（新华社发）

2012 年 7 月 19 日

活动现场

奥地利大学生捏面人、学书法　感受中国文化

7月29、30日两天，赴中国江苏省镇江市参加"中国江苏大学—奥地利格拉茨大学孔子学院夏令营"的21名奥地利大学生开展"捏面人学书法，感受中国文化"活动。

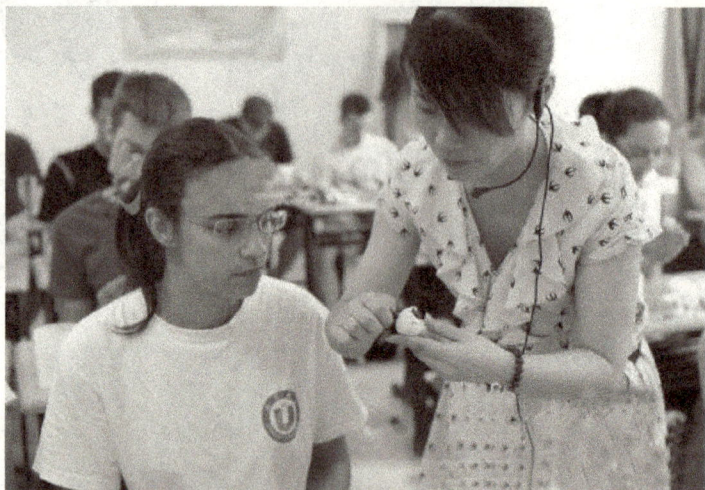

一名奥地利大学生（左）在老师指导下学习中国民间传统艺术"捏面人"

奥地利大学生在江苏大学书法老师颜廷军（左）指导下学习中国书法

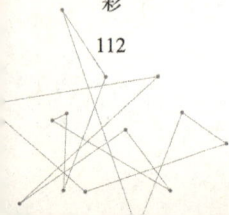

奥地利大学生临摹中国书法

江苏大学书法老师颜廷军（左）为奥地利大学生讲解毛笔的握持姿势

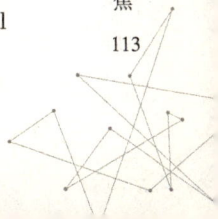

2012 年 7 月 30 日

其他转载媒体：

凤凰网　http：//news.ifeng.com/gundong/detail_2012_08/03/16515272_0.shtml

中国教育新闻网　http：//www.jyb.cn/photo/gjjy/201208/t20120803_505157.html

一、报纸杂志篇

Overseas students learn Chinese folk art

Overseas students from Turkey learn paper-cutting at a folk art museum in Zhenjiang, Jiangsu province, on Wednesday. Jiangsu University arranged for about 50 of its overseas students to learn traditional Chinese folk art. [Photo by Yang Yu/Asianewsphoto]

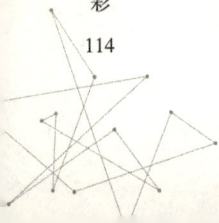

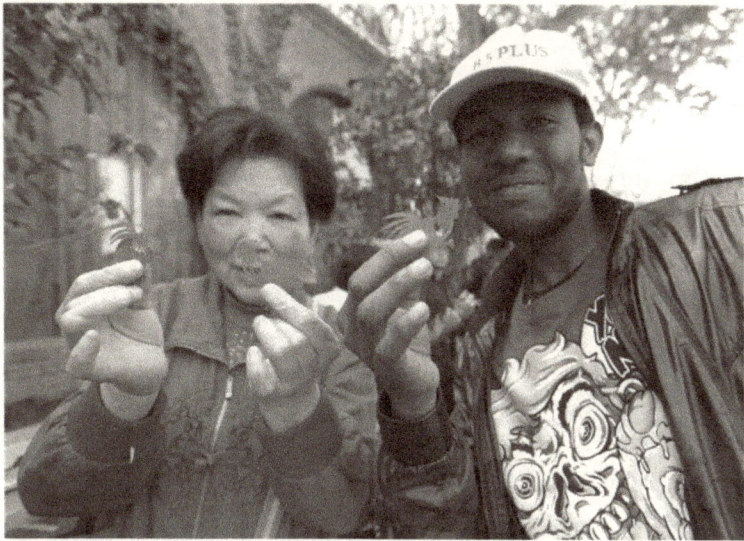

Madai Ahmed Mohamed (right), an overseas student from Tanzania, and paper-cutting artist Li Peihuang hold up rooster paper-cuts they made at a folk art museum in Zhenjiang, Jiangsu province, on Wednesday. Jiangsu University arranged for about 50 of its overseas students to learn traditional Chinese folk art. [Photo by Yang Yu/Asianewsphoto]

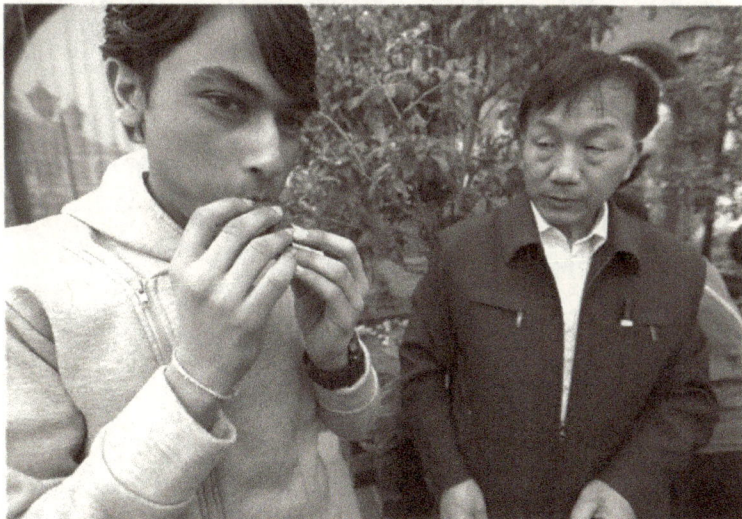

An overseas student from India learns playing a clay instrument at a folk art museum in Zhenjiang, Jiangsu province, on Wednesday. Jiangsu University arranged for about 50 of its overseas students to learn traditional Chinese folk art.

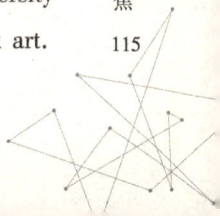

回眸聚焦

115

中国日报网

2013 年 4 月 26 日

其他报道媒体：

中新网　http：//www. ecns. cn/2013/04 – 26/60845. shtml

龙舟赛首日"秀"惊险

我们是冲着决赛来的，茄子！

同学们，我们一路领先，加把劲儿咯！不好，船怎么有点斜了！大家稳住！

小胖,你是不是早上吃太多,把船都给压沉了,赶紧回去减肥!

Help! 救命!＆＊％……(此起彼伏多国语言喊"救命")

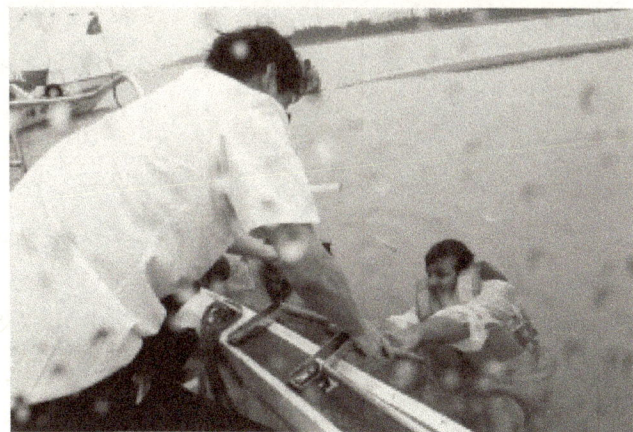

苍天啊,大地啊,是哪位亲人恩人救了我,终于上岸了!

（曹华清　摄）

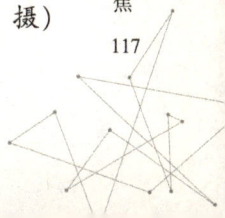

20 多名外国选手"湿身"

本报讯 昨天,镇江金山湖龙舟赛首日"秀"惊险,由 20 多名外国留学生组成的代表队在出发后一路领先,但却在中途跑偏赛道后人仰舟翻,好在驻守现场的镇江海事人员及时救援,选手们被一一救起,并无大碍,只是失去了入围决赛的机会,很是可惜。

上午 9 点 40 分,第四届中国镇江金山湖国际龙舟大奖赛预选赛在雨中正式拉开帷幕。9 点 48 分,江苏大学海外教育学院的一条参赛龙舟驶出起点后不久,一不小心侧翻,龙舟上的 22 名参赛队员全部落水。正在现场驻守的镇江海事人员立即启动救助预案,3 条快艇上的海事人员离落水人员最近,他们立即驶向事发地,向落水人员伸出双手,放下救生梯,拉着他们攀上救助快艇,有的落水人员体重较重,海事人员憋着劲不让自己被反拉入水。同时,现场海事指挥人员调度驻守的艇力和人力全部投入救助行动。9 点 53 分,经过紧张有序的救助,22 名落水留学生全部被救起,被海巡艇送至安全地带。

为保障本次金山湖国际龙舟大奖赛的顺利进行,在主办方前期准备中,镇江海事局已主动介入提供服务,为比赛制订了详细的水上安全保障方案,在比赛的 3 天时间里,每天派出 4 艘海巡艇、30 多名海事执法人员驻守现场,同时调度焦山公园 3 艘快艇、"徒交路渡 402"和医护急救人员在现场应急,全力保障比赛期间水上生命安全。

（郑国庆　沈湘伟）

京江晚报

2013 年 5 月 31 日　6 版：A4

其他报道媒体:

中国江苏网　http://jsnews.jschina.com.cn/system/2013/05/31/0174714-23.shtml

大学生走进社区体验端午文化

　　6月7日,江苏大学20多名中外大学生共同走进镇江市润州区金山街道红光社区,与居民一起包粽子、品粽子、缝制香囊、拼龙舟模型,开心交流民风民俗,体验中国传统的端午文化。

(张芬　石玉成　摄)

新华日报
2013年6月8日　A6版

江大留学生学唱京剧《白蛇传》

　　本报讯　传统的端午佳节总是伴随着美好的神话传说,妇孺皆知的"白娘子"的故事便与端午节有着千丝万缕的关系。8日,在《白蛇传》的发源地镇江,江苏大学的留学生们穿上中国传统的戏剧服装,学唱京剧《白蛇传》,不少留学生说:穿戏服比平时的衣服穿起来方便多了!

　　"第一次听京剧,这个旋律跟我的口味很对啊!"来自塔吉克斯坦的叶飞今年大三,在江大读中文专业,他说自己平时也挺喜欢唱京剧,"在浴缸里都会唱的",但是中国的京剧跟一般的歌曲是完全不一样的。"我就是觉得京剧的伴奏啊唱的啊都很有中国的特色,一听就知道是中国的艺术,而我就喜欢这种中国的传统艺术。"叶飞说着,不时伸出手摸摸身上穿着的"许仙"戏服。他是第一次见到戏服。

"许仙"(右)表演《白蛇传》　　　　　　　　　　　（孙晨飞　摄）

"白娘子"来自乌兹别克斯坦，"许仙"来自塔吉克斯坦。

"我还是男一号呢！这个衣服的颜色我太喜欢了！"叶飞说，自己觉得戏服比平时的衣服穿起来还要方便。"你看，我们平时的衣服，要么是套头穿，要么是扣纽扣，哪像这个，往身上一套，扎个腰带就好了，真方便！要是穿这个，上学就不会迟到！"叶飞的说法得到了一旁的茉莉的赞同。

一袭白裙，头戴凤冠，装扮成"白娘子"的茉莉来自乌兹别克斯坦，谈起《白蛇传》她如数家珍。"这是一个神奇又美丽的神话故事，我觉得特别感动人！我以前去过金山，看过不少这方面的书，对白娘子很佩服，所以我来扮演她。没想到白娘子的衣服这么好看啊！"说到传统的端午节，茉莉也滔滔不绝："纪念屈原嘛！昨天我还包粽子了，对了，粽子真好吃啊！"她说，自己马上就要毕业了，能在离开中国之前感受一下中国的传统文化，觉得很有意义。

这次端午同乐的主题是"醉美端阳　戏话白蛇"，由江苏大学食品学院联合兰韵戏曲社共同举办。除了教留学生唱京剧，还有屈原颂词和《新白娘子传奇》经典桥段的现场演绎，留学生与他们的中国同学一起感受了传统文化的魅力。

"今年是农历蛇年，镇江又是《白蛇传》传说的发源地，所以我们将端午节与中国戏曲结合起来，举办《白蛇传》主题晚会。"兰韵戏曲社的指导老师冯磊表示，很多留学生都对中国文化感兴趣。

（孙晨飞　王煜）

京江晚报

2013 年 6 月 10 日　A5 版

其他报道媒体：

东方网　http：//news.eastday.com/csj/2013 - 06 - 09/314422.html

江苏大学走进社区交流民俗

江苏大学 20 多名中外大学生日前走进镇江市润州区金山街道红光社区，与居民一起包粽子、品粽子、缝制香囊、拼龙舟模型，开心交流民风民俗，体验中国传统的端午文化。

（张芬　石玉成　摄）

江苏工人报

2013 年 6 月 13 日

学传统民俗　度文化暑假

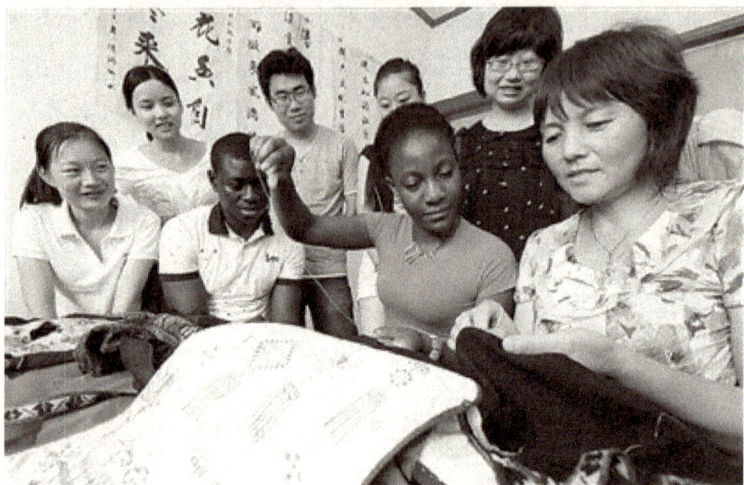

　　7月10日,江苏大学部分暑期留校的中外大学生来到镇江市丹徒区上党镇,开展"学传统民俗　度文化暑假"主题活动。中外大学生在当地"非遗"传承人指导下,学习"上党挑花""南乡田歌"等传统民俗,并亲自动手体验传统中药材炮制工艺,度一个文化暑假。图为镇江市丹徒区上党镇东贪村村民、非物质文化遗产"上党挑花"传承人王月兰(前排右一)在指导中外大学生学习挑花技艺。

(新华社发)

科技日报

2013 年 7 月 15 日　6 版

其他报道媒体:

中国网　http://finance.china.com.cn/roll/20130715/1636427.shtml

搜狐网　http://roll.sohu.com/20130715/n381578245.shtml

奥地利中学生走进江苏大学

7月12日至16日,20名奥地利中学生走进江苏大学,参加"江苏大学—格拉兹大学孔子学院'汉语桥'夏令营"。图为16日,奥地利中学生在志愿者(左一)指导下学习中国戏曲身段。

(新华社发)

新华日报

2013年7月17日　A6版

"汉语桥"展现中国魅力

7月8日至19日,江苏大学—奥地利格拉兹大学孔子学院中学生"汉语桥"夏令营成功举办。20名奥地利中学生和1名带队教师来到中国,体验了丰富多彩、意义深远的"汉语桥"夏令营活动,足迹遍及北京、镇江(江苏大学)和上海,以汉语为桥梁,感受了中国文化的独特魅力。

悠悠中国情

刚到北京,奥地利中学生就被首都国际机场的宏大规模和现代化气息所震撼。7月13日上午,原汁原味的中国文化体验系列活动拉开帷幕,江苏大学—奥地利格拉兹大学孔子学院中学生"汉语桥"夏令营的20名中学生参加了面塑和剪纸课程。从未体验过面塑和剪纸的奥地利中学生们十分兴奋和好奇,他们一方面感叹于中国民间艺术的精巧细致,一方面迫不及待地拿起工具跃跃欲试。在老师的精心讲解和示范下,一张张美丽的窗花在奥地利中学生们的手中渐出雏形。他们纷纷拿起相机与自己的作品合影留念。

当晚，备受期盼的包饺子活动终于如约而至。奥地利中学生告诉老师，"饺子"在他们的印象中是中国美食的典型代表。当晚的包饺子活动，江苏大学的老师和志愿者们与奥地利中学生们分组而坐，在每一个细节上手把手带教，从和面、擀皮、包馅到煮饺子，全程制作。

他们那股一丝不苟的认真劲儿既让人感动，又让人忍俊不禁。当他们尝到自己包的美味饺子时，那滋味，用他们的话说，是"永远也忘不了的中国味道"！

浓浓镇江意

来到历史文化名城镇江，奥地利中学生们自然要体验一回镇江文化。江苏大学为他们准备了文化的饕餮盛宴。镇江醋文化博物馆、西津渡、镇江博物馆、赛珍珠纪念馆、民间文化艺术馆……

在镇江醋文化博物馆，他们了解了醋的文化和发展历程、醋的制作过程、醋在饮食中的作用等知识，加深了对镇江醋文化的了解。奥地利中学生们对醋饮料兴趣浓厚，品尝了各种醋饮料之后，他们意犹未尽，当他们听说醋饮料有上佳的保健功能之后，主动要求将苹果醋带回奥地利，要让远在万里之外的亲朋好友也尝尝这"镇江美味"。

徜徉在西津渡的悠悠古道上，他们兴奋又惊奇地触摸每一方青砖；踱步在博物馆的艺术珍品前，他们好奇又感慨地欣赏每一件文物。在赛珍珠纪念馆参观中，赛珍珠这位沟通中西的"文化人桥"唤起了奥地利中学生们的共鸣。他们参观了赛珍珠的故居，了解了赛珍珠的成长及其作品。有学生说，他们也想成为中西文化交流的使者。

在最具镇江特色的民间文化艺术馆，奥地利中学生们了解了"白蛇传传说""古琴艺术（梅庵琴派）""镇江恒顺香醋酿造技艺"等一批国家级非物质文化遗产，并亲自体味了古琴音乐、扬剧演唱的艺术魅力。白蛇传民间艺术美术展展厅内的"邮票拼贴画""泥塑白蛇传人物"等白蛇传相关艺术作品，也让奥地利中学生赞叹不已。在戏曲老师的指导下，奥地利中学生们穿上戏服，画上戏妆。金发碧眼的他们唱起中国戏曲时，还真是有板有眼、像模像样！

快乐学汉语

江苏大学—奥地利格拉兹大学孔子学院中学生"汉语桥"夏令营的20名学生镇江之行的一个重要目的就是学习汉语。江苏大学海外教育学院向来提倡"快乐学汉语"，此次也不例外地为奥地利中学生们安排了愉快而又充实的汉语课。

汉语课以"中国节日""中国美食""中国风景"为主题，与文化体验活动

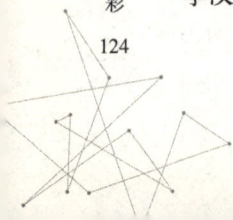

互相配合、相得益彰。一开始,奥地利中学生们的发音不准而又羞于开口。在学会一些简单的生词后,汉语老师给他们讲解了基本的造句规则,很快,奥地利中学生们就发现,他们竟然能用刚学的生词造出很多句子,例如"我喜欢中国""我想吃中国菜""我去过镇江"等。他们学习的热情开始高涨,在课堂上,他们大声地、卖力地发音;认真地记下笔记,生怕错过每一个细节;课后,利用晚上休息的时间完成汉语作业、准备汉语表演。

短短三天时间,他们毫不费力地记住了上百个生词,甚至能流利地说出"俗话说'上有天堂,下有苏杭',所以,我也想去中国看看"这样复杂的长句。他们告诉老师,在江苏大学,有老师的精心教学,有志愿者们不厌其烦的陪练,汉语再也不像他们所认为的"那么难""世界最难"了。

在结业典礼和欢送晚会上,奥地利中学生们自信又大胆地秀出了自己的汉语,他们围绕"我所知道的中国"这个主题,编排了 5 组演讲和对话,其内容之丰富、表达之流畅,让人难以相信这是仅仅在中国学习了三天汉语的水平,引得现场掌声雷动。

(张明平)

中国科学报

2013 年 8 月 22 日　8 版校园

其他报道媒体:

求是理论网　http://www.qstheory.cn/kj/jysj/201308/t20130822_262715.htm

多彩多姿喜迎中秋

中秋前夕,我省各地群众喜迎佳节。

图为17日,在镇江江苏大学,中外大学生一起动手做月饼、品月饼。

（杨雨 摄）

新华日报

2013 年 9 月 18 日　B4 版

其他报道媒体:

新浪网　http://news.sina.com.cn/c/2013 - 09 - 18/071028244512.shtml

别样中秋　同样温暖

近日,中外大学生一起学习制作月饼。当天,江苏大学 10 余名留学新生与中国大学生一起开展"做月饼,迎中秋"活动,共同迎接中秋佳节。

（杨雨 摄）

中国教育报

2013 年 9 月 20 日　4 版新闻·综合

「留」光「异」彩

126

江大留学生献血

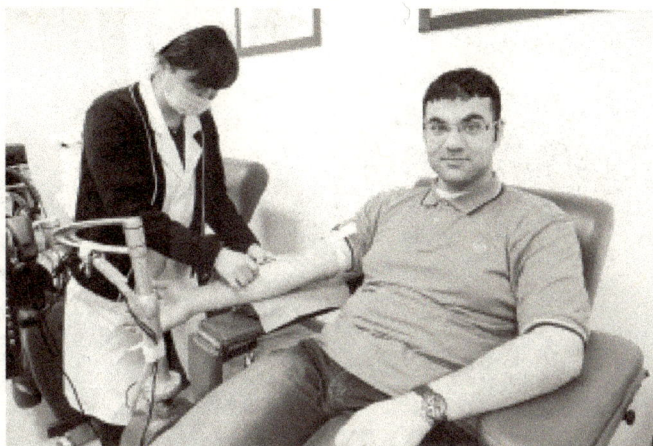

  昨天,江苏大学的一名留学生来到市中心血站参加义务献血。据了解,这名留学生名叫 Anas,来自沙特,刚到江大两个多月。此前他在沙特已连续献血 12 次,每次献血 900 毫升。

(王呈　连云　摄影报道)

镇江日报

2013 年 12 月 18 日　2 版

其他报道媒体:

中国江苏网　http://jsnews.jschina.com.cn/system/2013/12/18/0196707-72.shtml

二、网络篇

江苏大学 2012 届海外留学生毕业典礼暨学位授予仪式礼隆重举行

  1 月 4 日下午,我校 2012 届外国留学生毕业典礼在会议中心第三报告厅举行,34 名本科毕业生、4 名 MBA 毕业生及 2 位孔子学院奖学金生参加了毕业典礼。校长袁寿其,校长助理、学工处处长李洪波,以及相关部门主要领导及教师代表出席了毕业典礼。

袁校长为留学生颁发学位证书

袁寿其寄予毕业生殷切希望及美好祝愿，希望他们能够在今后的工作中弘扬江大学子肯干、能干、实干的精神，继续践行江苏大学"博学、求是、明德"的校训，取得优异成绩。教师代表崔恒武、留学生代表 Neha、孔子学院奖学金生代表赛兵分别发言。仪式上，袁寿其为毕业生——扶正流苏并颁发毕业证书。

毕业典礼后，出席毕业典礼的领导及嘉宾应邀与全体毕业生合影留念。

华文教育

2013 年 2 月 5 日

江苏大学：江苏省来华留学生教育工作现场推进会在我校召开

1 月 11 日，江苏省来华留学生教育工作现场推进会暨江苏省外国留学生教育管理研究会 2011 年年会在我校召开。本次会议由江苏省教育厅和江苏省外国留学生教育研究会主办，我校承办。江苏省教育厅丁晓昌副厅长，江苏省教育厅国际合作与交流处袁靖宇处长、俞晓南副处长，我校党委书记范明、校长袁寿其、副校长许化溪，省公安厅、省外办、南京市公安局、镇江市公安局的领导，以及全省 46 所高校的分管校领导、国际处、国际教育交流学院（海外教育学院）的各级留学生管理干部参加了此次会议，我校相关职能部门及学院分管国际合作与交流工作的领导应邀列席。

会议现场

推进会上,范明代表学校党委、行政致欢迎辞,并简要介绍了学校概况、办学特色和我校外国留学生教育的历史和近况。南京航空航天大学、南京信息工程大学、苏州高博软件职业技术学院、江苏大学进行大会经验交流。袁寿其从留学生教育溯源、存在的问题、发展留学生教育的思想和举措、留学生教育的发展愿景等4个方面介绍了我校留学生教育的情况。随后,丁晓昌介绍了2011年江苏省外国留学生事业发展的总体情况,解读了"十二五"期间江苏省扩大教育开放、建设教育开放强省的政策和措施,结合北京、上海、浙江等省市发展情况,对江苏各高校如何进一步扩大外国留学生规模提出了指导意见。

随后,校长代表分组围绕各校"十二五"规划中留学生教育事业的目标和举措、试点高校推进改革的设想与实践和政策建议等议题进行了讨论。其他代表继续参加留管会2011年年会。研究会会长、南京中医药大学吴勉华校长进行了2011年度研究会工作总结。赵熔副会长通报了全国学会常务理事会议情况和学会2011年度经费使用情况。省外办、省公安厅的领导就留学生的管理、安全等问题分别进行了讲话。

吴勉华会长宣读了2010—2011年度江苏省外国留学生教育管理先进个人、2011年度江苏平安外国留学生医疗保险先进个人的表彰名单。扬州大学副校长焦新安和南京信息工程大学副校长管兆勇汇报了小组讨论的情况。最后,丁晓昌进行了会议总结。

华文教育
让海外华人 知识改变命运

江苏大学留学生欢度春节

　　在蛇年新春佳节来临之际,2月8日,江苏大学海外教育学院近200名留学生齐聚一堂,欢度春节。该校校长袁寿其教授来到联欢会现场,为留学生们送来新春的祝福,并抽取幸运观众、送上新年礼物。联欢会后,留学生们共同学习包饺子,体验春节的传统习俗。

镇江新闻

2013 年 2 月 10 日

博物馆里红红火火过新年

　　银蛇送祝福,相聚博物馆。2月9日农历新年第一天,镇江博物馆举办的"红红火火过新年——银蛇送福"系列活动热烈开展。

　　博物馆装扮一新,营造出温馨喜庆的"家"的气氛。前来参观的观众们,领"福"卡写祝福,悬挂在许愿树上;看"蛇年说蛇"宣传册页,了解独特蛇年风情;观《年来了》展览,品民俗文化知识;听免费讲解,一窥文物背后的故事。

　　在前来参观的观众中,还有一些不同肤色的特别来宾,他们是来自江苏大学海外教育学院的国际留学生,农历新年之际,来到博物馆感受中国传统文化。博物馆的"常青藤"志愿者们热情接待了这些国际友人,用英文为他们介绍中国的过年习俗、镇江博物馆的文物馆藏和镇江历史。随后,11 点整,由镇江博物馆的杨正宏馆长抽取了 10 名幸运观众,为他们送上博物馆的新春祝福,也为"美丽镇江 我的家"活动拉开了序幕。活动的第一部分是节目演出,表演嘉宾包括江苏大学海外教育学院的国际留学生、镇江女子爱乐乐团志愿者、西津渡社区的志愿者代表、来自镇江国际学校的"常青藤"志愿者和镇江博物馆的小讲解员们。他们带来了精彩的节目——搞笑舞蹈演出、绕口令表演、歌曲《千年等一回》、歌舞表演、戏曲演出、印度舞蹈、《江南 style》舞蹈、歌曲《相亲相爱一家人》,赢得了观众们的热烈掌声,最后一首歌更是赢得了全场观众的集体大合唱。活动的第二部分是感受镇江"民情",即口语交流部分。观众和国际留学生们近距离交流沟通,交流各国的民情风俗,互换各自的看法观点。

　　春节期间,镇江博物馆"银蛇送福"系列文化活动也将持续进行,弘扬中国传统文化,为更多的观众朋友们展示中华民族传统节日,让大家在博物馆里体会到浓浓的年味。

小朋友把写好的"福卡"挂在许愿树上

（镇江博物馆　高璐）

镇江市文化广电新闻出版局、文物局网站

2013 年 2 月 16 日

外国留学生走进街巷剧场

3月27日是世界戏剧日,江苏大学来自埃塞俄比亚、卢旺达、苏丹等国的留学生走进润州区金山街道三元巷社区街巷剧场,在戏曲票友的指导下,学习扬剧、淮剧等戏曲唱腔及其表演艺术,体验中国富有地方特色的戏曲文化。

外国留学生学习戏曲唱腔及其表演艺术(1)

外国留学生学习戏曲唱腔及其表演艺术(2)

外国留学生兴致勃勃地观看戏曲票友演出(1)

外国留学生兴致勃勃地观看戏曲票友演出(2)

（文雯　石玉成）

镇江新闻

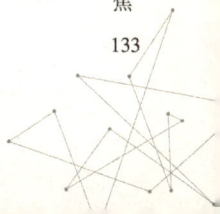

留学生老街学手艺

中国江苏网讯 昨天,由镇江民间文化艺术馆、江苏大学海外教育学院联合主办的"逛老街、看非遗、和大师学手艺"活动,在西津渡鉴园举行。来自江大海外教育学院的50余名留学生走进西津渡参观,并现场向民间艺人学习剪纸、泥塑等传统手工艺。

(文雯 摄影报道)

中共江苏省委新闻网

2013 年 4 月 25 日

其他报道媒体:

中国江苏网 http://jsnews.jschina.com.cn/system/2013/04/25/01702981-6.shtml

江苏大学 MBA 中心组织留学生踏春出游

为丰富江苏大学 MBA 留学生的课余生活,加强留学生之间的交流,使留学生多角度感受镇江文化及产业特色,近日,江苏大学 MBA 中心组织 MBA 留学生一行十余人赴镇江句容白兔镇草莓种植基地,深入农家田间,寻春踏青。

江苏大学 MBA 留学生有来自加纳、印度、泰国、尼日尔、叙利亚等国的学员,很多都是第一次踏春采草莓,一路上学员们都很兴奋,欢声笑语。到草莓园的大棚里时,看到鲜红的草莓挂满了枝头,大家迅速行动,一边采摘一边品尝,并不时与身边的同学交流采摘技巧和心得,其乐融融。整个采摘过程持续了一个多小时,最后大家都满载而归。

通过此次活动中,MBA 留学生们在体验了劳动、享受了自然之乐之余,加强了交流、增进了友谊,加深了对镇江风俗文化的了解。

留学生展示自己采摘的草莓

MBAChina

2013 年 4 月 27 日

镇江 4 支代表队入金山湖国际龙舟大赛决赛

中国江苏网 5 月 31 日讯 初夏的大雨淋漓地下着,江风吹得透心凉,但挡不住的却是参加龙舟比赛的激情和豪迈。昨天上午,第四届中国镇江·金山湖国际龙舟大奖赛首场预选赛在金山湖引航道举行,来自我市各行各业的 15 支代表队在水上一番冒雨角逐,最终市级机关、国缘冬泳、三山景区、紫金财险镇江公司 4 支代表队入围 6 月 1 日的决赛。

参赛选手

女子队最大年龄 60 岁

身穿运动服,不停地蹦跳,激发比赛的潜能。吴春保是镇江邮政局代表队的选手,昨天上午 8 点多,他在检录口的帐篷下,不停地重复着这一动作。

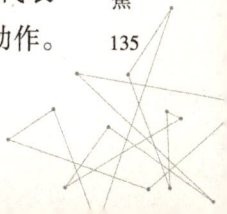

他告诉记者,自己今年48岁了,此次是第二次参加金山湖国际龙舟赛。上午7点多,他就与其他队员一起冒着大雨来到赛场,准备参加赛事。"我们不在乎是否夺得第一名,重在参与,能够展现团队拼搏的精神风貌和邮政人的风采,这就行了。"

虽然肤色、语言完全不一样,但相同的是对参加龙舟赛这项中国传统体育运动的新奇和激动。在检录口南侧的帐篷下,一群外国留学生特别引人注意,他们都是江苏大学海外教育学院的外国留学生。

泰国留学生天磊(中文名)就是其中一员。他戴着一副眼镜、身材瘦削,但显得十分精干而且充满活力。"我今年19岁,在江苏大学学习医学。在泰国没有龙舟赛,我是第一次参加中国的龙舟赛,感到十分激动。我们这支由留学生组成的龙舟队是第二次参加这项赛事,今年有27名留学生报了名,来自巴基斯坦、美国、加纳、南非、尼泊尔等八九个国家。在比赛前,我参加了5次训练,在参赛和训练中认识了很多新朋友,我很高兴参加比赛。"

在检录口,记者还发现了一支与众不同的代表队,队员基本上是清一色的女性。这支代表队就是镇江文旅户外俱乐部(女子)龙舟队。

"我们这支女队由24人组成,除了舵手是男性外,其他23名队员都是女的。"网友"粉色恋人"是其中一名队员,个头不高的她告诉记者,参赛的女队员都是体育爱好者,也都是文旅户外的会员,已经连续参加了4届金山湖国际龙舟赛,去年这支女队取得了最好成绩,成功入围决赛。

网友"花恋蝶"也是这支女队队员,她今年已经60岁,是众队员中年龄最大的一位。她说,女队员平均年龄都在45岁以上,都是中老年女性,因为这个主题龙舟赛传递着"美丽的金山湖,激情的龙舟赛,快乐的比赛者"的理念,自己在参赛中也能得到运动和锻炼,倡导了健康生活,所以感到很快乐。

龙舟竞渡

4支代表队入围决赛

江风劲吹,大雨迷蒙,龙舟赛事照常进行。上午9点多,在海事巡艇的护卫下,第一轮第一组的4支参赛队从检录口将龙舟划到引航道南边的比赛起点。

9点20分左右,预选赛开始,第一组的4支龙舟伴随节奏分明的鼓点,顶风冒雨,众桨齐划,劈波斩浪,向着设在引航道枢纽工程附近的终点疾驶过去。第一组比赛,镇江国缘冬泳龙舟队勇夺第一名。

现场一位工作人员告诉记者,虽然风大雨大,但昨天风力没有达到5级,

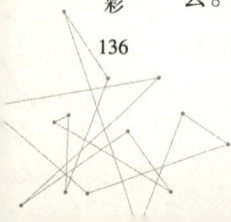

留光异彩

因此不会影响比赛正常进行。参加预选赛的各队都来自镇江地区，有江苏大学海外教育学院、镇江菜菜鸟野营户外俱乐部、金山龙舟俱乐部、镇江文旅户外俱乐部（女子）、镇江国缘冬泳、镇江行云户外一队、镇江行云户外二队、镇江万达喜来登酒店、镇江兆和皇冠假日酒店、镇江外事汽车有限公司、紫金财险镇江支公司、市邮政局、镇江市级机关、金陵润扬大桥酒店、三山景区等15支代表队。

昨天上午 11 点多，通过一上午的 3 轮比赛，首场预选赛结束，最终市级机关、镇江国缘冬泳、三山景区、紫金财险镇江支公司 4 支代表队，取得前四名的好成绩，入围 6 月 1 日的决赛。

围观市民

冒雨前来喝彩助阵

作为一项群众性的体育赛事，金山湖国际龙舟赛经过连续 4 年的举办，已在海内外打响了一定的知名度，更成为我市市民端午来临前的一个盛大节日。昨天的比赛现场，有不少市民怀揣浓厚的兴致，冒雨赶来观战助威。

上午 8 点不到，网民"阿尼"就带着自己的 DV 赶到比赛现场，起劲地拍摄着各种精彩的镜头。他一边撑着雨伞认真拍摄，一边对记者说，"我今年 65 岁，是菜菜鸟户外的网友。我早就盼着今天的龙舟赛了，一大早就与其他五六名同伴坐公交车冒雨赶来，用 DV 记录下预赛前后的精彩画面，回去发到网上，让其他市民也一起共享大赛带来的激动与快乐。"

与"阿尼"不同，网友"日月长明"拿着单反相机，赶来拍摄图片。"我上午 7 点多就到这儿了，是骑电动车过来的，现在是上午 8 点半，我已经拍了 100 多张照片，准备也发到户外运动网站的板块上。"

因为下大雨，昨天到引航道来观战的市民有些少，但仍有一群群"发烧友"自发赶到现场助阵。万达喜来登酒店代表队参加的是第一轮第二组的竞赛，队伍竞舟时，有数十位酒店员工在岸堤上拉起写有"我们使之与众不同，我们代表喜来登"的红色横幅，一起喊着"加油、加油"，为自己的赛队呐喊助威。

（干光磊）

江苏大学留学生端午节演绎西洋版《白蛇传》

中新江苏网 镇江6月9日电(王煜) 临近端午节,在《白蛇传》的发源地江苏镇江,来自江苏大学的留学生们穿上传统的戏剧服装,学唱起京剧《白蛇传》。8日下午,在江苏大学校园,由洋学生演绎的《白蛇传》引得不少人驻足观看。

"第一次听京剧,这个旋律跟我的口味很对啊!"叶飞说。来自塔吉克斯坦的他今年大三,在江大读中文专业,他说自己平时也挺喜欢唱歌,"在浴缸里都唱歌",但是中国的京剧跟一般的歌曲是完全不一样的。"我就是觉得京剧的伴奏啊唱的啊都很有中国的特色,一听就知道是中国的艺术,而我就喜欢这种中国的传统艺术。"叶飞说着,不时伸出手摸摸身上穿着的"许仙"戏服。他说,自己第一次见到戏服。"我是男一号呢!这个衣服的颜色我太喜欢了!"叶飞说,自己觉得戏服比平时自己的衣服穿起来还要方便。"你看,我们平时的衣服嘛,要么是套头穿,要么是纽扣,哪像这个,往身上一套,扎个腰带就好了,真方便!要是穿这个,上学才不会迟到!"叶飞的说法得到了一旁的茉莉的赞同。一袭白裙,头戴凤冠,装扮成"白娘子"的茉莉来自乌兹别克斯坦,谈起《白蛇传》她如数家珍。"这是一个神奇又美丽的神话故事,我觉得特别感动人!我以前去过金山,看过不少这方面的书,对白娘子很佩服。所以我来扮演她。没想到白娘子的衣服这么好看啊!"说道传统的端午节,茉莉也滔滔不绝:"纪念屈原嘛!昨天我还去包粽子了,对了,粽子真好吃啊!"她说,自己马上就要毕业了,能在离开中国之前感受一下中国的传统文化,她觉得很有意义。

据了解,这次端午同乐的主题是"醉美端阳 戏话白蛇",由江苏大学食品学院联合镇江兰韵戏曲社共同举办。除了教留学生唱京剧,还有屈原颂词和《新白娘子传奇》经典桥段的现场演绎。留学生与他们的中国同学一起感受了传统的文化魅力。

(开言)

江苏新闻网

2013年6月9日

其他报道媒体:

长三角频道 http://news.eastday.com/csj/2013-06-09/314422.html

江苏大学推"暑期汉语桥"助留学生快乐学中文

"汉语好难啊,以前放暑假要么回家,要么就在宿舍待着……现在有了'汉语桥'这个平台,不愁暑假怎么过了。"在江苏大学,每年大概有一百多位外国留学生选择了留在学校,如何过好暑假,成为摆在留学生面前的一道难题。为此,江大电气学院的志愿者特地推出了"暑期汉语桥",让留学生度过一个轻松、愉悦而又能增长学识的快乐暑假。

在江大附近的华莱士西餐厅,经常能看见十几位留学生坐在店里,不时和中国志愿者一起讨论各种问题。而志愿者们推出的中国篆刻、李小龙截拳道、剪纸艺术——中国结、唐诗宋词大比拼等一系列活动,也深深地吸引住了留学生们,他们不住感慨赞叹。

来自加纳的留学生奥杜尔来到中国已经三年多了,在江大主修经济的她以前主要通过培训班学习汉语,但她不喜欢那种死板的教学方式,觉得还是"汉语桥"这种形式多样的学习方式更让人轻松愉快。令奥杜尔最开心的是,每次学习结束后,她还可以和志愿者一起去吃镇江锅盖面。"现在好了,不仅可以跟中国学生学汉语,还可以跟他们一起做志愿活动呢。"

"'汉语桥'带给我更多学习中国传统文化的机会,这次活动我想是汉语桥今后开展的良好开端。"刚来中国时,留学生安福德一句汉语都不会说,甚至觉得所有的中国人面孔都一个样。在中国的时候,他喜欢泡吧,品尝各种中国食物,参加江大各个学院组织的各类活动。在"汉语桥"活动中,他的汉语水平得到飞速提高,现在,他的汉语说得已经较为流利了。

"这已经是第二期的第一场活动了。活动负责人、江大电气学院学生会副主席浦周敏告诉记者,在江苏大学,学习汉语的"汉语桥"、party越来越受到留学生们的欢迎,并形成了一定的规模。"汉语桥"成为留学生了解江苏大学、了解镇江、了解中国的窗口。浦周敏表示,今后还将举办更多类似的活动,并邀请留学生一起参与志愿活动,让他们过好这个暑假。

中华人民共和国国务院新闻办公室

2013 年 7 月 9 日

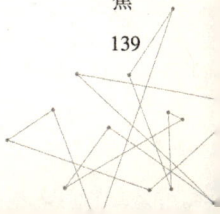

回眸聚焦

139

中外大学生走进中国乡村感受"非遗"绝技

中外大学生体验江南农村生活 （吴奕 摄）

中外大学生学习传统民间艺术 （吴奕 摄）

　　7月14日，江苏大学马克思主义学院"青春传习文化行"暑期社会实践小分队来到镇江上党寻访民间传统文化，来自城市的中国大学生和海外留学生向村民们学挑花、唱田歌，共同体验这两项江苏省非物质文化遗产的魅力和精彩。

中国新闻网

2013 年 7 月 15 日

汉语桥梁　中国魅力

新华网江苏频道　南京 7 月 16 日电　7 月 12 日至 16 日,赴中国参加"2013 年江苏大学—格拉兹大学孔子学院'汉语桥'夏令营"的 20 名奥地利中学生走进江苏省镇江市江苏大学,向中国师生学习汉语,了解体验中国民间面塑、剪纸和戏曲艺术,感受中国传统文化的魅力。

（杨雨　摄）

奥地利中学生在学习制作面塑"大熊猫"

几名奥地利中学生展示自己的剪纸作品

奥地利中学生参观中国镇江醋文化博物馆，了解镇江醋文化历史

一名奥地利中学生（前）在戏曲老师指导下，体验中国戏曲装扮

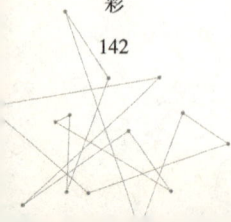

奥地利中学生在志愿者（左一）指导下学习中国戏曲身段

新华网

2013 年 7 月 16 日

其他报道媒体：

新华网高清频道　http：//news. xinhuanet. com/photo/2013 - 07/16/c_125017371. htm#
p = 4

江苏国际在线　http：//gjzx. jschina. com. cn/20157/201307/t1247420. shtml

中国新闻网　http：//www. chinanews. com/hwjy/2013/07 - 18/5056164. shtml

华兴时报　http：//www. hxsbs. com/html/2013 - 07/17/content_66341. htm

光明网　http：//p. gmw. cn/article - 845 - 8. html

新民网　http：//news. xinmin. cn/world/2013/07/17/21084412. html

奥地利中学生走进镇江民间文化艺术馆

金山网讯　7 月 15 日上午 11 点，来自奥地利格拉兹大学孔子学院中学生"汉语桥"夏令营的 20 名学生与江苏大学志愿者，来到镇江民间文化艺术馆进行非物质文化遗产的参观学习活动，参加此次参观活动的夏令营学生来自不同的城市和学校，他们年龄最大的 18 岁，最小的 15 岁。

我国的非物质文化遗产是中华民族的集体智慧，是灌输着劳动人民丰富情感的传统文化精髓。镇江地处长江南岸，南北文化交融，地域文化独具特色，有着丰厚的非物质文化遗产资源，在对外文化交流中彰显人文底蕴，宣传镇江文化,具有重要意义。

活动当日,奥地利格拉兹大学孔子学院中学生"汉语桥"夏令营的学生们,在工作人员的带领下,首先参观了镇江市非物质文化遗产展厅,展示厅内学生们在讲解员的讲解中了解了我市"白蛇传传说""古琴艺术(梅庵琴派)""镇江恒顺香醋酿造技艺""扬剧"等一批国家级非物质文化遗产,并在各展示区内利用多媒体技术亲自体会古琴音乐、扬剧演唱的艺术魅力,以最直观的感受贴近中国传统文化。

奥地利中学生走进民间文化艺术馆

奥地利中学生体验中国民间文化艺术

随后,在"白蛇传民间艺术美术展"展厅内,讲解员将"邮票拼贴画""泥塑白蛇传人物""剪纸""烙铁画""乱针绣"等白蛇传相关艺术作品介绍给了奥地利中学生,并向他们讲述了每一件作品的艺术特点和历史渊源。随着讲解的深入,在一件件艺术作品的展示过程中,白娘子与许仙在镇江的爱情传说映入眼前,逐渐被学生们所理解,他们为白素贞"水漫金山寺"的故事惊叹,也为"轰开雷峰塔"的故事感到开心。白娘子、许仙、法海等故事人物形象,使得不同国家间的文化交流在这里也产生了情感的共鸣。

活动的最后,镇江民间文化艺术馆馆长向参加此次夏令营师生赠送了镇江非遗图文集《吴风楚韵》,鼓励他们积极宣传和弘扬中国传统文化,格拉兹大学孔子学院的贾米尔·切克教授也为馆里留下了题词,并带领夏令营师生与馆工作人员在馆门口合影。

据悉,镇江民间文化艺术馆作为我市非物质文化遗产保护中心,长期重视我市"非遗"的对外宣传、交流,近年来已成功接待多批外籍学生、游客等,并在 2012 年被镇江市人民政府外事办公室授予了首批"镇江市对外交流基地",为促进国际传统文化互动交流,更好地展示和塑造镇江城市国际化形象,做出积极贡献。

（记者　万嘉　责任编辑　陈洁）

镇江新闻

2013 年 7 月 16 日

其他报道媒体:

新华报业网　http：//js. xhby. net/system/2013/07/16/017960929. shtml

江苏国际在线　http：//gjzx. jschina. com. cn/20382/201307/t1246976. shtml

镇江金山网　http：//www. jsw. com. cn/zhuanti/2013 - 07/16/content_2864585. htm

扬州网　http：//www. yznews. com. cn/news/2013 - 07/17/content_4512038. htm

中国轻工业网　http：//offer. clii. com. cn/news/content - 382918. aspx

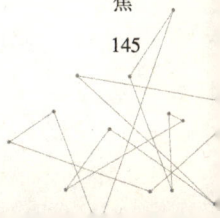

镇江草根团队打造文化大餐　居民家门口看大戏

外国留学生走进街巷剧场体验戏曲文化　　　　　　　　（石玉成　摄）

近年来,润州区群众文化活动开展得红红火火,各种草根文化团队不断涌现,群众在家门口就能欣赏到丰富多彩、形式各异的文化大餐。

广场剧场场场精彩

"家在润州"特色文化广场演出在润州区广大群众中具有较高的知晓度,2012 年被评为"江苏省第十届五星工程奖"服务项目奖的"家在润州"特色文化广场演出已成为润州区文化建设的一大品牌,是润州百姓家门口的文化综艺舞台,群众乐于参与又便于参与,更是 29 万润州居民和新市民共享的一道丰富文化大餐。

2005 年以来,该区相继组织了"家在润州"社区文化艺术节、"家在润州"家庭文化艺术节、特色文化广场展演等系列活动;利用重大节日、纪念日举办了"廉政文化"猜谜纳凉晚会、"家在润州"卡拉 OK 比赛、"红色经典"演唱会、"情系润州,爱在军营"文艺演出、"迎新春"文艺演出等,有力地推动了文明和谐润州的建设。自 2010 年起,润州区委宣传部、润州区文体局等部门连续三年下发文件,特别突出对特色文化广场活动的要求,并将其纳入各街道的评比和表彰。

近年来,润州区文化馆、图书馆和各街道积极行动,主动作为,担当起"家在润州"特色文化广场活动的主体,为打造"家在润州"文化品牌发挥了积极作用。文化馆开展大中小型特色文化广场活动 60 余场,每场演出都准备充分,以较高的演出质量为群众送上丰富多彩、雅俗共赏、精彩纷呈的节目。图书馆开展广场科普活动近 20 场,特色文化广场活动近 40 场,辖区街道全覆盖,参与群众近 10 万人次。

身边剧场身边戏

"山伯读书文,先拜孔圣人,拜罢先生拜学长,回来探爹娘……"循着字正腔圆的戏曲声,记者来到金山街道三元巷社区的"街巷剧场",台上演员演得有板有眼,台下居民看得津津有味,一曲终了,台下一片叫好声。

台上表演的是社区居民,台下坐着的是老街坊,台上台下互动频繁,观众一时兴起也可上台唱上一段,现场欢乐又热闹。

剧场就在家门口,看戏只需搬板凳,三元巷的"街巷剧场"不仅吸引辖区内居民的参与,周边的群众也时常赶来凑热闹。家住民国春街的周桂华,今年已经 80 多岁,他每场必到,每场必叫好,用他的话说,"是哪个演,演得怎么样,都不重要,关键就是图一个乐"。

三元巷是金山街道下属的一个社区,地处老城区,常住人口 2800 多人,其中 60 岁以上的老人超过 60%,80 岁以上的老人超过 15%。为了丰富广大居民的精神文化生活,社区干部投其所好,在家门口"搭剧台,唱大戏",在社区工作人员的努力下,2012 年 8 月 30 日,镇江市首家"街巷剧场"在三元巷社区建成,并于当天晚上首次开演,10 多名"草根"戏曲爱好者纷纷登台展才艺,吸引众多戏迷和居民前来观赏。

"街巷剧场"首场演出的成功,极大地鼓舞了社区工作人员的信心,看到剧场受社区居民尤其是老年居民的欢迎,更坚定了大家将"街巷剧场"继续办下去的决心。于是社区决定剧场每月演一次,演出时间为每个月 18 日,地点就在民国春街小广场上。与此同时,"街巷剧场"得到了社区内各个文艺团体的关注及积极响应,社区的勤元艺术团、淮扬剧团、戏剧票友会、知青俱乐部等纷纷加入到剧场的演出中来。这些文艺团体曾经参加过多次演出,有的还参加市里或省里的演出,有着较高的艺术水平和丰富的舞台经验。随着这些文艺团体的加入,"街巷剧场"演出内容趋向精彩,表演水准愈加专业。除了传统的京剧、越剧、锡剧、扬剧等,还有黄梅戏、歌舞专场、旗袍秀、相声、口技等,演出人员不仅有社区的文艺志愿者,还有高校大学生文艺团体。

据记者了解,金山街道已将"街巷剧场"打造成润州有名的文化品牌,2012 年已建成三元巷社区、迎江路中心社区、火星庙巷社区、小街社区和西津

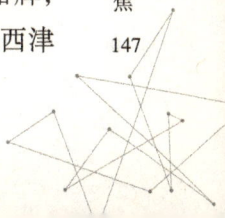

古渡社区五家"街巷剧场"，街巷文化阵地的建立完善让"15分钟城市公共文化服务圈"在寸土寸金的老城区成为现实，居民在家门口就能享受到文化服务。今年，金山街道进一步加大投入和建设力度，力争年内辖区12个"街巷剧场"全部竣工开放，确保辖区草根团队有表演舞台、平民百姓有娱乐去处、民间文化有展示窗口。

中共江苏省委新闻网

2013年9月4日

"洋学生"做月饼迎中秋

9月17日，江苏大学的中外学生们一起动手做月饼。当日，江苏省镇江市江苏大学的十余名2013级外国留学生同中国学生一起动手做月饼、品月饼，体验中国传统中秋文化，共同迎接中秋佳节。

新华日报

2013年9月18日

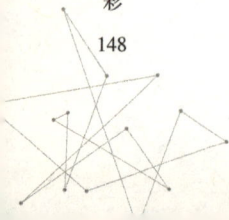

江大外国留学生讲述"中国梦"

中国江苏网　10月7日讯　10月5日,国庆长假第5天,江苏大学土木力学学院在校园内举办了老外版的"中国梦"征集活动,让外国同学为大家讲述自己心中的中国梦。

Abukader来自非洲,来江大留学已经近一年了,活动中他用流利的中文表达了自己对"中国梦"的认识,他根据自己对中国抗战历史的了解,认为中国是一个自强不息的国家,博大精深的中国文化和中国人民的热情、友好吸引了他不远万里来到中国求学,而他的中国同学对他学习中文和在中国生活提供了很多帮助。

同样来自非洲的Nana则希望能有多一点的中国老师可以到她的祖国去讲学,去传播文化知识,为非洲人民造福。她认为非洲人民与中国有着深厚的传统友谊,非洲人民希望中国经济繁荣昌盛,除此之外Nana还希望毕业后能在自己的国家推广绿色建筑,为自己的同胞造福。

（张成　娄静　编辑）

中国江苏网
JSCHINA.COM.CN

2013年10月7日

爱心"重阳宴"老人乐开怀

江苏省镇江市金山街道太古山社区的老人们在品尝"重阳宴"（石玉成　摄）

新华网江苏　10月10日电　昨天，江苏省镇江市润州区金山街道太古山社区的30多名空巢、孤寡老人欢聚一堂，享用由社区工作人员和来自江苏大学的中外大学生志愿者为他们准备的爱心"重阳宴"，迎接即将到来的首个老年节。

今年10月13日是农历九月初九重阳节，也是我国第一个法定的老年节。

中共江苏省委新闻网

2013年10月10日

江苏大学校园牛人分享青春故事　感动韩国留学生

中新网镇江　10月13日电（田雯　通讯员　王煜）　既有"语言大神"，也有"公益达人"；既有"留学精英"，也有"儿童作家"。13日晚，江苏大学8位"校园牛人"走上讲台，和新生分享他们的成长经历。励志的青春故事，除了感染现场的大学生之外，也打动了专程赶来听讲的韩国留学生。

自学德语、法语、希腊语、日语，一次性通过高级英语口译考试，总分120分的托福考了113分，先后在镇江、宁波的新东方学校任教，成为倍受学生欢迎的"名师"，在学校的资助下，还出版了个人的哲学专著《发言者》。在江大学生的心目中，来自外国语学院的大四学生周振宇简直就是个"大神"。在当天的讲台上，周振宇向新生们回顾了自己的大学生活，也鼓励新生勇于表达自己的想法，做"有态度，有深度的90后"。

和严肃冷峻的"思考者"周振宇比起来，专注于儿童文学创作的佘梅溪则显得极具亲和力。佘梅溪16岁时就加入了江苏省作协，是当时省作协最年轻的成员。她曾经获得"中山图书奖"，并曾入围"儿童文学奖"。至今已经出版了四本著作，总字数达到将近70万字的她，和台下的学弟学妹分享了自己的文学创作经历，打动了不少现场观众。

让主办者没有想到的是，一群来自韩国的留学生新生也被吸引到了分享会的现场，和他们的中国同学一起，聆听学长学姐们的"牛人牛事"。

"这样，很好，我很喜欢。"珉秀是一名来自韩国的大一新生，刚刚来江大学习中文。谈起这场分享会，中文表达还不是很熟练的他，一连用了好几个"很好"来描述自己的感受。他表示，这些学长学姐的经历都很牛，自己很"佩服"，也希望自己能成为这样的人。而另一名名叫景珍的韩国女生，则干脆操着很不熟练的中文,主动向台上的一位嘉宾提问。当她提出"学姐,你为什么那么优秀"的问题时,现场的观众都被逗乐了。

分享会现场负责人张之悦表示,希望这样的分享会能够成为一个平台,让新生向校园里优秀的学长学姐看齐,也希望这样的"牛人"能够越来越多地涌现出来。

中国新闻网

2013 年 10 月 13 日

其他报道媒体:

凤凰网　http：//finance. ifeng. com/a/20131013/10843041_0. shtml

人民网　http：//edu. people. com. cn/BIG5/n/2013/1013/c1053 – 23186071. html

中国台湾网　http：//www. taiwan. cn/taiwan/roll/201310/t20131013_5020643. htm

中国日报网　http：//www. chinadaily. com. cn/dfpd/dfjyzc/2013 – 10 – 13/content_10313288. html

高校"洋弟子"交中国伙伴　为在华生活"上保险"

中新网镇江　10 月 16 日电(田雯　通讯员　王煜)　随着我国对外开放程度的不断加深,越来越多的外国留学生来到中国。然而,如何快速的适应中国的文化和生活,成了摆在这些"洋弟子"面前的一道难题。16 日,在江苏大学,近百名留学生新生与他们的中国同学结对,拥有了自己的"中国小伙伴"。

保罗是一个德国小伙,因为对中国文化的热爱,原本在国内学能源的他,决定一个人来中国学中文。然而,中文基础不是很扎实的保罗很快发现,在这样一个陌生的环境生活,简直就是"探险"。"我不知道怎么点菜,不知道在超市怎么买东西,什么都不知道。"浑浑噩噩地过了一段时间之后,经同学介绍,他参加了江大的中外学生结对活动,有了自己的"中国小伙伴"。"我生活上学习上有什么困难,只要找她,她都会尽力帮我,真是一个可爱的姑娘!"保罗表示,有了小伙伴,这段"中国文化探险之旅"就像"上了保险"一样。

保罗口中的"可爱姑娘"名叫刘敏,是江苏大学京江学院的一名大三学生。英语专业的她,起初是抱着锻炼口语的想法参加结对活动的。不过,在跟这些外国同学接触了一段时间之后,刘敏很快享受起了助人为乐的感觉。

"其实这些留学生都特别想融入我们的生活。"刘敏介绍，自己的外国同学常常会问她"中国学生一般去哪里吃东西""中国学生通常用什么软件聊天"这样的问题，他们实际上很渴望和中国同学打成一片。"我有能力就尽量去帮助他们，一个人在国外上学也不容易。"

"我的这个号码就是小伙伴帮我办的！"来自西班牙的新生贝贝说。谈起自己刚刚结识的"中国小伙伴"，贝贝显得有点激动。他表示，如果没有这位中国同学，自己可能连宿舍门都不敢出。贝贝介绍，他的中文水平差到"恐怖"，要是没个人帮忙，自己什么事也干不了。"现在有了中国朋友帮忙，我不仅有了自己的电话号码，还买了自行车，我觉得美好的大学生活即将开始。"

中外学生结对活动的组织者——江苏大学文法学院的张志勇表示，这样的结对活动实际上是"双赢"。"毕竟都是国外来的新生，很需要有一个'中国小伙伴'。外国学生得到了生活上的帮助，克服了文化差异，中国学生也能锻炼自己的口语和交际能力，对双方都有帮助。"张志勇介绍，接下来他们还要组织这些"洋弟子"参加国学和汉服的活动，让他们感受中国传统文化的魅力。

中国新闻网

2013 年 10 月 16 日

其他报道媒体：

人民网　http：∥edu. people. com. cn/n/2013/1016/c1053 – 23224880. html

中国日报网　http：∥www. chinadaily. com. cn/hqgj/jryw/2013 – 10 – 16/content_10341336. html

网易新闻　http：∥news. 163. com/13/1016/14/9BAK2BHA00014JB6. html

凤凰网　http：∥edu. ifeng. com/gundong/detail_2013_10/17/30392896_0. shtml

中教网　http：∥www. teachercn. com/EduNews/News_Sp/2013 – 10/16/201310161557-2839762. html

浙江教育新闻网　http：∥edu. zjol. com. cn/system/2013/10/16/019649481. shtml

北方网　http：∥news. enorth. com. cn/system/2013/10/16/011377602. shtml

贵阳网　http：∥www. gywb. cn/content/2013 – 10/16/content_307646. htm

西部网　http：∥news. cnwest. com/content/2013 – 10/16/content_10185109. htm

21CN 新闻网　http：∥news. 21cn. com/caiji/roll1/a/2013/1016/14/24501435. shtml

中国经济网　http：∥edu. ce. cn/xw/201310/16/t20131016_1150840. shtml

金融界　http：∥insurance. jrj. com. cn/2013/10/16222715974148. shtml

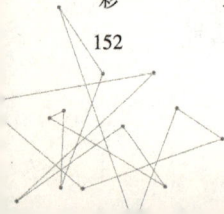

江苏大学留学生提前过万圣节　与中国同学共度狂欢夜

江苏大学留学生与中国同学共度"万圣狂欢夜"　　　　　（王煜　摄）

中新网镇江　**10 月 29 日电**（田雯　通讯员　王煜）　万圣节是西方重要的传统节日,在很多国家,南瓜灯、糖果、恶作剧构成了万圣节的三大主题。随着我国国际交流的日益频繁,越来越多的留学生来到中国求学,这样的"洋节"也被带到了国内。29 日,江苏大学留学生和他们的中国同学,提前庆祝节日度过了一个"万圣狂欢夜",很多留学生直呼"他乡也不孤单"。

佩佩是个西班牙小伙,来江大刚刚一周。他介绍,在西班牙,每逢万圣节,自己都要和朋友们狂欢一番。"来到中国后,我曾经非常担心,今年的万圣节要无聊地一个人过了。"不过,佩佩很快就发现,自己的担心有些多余。"中国的同学们邀请我跟他们一起过万圣夜,真是太让我感动了。"佩佩说,在这场"狂欢夜"中,他和刚刚认识的中国朋友们一起演英文话剧、戴面具扮鬼吓人,还一起刻了南瓜灯,一切都跟他在西班牙老家没有什么两样。"只不过身边的朋友变成了中国同学,这又有什么不一样呢? 我们都是朋友!"

和新生佩佩比起来,来自刚果的黑人小伙塞德里克则显得更加稳重一些。他来江大学医已经有两年多了,也结识了不少中国朋友,但他说自己也是第一次在国外参加"万圣夜"这样的活动。"很可爱,很搞笑,也很休闲。"塞

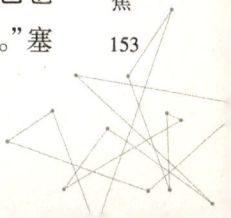

德里克表示,中国是自己的第二故乡,能在即将学成回国之际留下这么一段美好的回忆,自己非常欣慰。而来自巴基斯坦的巴拉特更是沉浸在了和中国同学的"狂欢"中,甚至在现场即兴用中文演唱了一首《你是我的玫瑰花》,博得了在场的中外学生阵阵喝彩。

"万圣节是西方的三大节日之一,举办这样的活动,是希望给留学生以家的归属感。"汽车学院的大二学生胡宇豪是这次"万圣节狂欢夜"的组织者之一,他认为,节日具有重要的象征意义,是中外学生很好的沟通机会。"让留学生,尤其是刚刚来中国的新生拉近与中国同学的距离,也为中国学生打开一扇了解世界文化的窗口,是一举两得的事。"

中国新闻网

2013 年 10 月 29 日

其他报道媒体:

网易　http：//news.163.com/13/1029/23/9CD1HDMP00014JB6.html

光明网　http：//edu.gmw.cn/2013 - 10/30/content_9340126.htm?

新民网　http：//news.xinmin.cn/world/2013/10/29/22476845.html

21CN　http：//news.21cn.com/caiji/roll1/a/2013/1029/23/24753284.shtml

新岛环球网　http：//news.stnn.cc/c6/2013/10/29/1383062281361.html

凤凰网　http：//edu.ifeng.com/gundong/detail_2013_10/30/30775043_0.shtml

中国广播网　http：//edu.cnr.cn/list/201310/t20131030_513974677.shtml?

中国日报网　http：//www.chinadaily.com.cn/hqgj/jryw/2013 - 10 - 29/content_10453519.html

江苏大学 MBA 中心组织 MBA 留学生赴企业参观

MBA 中国网　11 月 6 日,江苏大学 MBA 教育中心常务副主任何娣老师带领 MBA 留学生一行 16 人前往恩坦华汽车零部件(镇江)有限公司(原镇江阿文美驰)参观交流。

陆总经理在向留学生介绍企业发展历程和生产经营状况

恩坦华汽车零部件（镇江）有限公司成立于 1993 年 10 月，是专业为国内外一些著名汽车厂商配套生产门锁、升降器、马达及门板系统的现代化生产企业。公司陆总经理热情接待了江大 MBA 师生，并介绍了企业的发展历程及生产经营现状。期间，MBA 留学生们就企业当前的营销、研发、竞争力等问题与陆总进行了广泛交流。随后，师生们来到生产线对企业的生产流程和产品进行了参观。

参观学习的留学生们

此次企业参观活动，丰富了江苏大学 MBA 留学生的学习生活，通过与当地企业和企业家面对面的接触，深化了对企业的认识和 MBA 的理论知识。

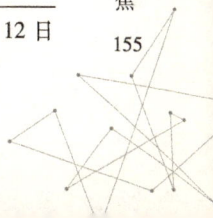

MBAChina

2013 年 11 月 12 日

江苏留学生校内创业搞音乐　黑人小伙追"中国梦"

弗拉姆斯与他的音乐工作室　　　　　　　　　　（王煜　摄）

中新网镇江　11 月 14 日电（田雯　通讯员　王煜）　在追求音乐梦想的道路上，从来不缺乏执着的人。14 日，江苏大学校内新开张的一家音乐工作室引起了不少人的关注，除了这家工作室放出的"打造未来超级明星"的豪言外，更因为工作室的创办者弗拉姆斯，是该校的一名留学生。

弗拉姆斯来自美国印第安纳州，已为人父的他凭着对中国的热爱，在 4 年前来到江大学习国际贸易。弗拉姆斯说，自己从小到大都对音乐有着浓厚的兴趣，在国内的时候就有一群玩音乐的朋友，也办了一个音乐工作室。来江大读书后，他结交了一些对音乐感兴趣的中国同学，一起讨论音乐。"我很想在这里建一个音乐工作室。怎么说呢，这也算是我这个老外的'中国梦'吧！"

在听说弗拉姆斯的想法之后，他的同学王迪君帮他联系了校内负责大学生创业的老师。在学校的帮助下，弗拉姆斯在江大的大学生创业基地分到了一间门面房。购买了音响等相关设备之后，音乐工作室就开张了。"非常感谢帮助过我的人，尤其是王迪君，他现在不是我的朋友，而是我的兄弟！"谈起工作室创立的过程，弗拉姆斯充满感情。

弗拉姆斯的工作室名叫"HDMEZ"，这是几个英文单词的缩写："H"代表"嘻哈"，"D"代表"设计"，"M"代表"音乐"，"E"代表"娱乐"，"Z"代表"空间"。而这些单词合在一起，就是弗拉姆斯对于音乐的理解。在这个只有十几平方米的工作室内，录音棚、电子琴、音响等设备样样齐全，可谓"麻雀虽小,五脏俱全"。

"他很有才华,对音乐的感觉非常好。"谈起弗拉姆斯,音乐工作室的网站制作人吴谋星赞不绝口。在弗拉姆斯的影响下,原本的 IT 男也不知不觉爱上了音乐。"像我这种平时不怎么接触音乐的人,来到他这个录音棚之后都有录一首单曲的冲动。"

现在的弗拉姆斯,除了上课之外,就是整天泡在工作室里。"接下来,我打算教江大的同学怎么做音乐,怎么唱歌,将来还有可能做我们自己的唱片。"弗拉姆斯表示,希望自己的工作室能成为江大所有音乐爱好者的"大本营"。

中国新闻网

2013 年 11 月 14 日

其他报道媒体:

新华网　http：//education. news. cn/2013 - 11/15/c_125707989. htm

凤凰网　http：//news. ifeng. com/gundong/detail_2013_11/14/31260409_0. shtml

东方网　http：//news. eastday. com/chyauto/2013 - 11 - 14/1012777. html

网易　http：//news. 163. com/13/1114/18/9DLMLS2F00014JB6. html

人民网　http：//edu. people. com. cn/n/2013/1114/c1053 - 23544926. html

腾讯网　http：//xian. qq. com/a/20131115/008835. htm

中国日报网　http：//www. chinadaily. com. cn/hqgj/jryw/2013 - 11 - 14/content_10587350. html

央广网　http：//edu. cnr. cn/list/20131114/t20131114_514135492. shtml

21CN　http：//news. 21cn. com/caiji/roll1/a/2013/1114/18/25020153. shtml

中国台湾网　http：//www. taiwan. cn/xwzx/dl/kj/201311/t20131114_5206971. htm

http：//www. jsw. com. cn/zjnews/2013 - 11/17/content_2953397. htm

江苏大学 MBA 中心组织留学生赴金东纸业参观

MBA 中国网　11 月 20 日,江苏大学 MBA 中心组织 MBA 留学生一行十余人前往金东纸业(江苏)股份有限公司参观,受到企业的热情接待。

金东纸业(江苏)股份有限公司为印尼金光集团在中国投资的超大型造纸公司,是目前世界上最大的单一铜版纸生产工厂,年销售收入近百亿。从 2005 年开始,江苏大学 MBA 教育中心受金东公司委托为其培养高素质经营管理人才,双方形成了良好的合作关系。

留学生参观金东纸业(1)

留学生参观金东纸业(2)

　　师生们首先来到企业的展厅,工作人员分别从森林浆纸、工业用纸、生活用纸、文化用纸等方面详细地向师生们介绍了金东公司的产品及企业绿色造纸的理念,丰富多样的产品令 MBA 留学生们印象深刻。随后,在工作人员的带领下,师生们来到企业的三号纸机生产现场,该台纸机曾经以平均1750 米/分钟的车速刷新车速世界纪录。通过现场的观摩,MBA 留学生们加深了对铜版纸生产过程的了解,也对 MBA 相关课程内容学习的作用和意义有了更为深刻的认识。

　　江苏大学 MBA 中心近期组织的企业参观和企业家走进课堂活动,受到了

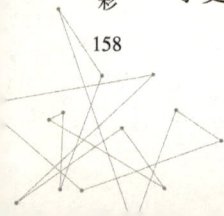

MBA 留学生的广泛欢迎。这些活动的组织,不仅深化江苏大学 MBA 中心实践教学的理念,推进了国际化工作,同时也对 MBA 留学生们知识、能力等综合素质的提升起到了积极的促进作用。

MBAChina

2013 年 11 月 22 日

江苏大学留学生代表参加
"书情画意在江苏——江苏外籍人士书画大赛"书画展览开幕式

2013 年 11 月 23 日,由江苏省外国留学生研究会组织的"书情画意在江苏——江苏外籍人士书画大赛"参赛作品展览在南京图书馆隆重举行。

我校泰国留学生杨来好作品"白蛇传"和也门学生阿里作品"东方明珠"在会场展出,"白蛇传"获得参展奖。

本次比赛由江苏国际文化交流中心、江苏省外国专家工作协会、江苏省外国留学生教育管理研究会、扬子晚报主办,来自江苏省 15 所高校的 65 名留学生参加了本次比赛。经由江苏省国画院和江苏省书法家协会专家组成的评审组进行评审,最终,12 名留学生的作品分别荣获一、二、三等奖,11 位留学生获得提名奖。

留学生在展示获奖证书

留学中国
study in china

2013 年 12 月 4 日

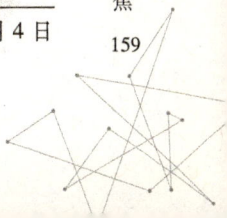

一、报纸杂志篇

江苏大学的国际化之路

与国外 46 所大学新建友好关系,举办 21 次高水平国际学术会议和 2 次两岸论坛,学校成为"中国政府奖学金来华留学生接收院校""孔子学院奖学金生接收院校"。留学生生源国发展到五大洲 82 个国家。2013 年,全校 387 名学生赴海外学习,较 2012 年增长 40.72%;132 名学生赴海外留学,较 2012 年增长 48.31%。

这些数据仅是江苏大学近年来国际化办学成绩单的一小部分。国际化办学,当然不能只停留在作为一个"高端、洋气、上档次"口号的层面,而是需要真正地落到学校从科研到教学的每一个细节。此外,国际化也需要更多的资源投入,对于江苏大学这所资源不如"985 工程""211 工程"的地方高校来说,国际化之路究竟该怎么走呢?

强化理念

事实上,江苏大学的历史上不乏国际交流。农业机械专业曾聘请苏联罗斯托夫农学院的专家帮助指导建设。由于农机学科特色鲜明,早在 1980 年,江苏大学就受联合国工业发展组织、亚太经社委农机网,以及农机部、外交部的委托,成为国内首家承担为发展中国家培养高级农机技术和管理专家任务的高校。当然,任何人都不能躺在过去的成绩单上睡觉。当下,如何秉承和发挥传统,以实践说话,才是最重要的。

如今,江苏大学的办学定位是高水平大学。正如江苏大学校长袁寿其所说:"高水平大学一定是国际化的大学。一所大学要成为高水平的大学,必须要走国际化发展的道路,世界一流大学都是世界学术分享和科学文化交流的中心,都普遍把国际化程度作为自身学术实力的体现和国际影响力的重要标志。"

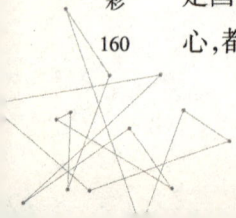

在袁寿其看来,我国高等教育国际化是继大扩招、大建设、大提升之后的又一时代潮流,今后高校新一轮的重新洗牌将在很大程度上取决于高校的国际化程度。

"然而,目前我们学校师生整体国际化意识还不够强。"袁寿其认为,大部分师生还没有充分认识到国际化在高水平大学建设中的重要地位和作用。他们认为国际化是相关部门和专业,以及部分老师的事,与自己关系不大,甚至个别干部、教师和单位领导觉得国际化太麻烦,是额外附加的工作,满足于做好大学生、研究生的教学工作和科研工作,"这是极其错误的"。

通力推进

要把国际化理念贯穿于学校的人才培养、科学研究等各项工作当中,是袁寿其一再强调的工作重点。"这绝不是局部工作,而是一项全局性的系统工程。"

所谓全局性的工作,袁寿其解释道,例如,国际教育交流学院要认真组织实施合作交流项目和留学生教育工作,努力拓展留学生生源国,扩大培养规模,提高培养质量。同时要积极拓展非学历生教育及短期培训;各专业学院、科研单位及各学科要在校际合作基础上,积极加强与国外高水平大学相应学院、学科和教授间的合作,设法开拓更多适合学生的海外学习项目;具有海外留学背景、与国外知名大学保持密切联系的博士、教授可充分发挥既有"先天优势",协助学校开展对外联络、智力引进、项目开发等方面的工作。

当然,培养国际化人才的核心还在学生。学生应该转变观念,确立国际化人才的理念,积极投身国际化浪潮。"学校将鼓励更多大学生和研究生到国外攻读硕士、博士学位。"袁寿其说。

"走出去"加上"引进来",留学生和本校学生共同学习,在江苏大学学科建设办主任、研究生院副院长邹小波看来,这种互动正是国际化办学的积极效应之一。

在英国利兹大学进修时,邹小波就切实体会到了中国学生英语"开口难"、表达差的弱点。如今,在他的实验室里有位来自苏丹的留学生。邹小波笑着告诉记者:"因为要和留学生一起做实验、开会,必须用英语。这段时间以来,他们的英语表达有了明显的提高。"

细节激励

"考托福、雅思的费用学校可以报销!"

初入江大的新生被学长告知这一消息时通常都会先愣一下,然后才是高兴。参加语言考试的费用可不是小数目。托福、雅思动辄上千的考试报名费令许多家境困难的学生望而却步。"作为鼓励,这笔钱就由学校来付。"袁寿其说。

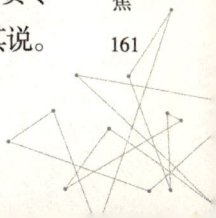

那么这一考试费用报销制度是如何来的呢？

袁寿其告诉记者，除了校长的行政职务，他还担任一个本科生班的学业导师。在与学生的接触中，他发现尽管学校会向学生提供一些出国交流项目，但在机会面前，许多学生却根本不具备申请资格。原因很简单，这些项目的合作学校或机构往往都要考核申请者的英语水平，要求提供托福、雅思等英语能力测试考试的成绩。

"那时，许多学生并不清楚这些考试，也缺乏参加此类考试的意识。对于家庭条件困难的学生，考试费用也是不小的开支。"于是，为了鼓励学生参加英语水平测试，袁寿其开始考虑如何解决学生的这些担忧。

之后，便有了于 2012 年 12 月 12 日印发的《江苏大学学生留学交流经费资助管理办法》（以下简称《办法》）。《办法》称，学校特设立学生留学交流经费，首次投入 500 万元，用于资助学生赴海外留学交流或参加出国类外语考试。以后每年视实际情况追加投入。全日制本科生和研究生都可以申请。而且，不仅托福、雅思的考试费用可以报销，GRE、GMAT、德福、法语 TEF、日语等级考试和韩国语能力考试等也可以。

值得一提的是，这种报销并不是无条件的——学生必须达到一定的分数要求。以雅思考试为例，取得 6.5 分及以上的成绩方可报销考试报名费用。

激励取得了成效。据统计，自《办法》实行以来，江苏大学赴海外交流和留学的学生人数都有了显著增加。2013 年，全校 362 名学生参加涉外语言考试，较 2012 年增长 41.96%，292 名学生参加出国类外语考试，增长 47.47%，共计 460 人次获出国类外语考试、海外学习资助报销 326 万余元。在这样的形势下，该校成立了留学服务中心。专门服务有意留学学生的社团"海外升学研究协会"也应运而生。

就在今年元旦前夕，学生工作处和留学服务中心共同举办了一次留学经验交流会。在香港中文大学读研的江大学子董展毓与学弟学妹们欢聚一堂。"在他们眼里，我看到了探索更大世界和未知的渴望。"董展毓如是说。

（本报记者　韩琨）

中国科学报

2014 年 1 月 16 日　6 版头条

其他报道媒体：

求是理论网　http://www.qstheory.cn/kj/jysj/201401/t20140116_313402.htm

记者：海外教育学院的优势和特色有哪些

高静院长：我们江苏大学海外教育学院是 2011 年独立建制的，当时我们的目标就是把它建设成留学生留学江苏的一个重要的目标高校。实际上我们的出发点是：（针对）留学生想学什么，去培养实用型的高水平的留学生。这是我们当时的出发点，所以我们想把江苏大学建设成留学生的一个快乐家园，让他们体验、学会中国文化，掌握实际的本领。所以我们实践教学为基础，然后会贯穿文化教育，我们叫文化引领的实践教学模式。留学生到江苏来学习，像江苏大学这样的老牌高校，工科学校，实际上就特别实在。那么他们最大的障碍，实际上是语言。如果让他们学完了汉语再来学技术或者是知识的话，对他们来说困难非常大。所以我们从 2005 年开始，就开设了英文授课的临床医学专业。在临床医学打头阵的基础上，我们总结了一套经验，看怎么去拓展英文授课的本科生的教育作为品牌来推广。所以在医学的基础上，就推出了计算机、土木工程、药学、化工、机械工程、食品等等一系列的（英

建设成留学生的一个快乐家园

江苏大学海外教育学院高静院长在进行采访

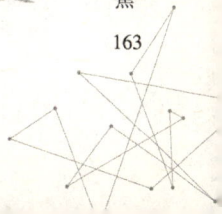

文授课专业）。这非常受留学生的欢迎，因为他们没有语言障碍。同时，我们在教他们的时候，还会给他们贯穿文化教育，就是中国文化教育，用文化引领知识去培育他们。所以他们确实在这儿体验到了快乐留学的氛围。

记者：那咱们学院里目前有多少留学生呢，他们在校的情况怎么样

高静院长：从2010年的100多（名）学生到现在的将近1000名，应该说已经超过1000（名）学生了，在校的75%都是学历生，有读本科的，有读硕士的，有读博士的，也有一些交流学生。我觉得这批留学生到江苏大学，他们远离自己的家乡，一开始就应该受到家庭般的呵护。因为江苏大学有这么几个特点，一个是他们一来我们有个牵手走世界协会，就是让他们感受到家的温暖，就是一对一的服务，然后我们的"牵手走世界"的中国学生会为他们服务。后来这个协会把留学生也纳进去了，一个副会长是咱们留学生，反过来留学生在帮中国学生，他们也去访问孤儿院，做了很多很多社会公益活动，所以他们体验的是一个快乐的生活。他们到了这个地方以后，就是在江苏大学学习的过程当中，我们给他们的一个理念是只要你有才华，你就有展示的平台，所以我们除了正常的学习之外，还组织了非常非常多的社会活动，并借助于政府搭的平台，借助于学校的平台、企业的平台，给他们充分展示自己的机会。比如有设计天赋的学生，就设计了很多学院表里的，包括网站、一些宣传折页、项目介绍，以及一些大会和大的社会活动的背景（板）；有宣传才能的、摄影才能的，他们拍摄了很多照片，我们有摄影展；有组织才能的，他们就组织了各种各样的协会，或者是学术团体，如果需要做社会活动，他们只要给我们写一个 proposal（提案），我们觉得合理，就会给他们足够的支持，也让他们很有成就感。举一个例子，他们一个 Life Build Conference，就是去讨论怎么去成为一个生活的缔造者，怎么样去追求卓越，当时跟我讲的时候，我对这个活动能不能成功很怀疑，因为留学生相对来都比较自由散漫，比较有个性，会不会去研讨这么严肃的一个主题呢？去年这个协会策划的时候要500（名）学生参加，研讨整整三个晚上。我说你怎么去组织这个活动，是用吃的吸引他们，还是用好玩的东西吸引他们，就是非常严肃的主题。结果我发现他们通过很好地组织、策划、宣传，让学生达成了一个共识——我们来江苏大学留学都想获得成功，怎么能获得成功，我们能从成功者的身上分享成功的经验而失败的教训也可以预防犯一些错误。整整三个晚上的研讨把我们的一些教授都给

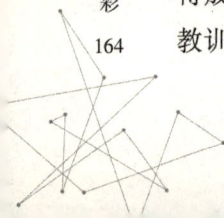

感动了，我们现在已经把它作为一个年度活动，每年都会举行。Life Build Conference，这就是学生自发的、自己组织得非常成功的活动，今年他们甚至亲自邀请了我们的校长出席他们的 Life Build Conference。

记者：他们和本校学生的交流情况如何

高静院长：这个就是我为什么特别热爱我这份工作的原因，我觉得不仅仅是为留学生提供服务，帮助留学生成才，我们已经看到留学生给江苏大学带来的变化，因为江苏大学做留学生教育不是只提高了留学生的教育质量，我觉得是（给中国学生）提供了很多的 partner（伙伴），因为你要提高你的英语，去练习你的口语，没有对象是没有办法，是没有氛围的，所以我们的留学研究生进了一个助教系统，我们的研究生们都去申请了中国学生的助教，就是我们在英语老师教英语的时候或者是英文授课的时候，都有留学生去给他们做助理。这样一个是营造了氛围，同时也减轻了我们老师的负担，还提高了咱们中国学生的学习兴趣，可以让他们交到更多的朋友，可以在校园里面很直观、很直面地去接触到很多来自 80 多个国家的学生。（此外）我们做到了"四个结合"，就是和我们的人才培养、师资队伍建设、科学研究和学科建设 4 方面结合起来的，因为这 4 个方面是学校高等教育发展的一个重点，所以把留学生教育纳入这个里面去，大家可以看到随着老师给留学生上课的经验不断丰富，一些教学方法、教学模式、教材内容就会有很大的一个变化。因为老师们必须去关注国外教学的特点，或者说我们每年会选派留学生任课老师出国进行教学进修，这样便会带回来很多新的教学理念，这些老师不仅仅给留学生上课，也给咱们中国学生上课，所以这个是师资的变化。这个老师首先教学的能力提高了，还有就是语言的能力明显提高了，因为咱们中国的老师练英语的机会很少，所以国际交流就受到限制。留学生上课以后，英语思维的能力明显增强了，国际交流的欲望也增强了，通过交流，他们自己的学术水平也提高了，所以在科研、教学，包括发表论文各方面都取得了非常大的进展，有些教授在指导留学生的过程当中从哑巴英语直接变成流利的口语了，所以这也是给中国学生带来的一个变化，即我们的研讨式教学、互动式教学、双语教学。教务处在准备双语大赛时才发现学校原来有这么多老师可以用英语上课，学校也在不断鼓励咱们中国的学生，我们在校生去练好英语。袁校长也介绍了出国学生考雅思考托福都可以报销报名费，我们现在

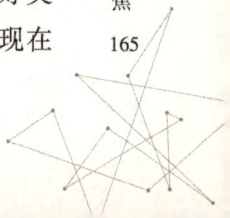

研究生教学改革也开始了，不是光去应付考试了，而是学术英语教学，就是让他们去学习怎么写作，学习在学术论坛上怎么去交流，包括怎么做演讲，都在他们的学术英语教学里面，这就是给他们一些教学方法和教学理念上的变化。

记者：下一个阶段的工作重点是什么

高静院长：我觉得前一阶段，我们是"一把手工程"，就是校长领着我们在开拓学校的项目，给他们总结出来这个英文授课项目，怎么去提高教学质量，怎么去丰富学生的活动，搭建中外学生交流的平台，这些基本的事情我们都做了。下面如果再扩大规模，再打造我们江苏大学的特色，我们就要重心下移，由各个二级学院来组织和策划一些成功的国际交流的项目，这样可以招到有特色项目的学生，让国外的学生过来，同时让中国的学生出去。24个学院都有自己特色项目出来的话，我想江苏大学国际文化交流的春天就会到来了。

JSTV｜**视频**
荔枝网.com

留学生体验中国戏曲文化

京剧票友指导外国留学生画京剧脸谱

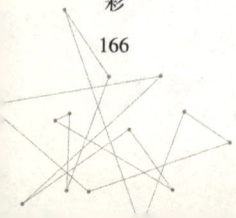

3月27日是世界戏剧日,江苏大学部分外国留学生走进镇江市润州区金山街道火星庙巷社区街巷剧场,开展"小巷梨园中外情"活动,在当地京剧票友指导下画京剧脸谱,学习京剧唱腔及表演艺术,体验中国的戏曲文化。

（朱妍婕　石玉成　摄）

江苏教育报

2014年3月28日　A1版要闻

其他报道媒体:

光明网　http://pic.gmw.cn/channelplay/6200/1502163/0/0.html

500万元企业留学教育基金落户江苏大学

科技日报讯 （吴奕）"能拿到这笔奖学金太高兴了,这笔钱够我一年生活了。"在日前江苏大学"安信地板"来华留学教育基金启动仪式上,有6个弟弟妹妹的江苏大学留学生庞杰开心地告诉笔者,平时他一个月的生活花销控制在400元左右,有了奖学金资助,至少一年的时间不用再问父母要生活费了。

据了解,该奖学金奖励资助对象包括江苏大学的在读留学本科生、硕士生、博士生,重点资助的是西非、中南美地区家庭贫困的留学生,企业还将为来华留学生提供实习岗位以提高其工作技能、在上海或非洲提供就业等机会。当天,一共有来自11个国家的20位留学生作为首批受益者,分享了10万奖学金。此次落户江大的留学教育基金共计500万元,这是江苏大学留学生教育首次接受企业大型赞助,也为高校和企业共同合作推进留学生教育打通了一个崭新的通道。

科技日报

2014年4月8日　6版

其他报道媒体:

江苏教育报　2014年4月2日　2版

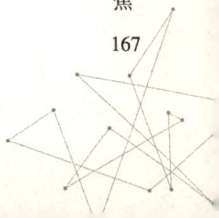

校园版"世博会"在江苏大学上演

本报讯(特约记者 吴奕 通讯员 王丽敏) 美国的汉堡、加纳的手鼓、韩国的炒年糕、南非的呜呜祖拉……5月24日,在江苏大学第四届国际文化节上,来自70多个国家的近900名海外留学生通过服饰、工艺品、美食和歌舞展示各国风土人情,打造了一场精彩纷呈的校园版"世博会"。

记者看到,活动现场分布着30多个国际文化展台,主办方为参与者准备了"护照",学生们手持"护照"到各个展区盖章,感受不同国家的民俗文化。据了解,今年5月至11月,江苏大学将先后举办20多项国际教育、学术和艺术交流活动,包括汉语大赛、国际时装秀、中外文化交流论坛、中外研究生学术论坛、电影配音大赛等。

江苏教育报

2014年6月4日 3版综合新闻

其他报道媒体:

中新网 http://www.js.chinanews.com/news/2014/0527/83490.html

江大"洋弟子"学包粽子送贫困生
中国传统文化吸引外国留学生

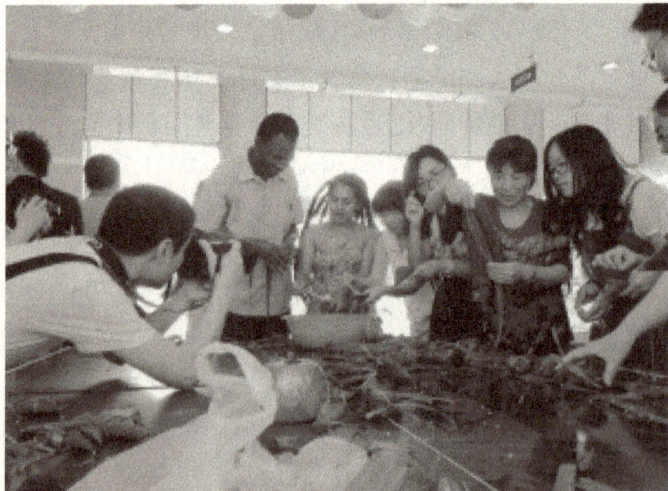

留学生在包粽子 (王煜 摄)

刚刚过去的端午节是中国人的传统佳节,江苏大学近20名外国留学生在中国学生的帮助下,学起了包粽子。而这些由"洋弟子"包出的约百个粽子,则全部送给了校内的贫困学生,成为一份特殊的"端午礼物"。洋弟子在学包粽子的过程中,不仅学习了这份技能,而且和中国的学生们聊起了他们眼中的中国传统文化。

淘米、和馅、捋粽叶……虽然是来自不同国家的海外留学生们,但是亲手体验包粽子的每道工序,他们却也干得有模有样。"自己真的动手包,好像也没有那么难。"在印度学生安尼尔的心目中,结构精巧的粽子是一种"神秘"的食物。安尼尔介绍,印度也有类似粽子的食物,但是制作比较粗糙,往往就是用树叶简单包裹着糯米。当看到呈多面体形状的镇江"小脚粽子"时,这个学建筑的小伙子被它的结构深深吸引了。从去年10月份来到江大,这是安尼尔在中国度过的第一个端午节。"能在中国同学的帮助下自己制作一只粽子,我很兴奋,这个端午节让我难忘。"

安尼尔告诉记者,他来中国快一年时间了,经历了许多中国传统节日,如中秋、春节、端午节。"我觉得中国传统的节日都非常具有中国的特色,比如包粽子。糯米是很多地方都有的,但是只有中国人把它用粽叶包了起来做成粽子,中国朋友告诉我这是为了纪念古人屈原,为了不让他在投江自尽后被鱼所食。这也是我非常喜欢中国文化的原因之———每种传统美食的背后都有一个很吸引人的故事,你能在享受美食的同时从故事中感受到中国千年历史的魅力。"

也门学生马苏则说,他在中国已经待了2年,过了两次端午节,第一次知道了什么是粽子,第二次知道了怎么包粽子。"我觉得做这些中国传统食品简直就像变魔术,几片叶子一点米就可以做出好吃的粽子,还有中国的豆沙、绿豆糕等,中国人能想出这么多种做食物的方法,真的是非常了不起。"两年时间里,他还和朋友去了镇江的很多山和寺庙,了解到很多中国的古人和他们的故事,其中很多是镇江的文化符号,当然也是中国文化的符号。他感慨地说:"中国文化对我来说,是一门非常高深的课程,我一直努力地在学习,但它博大精深,我觉得自己永远都学不完。"

非常喜欢中国文化的叙利亚学生安那斯告诉记者,他在中国和中国朋友们度过了很多中国的节日。中国是世界闻名的古国,传统文化特色非常浓郁,尤其是很多传统节日。"让我感触非常深的就是,中国人在度过这些传统节日的时候都融入了一种团聚的温暖。中秋节大家会团聚在一起赏月吃月饼,端午节家里的大人会包粽子给大家吃,还有各种习俗,很多都沿袭了中国

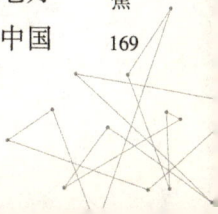

古代的传统，但这些都是大家一起做的，很多人都趁这些节日回家团聚，感受家人们带来的温暖，这让我也思念自己的家人和朋友们。"

来自美国这个"文化大熔炉"的迈克则感慨地说："在我们那里有唐人街，也经常能够在中国传统的节日里感受到中国文化的魅力，但是这个端午节，我和中国朋友们一起学习包粽子，真正感受到端午节对我这个外国人而言，是那么真实。"中国学生们还给他讲了吃粽子习俗的来源，虽然他不能完全理解，但是想到一个小小的饭团子里面都藏着一个中国古人的故事，还是觉得不可思议。迈克真诚地说，他第一次感受到自己真正被中国文化包围着，而不是像以前看热闹一样，在唐人街上看中国人过他们自己的节日。

（记者　孙霞　通讯员　王煜）

镇江日报
2014 年 6 月 4 日　6 版深度报道

印度小伙阿润是个"镇江通"

编者按：暑假，是学生们最爱的名词。旅游、聚会、实习、上网……多元的选择让他们有着充分的时间去享受喜悦。随着国际文化交流程度的提高，越来越多的"洋学生"选择在中国过暑假。这个夏天，留在异国他乡的"洋学生"在忙些什么呢？近日，记者走访了一些在镇江求学的外国留学生，了解他们多姿多彩的假期生活。

初见阿润，是在江苏大学海外学生公寓楼的门口。当时，有不少外国学生聚在那里聊天，记者边环顾四周思索着谁才是阿润，边对上了一双明亮的大眼睛。"大眼睛"是个帅气的大男孩，1.75 米左右的个头，皮肤有些黑，穿着休闲 T 恤，脚上是荧光绿的凉鞋。

"你好，我是阿润。""大眼睛"主动走过来笑着打招呼，声音温柔，还有些腼腆。

与水有缘的洋帅哥

今年 25 岁的阿润是个印度帅哥，来自印度 Vizag。他叫 Arun，因为发音类似中文的"阿润"，所以取了这个中文名字。也许是家乡临海，名字里又带个"三点水"的关系，阿润似是与水极有缘分。2006 年他来到中国，于镇江落了脚，在江苏大学读本科。现在他正读研，医院管理专业，今年 12 月即将研究生

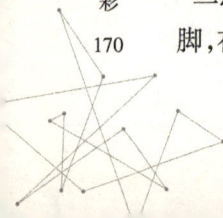

毕业。瞧，三个"三点水"，将这个印度小伙与镇江牵在了一起。

阿润告诉记者，他的父亲在印度一家保险公司上班，母亲从事油画艺术的工作，他还有个飞行员哥哥。来镇江8年，每年寒假他会回印度过冬，暑假则留在镇江。

"暑假待在这，不想家吗？"

"想，不过家里夏天比这里热多了。"阿润微笑着说。

设计镇江旅游手册　为外国留学生指南

阿润小时候，母亲就希望他能走上艺术的道路，学学钢琴，或是画油画。但比起这些，阿润对平面设计更感兴趣。他还将这个爱好带到了镇江，今年暑假大部分时间他都花在了平面设计上。

阿润给记者递过几本他设计的宣传册，多是面向江大留学生、方便他们浏览的导览册，上面用英文详细介绍了学院、专业、课程、校园生活指南等内容。4个折页叠起来的小册子，图文并茂、排版新颖，有些细节处还加上了精巧的装饰图案，可见设计者的用心。

暑假时间充裕，阿润更加沉浸在设计的海洋里，每天都要花上5~6个小时待在宿舍里，摆弄着他的PS软件。最近，他又在忙新的作品——为镇江旅游局设计"Travel Guide"（旅游手册），给来到镇江的外国人提供旅游指南。手册从文字到样式设计，都由阿润一人完成。他说，设计之前需要将中文介绍翻译成英文，目前已进行到了文字翻译的末尾阶段。独自完成这样的设计，有没有遇到什么困难呢？阿润说，有些中文词汇很难翻成英文，为此他颇费了些脑细胞，比如"小笼包""豆腐脑"，就很难翻译。

旅游手册的封面样式，阿润早就想好了：封面中央是个镂空的圆洞，露出内页的金山宝塔，下书一行大大的"Zhenjiang"字样，翻开封面就能看到内里的金山全景。提到金山，阿润很高兴地说，他知道镇江三山，还知道白娘子的故事，电视剧《新白娘子传奇》他还看过呢。

最爱在江边，看看水吹吹风

白天不宅在桌前的时候，阿润会起个大早跑步，或是去游泳。回宿舍的途中，他还特地绕路去找校园里的流浪猫、流浪狗，"暑假前，这些猫狗有很多学生来喂，一放假，学生们都回家了，小动物就没人来喂了，太可怜了。"天再热，阿润也不忘每天去照顾这些小生灵。

在印度，阿润是个爱海的青年，小时候常随大人出海；在镇江，他是个爱在江边看滔滔江水的追风青年。因为对水有着特别的牵挂，一到晚上，阿

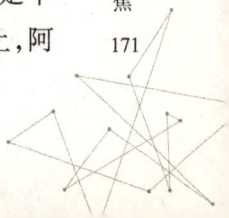

润就会骑上他的黑色电动车,熟门熟路地往滨江路进发。在那里,看着广阔的江面,吹吹风,看着身边悠闲钓鱼的镇江老大爷,一天的疲累都在此刻得到放松,"看着长江,我会想起家乡的水,想起记忆中那些出海捕鱼的大人们"。

一边说着,阿润一边带记者去"参观"他的爱骑——这辆电动车是3年前他独自去上海买的,花了5500元,现在镇江出行,认识这里的大街小巷,都少不了它。记者一看仪盘上显示的里程数,有23197公里。阿润说,骑车跑得最远的一次是去扬州,用的百度地图,没有迷路,还头一回陪着他的车坐了轮渡,让他觉得既新鲜又兴奋。

心情不错时,阿润还喜欢逛街,万达广场、西津渡是他最爱去的地方。除了设计、兜风的爱好,他常和朋友一起去KTV,中文歌曲一点也难不倒他,《神话》《小苹果》可是他的拿手曲目。

砍价比镇江大妈还牛

在镇江求学8年,阿润练得一手好厨艺,宫保鸡丁、冬瓜汤他都会做。假期里的一日三餐,都是他在宿舍自己做着吃的。是向谁学烧中国菜的?阿润笑了笑,说烧菜难不倒他,想吃什么中国菜了,上网搜索一下,了解烹饪的方法,他就会去超市或菜场买来材料自己对照着做。他还就着中餐,加入了老家的烧法,比如他向记者推荐的炒黄秋葵:先炒洋葱10分钟,拿出来放置一边,接着炒黄秋葵,约5分钟,最后将两者与西红柿混在一起炒,加进咖喱粉调味就大功告成。

老外上菜场买菜,难免会遇到被"宰"的情况。提起这个,阿润顿时就笑开了,有点小得意地说,他一次也没被宰过,相反,他砍起价来,比镇江的大爷大妈还厉害呢!"买东西会问摊主能不能多便宜些,达不到心里满意的价位就走,通常摊主会把我喊回来。买了他的菜,我还问他能否送把葱。"

镇江人爱吃香醋,阿润在这里有没有入乡随俗喜欢上香醋?阿润说,印度那边吃带辣味的白醋比较多,初来这边喝到酸酸的镇江香醋并不习惯,时间一久,吃的次数多了,他越来越习惯香醋的味道,现在还上瘾了呢——吃什么菜都想蘸点香醋,不然就觉得少了些什么。

去年暑假,阿润和朋友自助游去了黄山。今年夏天,他表示有机会很想去西安看看兵马俑。提及将来的计划,阿润说明年冬天哥哥结婚,他得回印度一趟。而阿润自己的"个人问题"呢?他害羞起来,反复说要保密,并肯定地说,毕业后他会留在镇江工作,找个本地女孩结婚、生活。

"其实,我已经是半个镇江人啦!"与阿润交谈,能从话语里感受他对镇江的喜爱。他还说,"镇江已是我的第二故乡。"

京江晚报

2014 年 8 月 9 日　18 版青春

这个夏天,Abdul 有点忙

"你好,我是 Abdul。"面前这位来自非洲加纳的青年,眼睛大大的,露出有点害羞的笑容打着招呼。他的个子很高,身材像极了篮球运动员。青年名叫 Abdul-Nazif Mahmud,来江苏大学留学已有三年,读的是临床医学专业。

Abdul 有个好听的中文名字,叫马平,意为一匹平静安详的马。他解释说,他的性格也是如此,喜欢安静。不过,近来的暑假生活,可让他忙了个"马不停蹄",接受采访时,他一坐下来就情不自禁地说:"I'm so busy these days."随后他用中文补充道,"我最近真的很忙。"

都忙些什么呢? Abdul 摆弄起手机,找出他在安徽金寨支教的照片拿给记者一边看一边说:7 月 15 日,他与另一位同学一起,坐大巴去了安徽金寨,教那里的孩子学英语。本应 13 日就出发的,他有些事没忙完,所以迟了两天。

当地的孩子是第一次见到黑皮肤的外国人,对 Abdul 的到来,充满了好奇,也有点胆怯。Abdul 说,多是 9 岁至 14 岁的孩子,见到他纷纷围上来,但都不敢用英文与他对话。还是 Abdul 年少时就喜爱的乒乓球让他与孩子们找到了共同语言。下课后,教室外的空地上就多了他与孩子们打球玩耍的身影。拉近与孩子们的距离是第一步,随后 Abdul 想到了用做游戏的方法教孩子们英语,缓解他们紧张的心理。这个亲切的外国大哥哥很快受到了孩子们的欢迎,孩子们做课外作业时,也爱粘着他,有找他问英文作业的,也有邀请他一起打球的。

说到这,Abdul 想起一个当时特别粘他的小男孩。"大概这么高",他抬手至胸口处比画了一下,"很可爱的一个小男孩,非常喜欢打乒乓球。我和他打了几次,很开心"。Abdul 说,没想到第二天一大早 6 点多,小男孩就跑到他住的宿舍找他打球,他说再睡一会儿起床,小男孩就两手托腮趴在床边等。被这个粘人的孩子盯得没办法,Abdul 依依不舍地告别了床铺。

为期 5 天的支教生活,Abdul 得自己管饭,没有外卖,没有食堂,只能自己动手做。食材当地人提供，因为信仰的关系，他不吃猪肉，所以当地人给他准备了鱼肉，他自己则会烧一些中国菜，例如辣子鸡丁、西红柿炒蛋等。条件是艰苦了些，不过 Abdul 一点都没有不耐烦，金寨新鲜的空气、美丽的景色、活泼的孩子们，都给了他别样的体验。

支教结束，回到镇江的 Abdul 也没闲着。这不："Abdul，帮我翻译一下。""Abdul，这个是什么意思，怎么用？""Abdul……"迎接他的是同学们的热情提问。

Abdul 是同学间出名的大忙人，也是受大家欢迎的"万事通"，外国同学有什么问题没法解决了，或是有中文意思不懂，都来找他。他也乐于帮忙。他还会帮外国留学生在淘宝上买东西呢！提及淘宝，Abdul 晒起了自己的经验。来镇江上学，他学会了用 QQ、微信和阿里旺旺，用的是拼音打字，网购前他就在阿里旺旺上联系卖家，熟练地敲下一句话："亲，有货吗？"除此之外，他还会看卖家店铺的等级、信誉，也会翻看买家们的评价，究竟有多少人买。相比老家的网购模式，Abdul 说他更喜欢在中国网购，"在我们那里，网上买的东西可以换，但不可以退，东西不好就只有自己吃亏。在中国就不同，如果对货不满意，还可以退货"。Abdul 在中国网购最大胆的一次，是帮同学买苹果 iPad。不怕买到假货吗？Abdul 说，他会仔细挑选，后来同学拿到货后找他说，东西是正品。

现在课余时间，Abdul 会待在宿舍看医学方面的书，偶尔的调剂是上 QQ 或微信和朋友聊天。

记者看到他的微信头像用的是自己的照片，他说，曾经用"摇一摇"功能结交中国朋友时，对方看到他用老外的照片，都不相信他是外国人，一致要求语音聊天秀英文，当实际听到他的声音，听到他流利的中文，这些网友们都呆住了。"我现在很喜欢说中文，尤其是打电话与老家的父母说话时，会情不自禁地说出中文来。"Abdul 告诉记者，每到这时候，电话那头的母亲就着急了，连忙打断他，等会等会，我们都听不懂。他才发现不知不觉就讲起中文来了。

将来，Abdul 打算做外科医生，现在还有很多东西等着他去学。采访结束，他又赶着回宿舍啃书本去了……Abdul，加油！

京江晚报

2014 年 8 月 23 日　21 版青春

江大对非洲疫区留学生相对隔离
——目前,两名学生已结束医学观察

本报讯 埃博拉病毒流行肆虐。在江苏大学,有少数来自非洲疫区的留学生。针对可能出现的病毒传播,学校正采取积极措施,确保每位学生的安全。

据了解,江大是驻镇高校中留学生较多的学校,共有来自非洲的留学生350多名,其中原籍尼日利亚、刚果(金)疫区的有17人。这当中,有8名留学生是暑假回家后来校的。

江大国际教育学院副院长王丽敏告诉记者,根据国家教育部及卫计委有关规定,他们为这8名留学生采取了相对隔离措施,一人一房,学校为他们提供一日三餐,房间里还为他们摆放了电脑,丰富他们的生活。每天,都有学校医院的医务人员上门为他们测量体温。从目前情况看,暑假回来较早的留学生中,已有两人顺利结束了21天的医学观察时间,另外6名留学生也没有发生任何异常。

（记者 孙霞）

镇江日报

2014 年 9 月 3 日 3 版

其他报道媒体:

光明网 http://edu. gmw. cn/newspaper/2014 - 09/03/content_100302692. htm

人民网 http://js. people. com. cn/n/2014/0903/c360307 - 22201700. html

"在中国最美好的一天"
——江大"孔子学院日"活动侧记

"翟老师长得像巴基斯坦人。""我来自韩国,很喜欢鱼香肉丝!""我喜欢江苏大学,也喜欢淘宝。""我喜欢老师,可是作业好多。"……这是记者在江苏大学"孔子学院日"当天,于活动现场的留言板上见到的留学生们写下的寄语。来自不同国家的50多名留学生,用幽默俏皮的语句,将在中国学习生活的感受生动地展现给我们。

留学生们与老师合影,展示自己的书法作品 （徐丹 摄）

两位留学生在观看纸笺上的题目 （徐丹 摄）

据了解,为庆祝孔子学院建立 10 周年,首个全球"孔子学院日"活动于 9 月 27 日在 123 个国家和地区的近 1200 所孔子学院和孔子课堂同时举办,内容有汉语公开课、汉语教材展、中华文化讲座、中国文化体验等。当天,江苏大学海外教育学院也参与其中,举办书画、太极、京剧、剪纸、成语故事表演等系列活动。现场,留学生们共同体验汉语学习的快乐,还纷纷自拍留念、书写感想,称这是"在中国最美好的一天"。

演《自相矛盾》的"小抄哥"

当日下午的体验太极拳活动结束后,记者留意到一个细节:两位留学生小伙凑在一起交流完太极拳的心得,分别从牛仔裤的口袋里掏出一张折成豆腐块大小的纸片。两人极有默契地将纸展开,摊开给对方看,当看到纸上写着密密麻麻的汉语拼音时,不禁相互对视一笑——"原来你也准备了!"

上前询问得知,一位是来自乌兹别克斯坦的开诚,一位是来自巴基斯坦的 Qaiser Javed,他们手上拿的纸片是提前 2 天准备好的"小抄"。因为当天有成语故事表演环节,他俩和另外 5 名学生要一起表演《自相矛盾》的故事。怕表演的过程中忘词,便将台词用汉语拼音写下来,随身带着小抄抽空拿出来背一背。开诚才来中国 1 个月,这次是演卖矛与盾的商人,台词最多,表演开始前几分钟还站在角落默默地背台词。记者上前一看,原先的小纸片这时已不见了,取而代之的是写在手掌心上数行的拼音。看来,"小抄哥"准备得相当充分呢!不过在表演中,开诚流利地讲出台词,一点都没有卡顿,精彩的演绎赢得了现场观众的阵阵掌声。

留学生的中国书法秀

"老师,你叫什么名字?我会把字翻译成阿拉伯语,用书法写下来,想送给你。"在"书情画意"活动中,来自伊拉克的青年诺芮穆一边拿着毛笔仔细蘸墨,一边向教他们中国书法的老师请教。他在宣纸上一笔一画地写下"伊拉克",像模像样地落款,拿起来端详着,摇摇头似乎是不满意,又重新练写了一张。得知老师的姓名后,他说可以根据拼音翻译成阿拉伯语,随即在纸上写起了阿拉伯文书法,转赠老师。

在诺芮穆身旁,是来自乌兹别克斯坦的茉莉,她来镇江学中文已有一年。此次孔子学院日活动她是第一次参加,现场的书法秀很快就将她吸引住了,略一思索,她写下了"不到中国非本色,不到长城非好汉"的句子。旁边围观的其他留学生跟着念出纸上的字,碰到发音不标准的,茉莉还不忘扭头一本正经地纠正他的发音。

中国文化猜猜猜

"中国的母亲河是什么河?""中国的现任国家领导人是谁?"活动现场,悬挂着一张张彩色纸笺,上边写着关于中国文化的各种问题。这是当天颇受留学生欢迎的"中国文化竞猜"环节,只要答对一道问题,就能获得一份小纪念品,答对得越多,惊喜就越多。

不少留学生摩拳擦掌,翻过一张张纸笺,互相讨论上边的问题。"中国的现任国家领导人是习近平,国球是乒乓,三个口组成的是一个品字……"来自尼泊尔的帅哥尼西特翻看题目,下一秒便报出答案,无疑是这次竞猜环节最大的赢家——他一口气连续答对了22道题! 当然,也将22份奖品收入囊中,这可让在一边围观的中国学生羡慕嫉妒了,他们忍不住开口道:"我们也来答题吧!"尼西特冲他们眨眨眼,调皮地说:"不行,你们不可以参加,你们不是外国人。"一席话把大家都逗乐了。

除了京剧、剪纸、书法、美食等环节外,当天江苏大学海外教育学院还与奥地利格拉茨大学孔子学院展开互动:两校学生将自己的笑脸照片与写满心语的信纸合成制作为明信片,互相邮寄。留学生们纷纷上传照片,晒起感想:"我爱中国、我爱江大、我爱汉语""友谊地久天长"……

京江晚报

2014 年 10 月 11 日　B2 版

其他报道媒体:

光明网　http://edu.gmw.cn/newspaper/2014-10/11/content_101366070.htm

大中华新闻网　http://www.0168.cc/html/jiaoyu/liuxue/2014/1011/19468.html

精彩冒险不只小说里有
江大德国留学生"躺"游世界 974 天

只身一人骑自行车环游世界,这看起来只有小说和电影里才有的冒险,却在现实中发生了——德国留学生 Michel 骑着他特制的躺式自行车,自 2011 年 7 月 13 日起,从德国出发环游世界 2 年 8 个月,途经 30 多个国家,其中中国的民俗文化深深吸引了他。这位年仅 25 岁的冒险家三周前来到江苏大学留学,向记者分享了他这段精彩的环游经历。

躺着骑的自行车

初次见面,Michel 一字一顿地用新学的汉语"认识你我很高兴"与记者打招呼。他

留学生 Michel　　　（马吉　摄）

身着深蓝色条纹羊毛衫、牛仔裤的休闲打扮,笑起来特别帅气。

为什么会想到去环游世界呢?独自一人,躺着骑自行车赶路,没有一定的毅力是坚持不下来的。Michel说,这一切都始于2011年他和朋友去意大利旅游,从德国骑行到意大利他花了5天时间。回国后,他就想,为何不去更远的地方看看呢?远方说不定更精彩!他在网上查看世界地图,看着一个个国家名,一边想着"如果我骑到这个国家,会花多少时间?"随后,他便着手开始环游世界的计划,从规划路线、查找资料,到筹备装备,所有细节都一一准备周到。2011年7月13日,他从德国出发,第一站去往奥地利。

Michel 的特制躺式自行车

听说他是躺着骑自行车旅行,记者提出想要见识一下这辆特制的车,他略有遗憾地表示因为携带不方便,这次来镇江求学并没有带来,随即他摊开笔记本,指着屏幕上一张躺式自行车的照片做了介绍。

从照片上看,躺式自行车有前后两个轮子,后轮相较前轮略大一些,前轮上方还有个小轮子,连着脚蹬与链条。后轮上面是个可供人躺下的座椅,椅子背后的架子上放着大大的行李包。人坐躺在车上,双手握住车中部的两个把手来掌握方向与平衡,脚伸在前面踩着脚蹬,就可以骑着前行了。Michel的这辆车有20公斤重,其后的行李包有13公斤左右,放着修理工具、野炊用具、生活用品、储水袋、衣物等。

Michel告诉记者,在德国就有公司生产这种躺着骑的自行车,但是他这辆是特别改制的,所有配件、材料都是自己"货比三家"买来的,耗费3500欧元,再由一个开自行车店的朋友帮忙组装,之后他还自己加上了一个"自行车发电机",即由人力蹬踩来发电,以供手机的使用。发电的条件还挺严格,需要时速达到50公里,如果有一点偷懒,他就没有电用了,因此必须双脚一直努力地蹬着。每天他需要骑行8小时。

中国大妈拉他去了照相馆

在 Michel 出发前,家人得知他要独自环游世界的决定,都很反对,尤其母亲对他说,这是他"至今为止做过的最愚蠢、疯狂的决定"。然而,随着他将一路的经历用图片与文字发在博客上,家人渐渐有所改观,从反对到理解支持。这样辛苦的"长征",Michel 自己倒并不在意,他称所有困难都不是问题,他最看重的就是这种遭遇困难、克服困难的经历,"这是我人生中最好的体验"。

这次环球旅行,Michel 分为两条路线来进行,一是欧亚线,二是美洲线,分别到过奥地利、匈牙利、塞尔维亚、罗马尼亚、保加利亚、土耳其、伊朗、巴基斯坦、中国、日本、美国、墨西哥、伯利兹、危地马拉、洪都拉斯、尼加拉瓜、哥斯达黎加、巴拿马、哥伦比亚、厄瓜多尔、秘鲁、玻利维亚、巴拉圭、葡萄牙、西班牙、直布罗陀、法国、摩纳哥、意大利、瑞士等国家和地区。

在这么多国家与地区中,哪一个给 Michel 留下最深的印象?哪个国家的人民最热情?他毫不犹豫地回答,是中国。有许多中国人在知道他正在环游世界后,都热情友好地提供了帮助,如免费让他住宿、赠送美食等。他说,这是在其他国家很少遇到的。974 天的旅行,他在中国就待了足足 5 个月,直到签证到期的最后一天才离开。中国之行,他到过阿克苏、乌鲁木齐、嘉峪关、兰州、西安、西宁、南阳、合肥、南京、苏州和上海。

Michel 笑着说起先前在西安的一段趣事。当时经过西安远郊一个他叫不上名的小村子,停好自行车,走进一家小吃店,想点碗面条解决温饱问题。不料,还没等他坐下,就陆续有不少村民过来围观。他学着他们扒门框探头的模样向记者演示,"不一会儿小吃店里就挤满了人,有 30 多个在看我吃面!门外还有好多人想看,但是挤不进来了。还有很多人对我的自行车很好奇,我让他们骑着体验了一下"。因为语言不通,吃完饭,Michel 拿着牙膏牙刷问店老板哪里可以让他洗脸刷牙,老板娘看他比画了半晌,二话不说将他一把拉住就往外边带。等到了目的地,Michel 才发现这去的哪里是刷牙的地方呀,而是老式照相馆。村民一个接一个地和他拍照留念,有的甚至出动全家老小,一起照了全家福。这些照片上还能看到,Michel 手里还拿着牙刷和牙膏呢!

经历许多第一次

独自踏上陌生的土地,有太多未知等待着 Michel,而他也因此经历了很多"第一次"。

如第一次在巴基斯坦吃到了折合人民币 1 元钱的小吃,但由于卫生问题,他拉了很多次肚子。"这是我目前为止吃过的最便宜的食物了。"

在中国,他也吃了很多以前从未接触过的食物。他指着一张他咬着蝎子尾巴的照片说,这是在西宁吃到的炸蝎子、炸知了,还有在西安吃到的狗肉火锅,在北京吃的烤羊鞭、羊脑等。对于各个国家一些稀奇古怪的食物,Michel 说他并不害怕,什么都敢吃,重要的是有过尝试。

当然,这次环球旅行,Michel 也遇到过危险。在哥伦比亚,一天他正在路边看手机休息,突然冲出两个人一把抢过他的手机逃之夭夭。需要依靠手机 GPS 定位的他只得赶紧再去买了一个。在厄瓜多尔,他也遭遇了打劫,甚至更加惊险——一个当地人掏出手枪抵在他的腰部,要求把手机交出来。前前后后,2 年 8 个月的旅行途中,他就丢失了 5 部手机。

一入巴基斯坦境内后,当地还特地安排了两名警察时刻跟随他,防止出意外。晚上他就睡在警察局里。

面对这些危险与文化冲击,Michel 说他并不害怕,反而是希望感受到文化冲击,"就是想要这种体验"。

镇江对他来说是个大城市

2014 年 3 月,历时 2 年 8 个月的环球旅行结束,带着美好的回忆 Michel 回到了德国。因对中国文化有着很浓的兴趣,三周前,他来到江苏大学留学,学习中文。

初来乍到,Michel 对镇江的印象是"这个城市太大了"。他解释说,可能当地人觉得这是个小城市,但是相较他的家乡伍茨堡,骑个自行车不一会儿就能走遍城市的角角落落而言,镇江对他来说,就是大城市。当初,他在中国那么多城市中选择在镇江落脚,就是看中这座城市的小而安宁。但没想到,实地走上几回,"居然这么大!"

Michel 计划在镇江留学一年,现在,除了每天上课学中文外,周末他要忙着游览镇江的景点,为镇江旅游局撰写英文的旅游导览说明。他说,不会写得很公式化,而是要以一个外国人游记的形式,真实反映镇江的风景与旅游的感受。

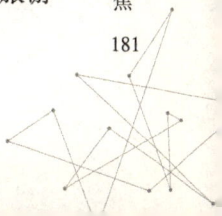

本周六,Michel 就会带着他的相机,骑着新买的自行车,与镇江的美景来一次"亲密接触"。如果你走在路上,遇到这位德国帅哥的话,不要犹豫,热情地和他打招呼吧!

京江晚报

2014 年 10 月 31 日　A4 版

其他报道媒体:

光明网　http：//tech. gmw. cn/newspaper/2014 – 10/31/content_101749671. htm

中国网　http：//jiangsu. china. com. cn/html/edu/admission/lxym/443323_1. html

海外网 >> 德国频道　http：//de. haiwainet. cn/n/2014/1103/c457038 – 21324347. html

光明网　http：//big5. gmw. cn/g2b/tech. gmw. cn/newspaper/2014 – 10/31/content_101749671_2. htm

江苏大学多举措推进国际化发展

科技日报讯(通讯员吴奕　张明平)　笔者从 12 月 19 日江苏大学了解到,近 4 年来,该校青年教师共有 240 余人赴海外进修深造,专任教师中具有海外留学经历的比例已从 2010 年的不足 10% 上升到 24%。

近年来,江苏大学花"大力气"推进国际化工作:制定出台了 22 项旨在推进国际化的政策文件;设立了 500 万元大学生留学交流基金;要求国家重点学科、省优势学科,以及省重点学科建设经费的 10% 用于国际学术交流和国际化人才培养。在优惠政策倾斜和激励下,江苏大学的工程学、材料科学、临床医学和化学等 4 个学科进入了 ESI 排名全球前 1%。在海外引智计划中,首批国家"外专千人计划"、首批江苏"外专百人计划"江苏大学均榜上有名。学校学历留学生规模列江苏省高校第 4 位,4 年中有 1351 名学生走出国门,其中近 200 人赴哈佛大学、纽约大学等名校留学。

江苏大学校长袁寿其介绍,今后,江苏大学将突出学术导向、突出队伍支撑、突出学生主体,通过国际化师资引进培养计划和国际化人才培养计划等的实施,确保每年有 50 名左右具有海外经历的高层次人才"引进来","走出去"有 1 年以上海外经历的教师比例超过 30%。

科技日报

2014 年 12 月 29 日　6 版

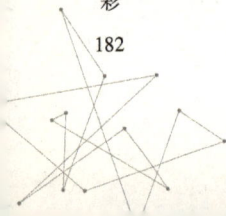

二、网络篇

江苏镇江：留学生喜迎中国年

江苏大学开展"留学生喜迎中国年"主题活动，首次来到中国学习并将在中国度过第一个春节的部分留学生新生同中国大学生一起学习中国书法和剪纸技艺，感受中国传统文化的魅力，喜迎农历马年新年的到来。

来自加纳的留学生 Ernest Teye（左）、Newlove Afoakwa Akowuah（右）和来自尼泊尔的留学生 Urmila Khulal 一起展示他们的书法作品

来自加纳的留学生 Gustav Mahunu（左）在大学生指导下学习剪纸

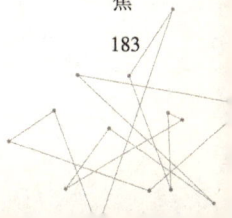

来自巴基斯坦的留学生 Hsifwali（右）和来自尼泊尔的留学生 Urmila Khulal（左）在大学生指导下学习中国书法

来自加纳的留学生 Newlove Afoakwa Akowuah（右）在大学生指导下学习剪纸

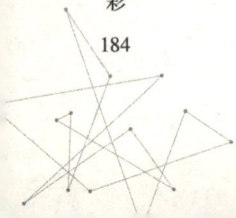

来自加纳的留学生 Newlove Afoakwa Akowuah 展示他的剪纸作品

来自尼泊尔的留学生 Urmila Khulal(右)和来自巴基斯坦的留学生 Hsifwali(中)在大学生指导下学习剪纸

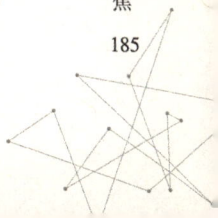

来自巴基斯坦的留学生 Hsifwali(右)和来自尼泊尔的留学生 Urmila Khulal(左二)在大学生指导下学习剪纸

来自巴基斯坦的留学生 Hsifwali(右)和大学生一起展示剪纸作品

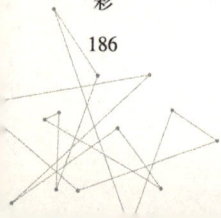

2014 年 1 月 13 日

海外留学生喜迎中国年

中国江苏网 1 月 26 日讯 2014 年 1 月 25 日,江苏大学海外教育学院举行马年春节联欢会,200 余名留学生欢聚一堂,纷纷表演起极具各自民族特色的歌舞节目,喜迎中国年的到来。

(马吉)

中国江苏网
JSCHINA.COM.CN

2014 年 1 月 26 日

外籍留学生槐荫村非遗采风

寻觅美丽乡村的动人传说印迹——外籍留学生赴丹徒区谷阳镇槐荫村非遗采风活动。

3 月 14 日上午 9 点半,来自江苏大学海外交流学院 10 多个国家的 40 余名留学生,来到镇江南郊 12 公里处的全国生态文化村丹徒新区谷阳镇槐荫村开展"非遗"采风活动。此次活动由镇江民间文化艺术馆、江苏大学海外教育学院主办,丹徒区谷阳镇槐荫村村委会、丹徒区谷阳镇文广中心承办。民俗文化作为对外汉语教学的重要研究视角,是外国留学生了解中国乡土文化的重要形式。

镇江作为一座具有悠久历史和浪漫情怀的文化旅游城市,其独特的地域文化和深刻的人文精髓,在长期的发展中孕育了十分丰富的非物质文化遗产资源,这些"非遗"资源各具特色,在对外宣传镇江文化特色工作上,具有重要意义。此次的采风活动地点槐荫村,是我市首批省级非物质文化遗产项目名录《董永传说》的重要发源地和主要传承地。在村中,故事情节的发生地"老槐树""七仙桥""七仙池""上天台"等风物遗迹,被誉为"槐荫七景"。活动当日上午,留学生们在工作人员的带领下,首先参观了分散于村落各处的槐荫村"董永传说"文化遗存。接着,由村中向导为学生们介绍七仙女下凡后与董永如何相遇、相恋,以及织锦还债等故事内容。一段历史悠久的动人故事,通过讲解人员的介绍和述说,传递给了现场的每一位留学生,他们纷纷驻足"织锦楼"里的织机前,体味着故事中男耕女织的生活场景,最直观地感受着中国传统农耕文化。下午，留学生们在工作人员的安排下，以小组形式分赴村民院中开始定点分散采风活动，充分挖掘"董永传说"的流传情况。在农家院中，村民们搞起了故事会，他们以说故事、唱戏曲的形式，描绘着自祖辈一代一代传承下来的董永和七仙女的浪漫爱情故事。留学生们围坐一起，听村民或说，或唱，体会着中国传统文化中的浪漫思想，从而对下凡的"七仙女"、孝子"董永"和媒人"老槐树"都有了更为深刻的认知。

　　活动的最后，江苏大学海外教育学院的留学生与槐荫村村民合影，带着槐荫村"董永传说"的采风成果乘车离开。此次活动是镇江民间文化艺术馆结合我市"文化惠民"活动品牌，暨2013年"逛老街·看非遗·和大师学手艺"活动后，与江苏大学海外教育学院等单位联手举办的又一项国际传统文化交流活动。活动旨在让外籍留学生们能有更多的机会深入乡村民间，通过体验异国风土人情与交流民俗语言文化，增进专业知识学习，同时增加对我国非物质文化遗产乡风民俗的直观感受，进一步为我市地域文化的对外互动交流，做出新的更大贡献。

（张翔龙　冷俊成）

2014 年 3 月 14 日

其他报道媒体：

中国江苏网　http：//jsnews.jschina.com.cn/system/2014/03/18/020549536.shtml

镇江市文化广电新闻出版局、镇江市文物局　http：//wgx.zhenjiang.gov.cn/whyc/fwzwhyc/201403/t20140314_1185201.htm

镇江金山网　http：//jsw-www.jsw.com.cn/zjnews/2014 - 03/18/content_3017306.htm

江苏国际在线　http：//gjzx.jschina.com.cn/20382/201403/t1428203.shtml

人民网　http：//js.people.com.cn/n/2014/0321/c359653 - 20832657.html

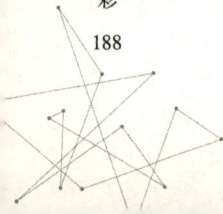

500万元留学教育基金落户江苏大学

本报讯 "能拿到这笔奖学金太高兴了,这笔钱够我一年生活了。"3月21日,"江苏大学安信地板来华留学教育基金"启动仪式上,有6个弟弟妹妹的留学生庞杰开心地告诉记者,平时他一个月的生活花销在400元左右,有了奖学金资助,至少在一年的时间里他不用再问父母要生活费了。

当天,共有来自11个国家的20位留学生作为首批受益者,分享了10万元奖学金。此次落户江大的留学教育基金共计500万元,这是江苏大学留学生教育首次接受企业大型赞助。

据了解,该奖学金奖励资助对象包括江苏大学的在读留学本科生、硕士生、博士生,重点资助西非、中南美地区家庭贫困的留学生,企业还将为来华留学生提供工作实习、社会实践、就业岗位等机会。

(吴奕　晏培娟)

新华日报

2014年3月22日　A3版综合新闻

其他报道媒体:

中国江苏网　http://jsnews.jschina.com.cn/system/2014/03/22/020591772.shtml

中国镇江　http://www.zhenjiang.gov.cn/xwzx/shfz/jyfz/201403/t20140323_1189838.html

江苏一高校设500万元留学基金　惠及来华留学生

中新网镇江　3月21日电(田雯)　21日下午,江苏大学为来自11个国家的20位留学生颁发了每人5000元的奖学金。这些资金来源于该校与企业合作设立的来华留学教育基金,共计500万元,将用于奖励资助该校在读留学生,重点资助西非、中南美地区家庭贫困的留学生。

此次落户江苏大学的500万元留学教育基金,全部来源于上海的一家地板企业,这也是江苏大学留学生教育首次接受企业大型赞助。江苏大学校长袁寿其表示,此举为高校和企业共同合作、推进留学生教育打通了一个崭新的通道。

袁寿其介绍说,江苏大学自2005年招收第一批63名学历留学生开始,已逐

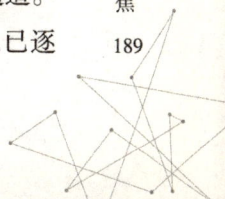

渐成为来华留学生规模增长最快的高校之一。截至2013年底,江苏大学外国留学生规模达到869人,其中学历生720人,生源国拓展到了五大洲82个国家。

袁寿其表示,企业能赞助高校设立来华留学教育基金,是跨越国界的大爱,不仅能弥补该校留学生教育奖助学金的不足,也能引领更多的企业关注中国的留学生教育事业。"这笔资金的注入,也能吸引更多的优秀留学生选择留学江苏大学,为学校能够得到更多的人才而教育之,发挥积极的作用。"

谈及为何会赞助高校设立留学教育基金的原因时,该企业董事长卢伟光说,其在海外投资中,尤其是在一些非洲国家,看到不少孩子因为家庭贫困很早就辍学了,生活很艰难,而资助一名孩子并不能解决根本问题,"所以我就想设立一个基金,帮助更多的孩子,让他们能因为我们的帮助,顺利地完成在中国的学业"。

卢伟光透露,他的企业还将为来华留学生提供工作实习的机会,提高他们的工作技能。他说:"希望江苏大学的留学生,能够更加地知华、友华、爱华,学成之后更多地为两国友谊做出贡献。"

"来华留学生奖学金在扩大留学生规模方面发挥了巨大的作用,"颁奖仪式的最后,中国高等教育学会外国留学生教育管理分会常务副秘书长白松来说,"随着中国经济的发展和综合国力的提高,越来越多的外国学生竞相来到中国留学。来华留学生事业的发展,充分显示了其在推动中外合作交流、展示中国当代形象中的重要作用。"

白松来表示,企业联手高校共同推进来华留学教育事业,实现了企业、高校、学生共赢。"充分发挥企业和民间组织的作用,瞄准特定的学生群体,培养知华友华的优秀人才,并通过他们向世界说明中国,了解中国,认识中国,也为中国获取更大的和平发展空间。"

中国日报 中文网
CHINADAILY.COM.CN

2014 年 3 月 21 日

其他报道媒体:

中国新闻网　http://www.chinanews.com/hr/2014/03-21/5981155.shtml

新浪新闻中心　http://news.sina.com.cn/c/2014-03-21/183129763712.shtml

凤凰财经　http://finance.ifeng.com/a/20140321/11952542_0.shtml

海外网　http://huaren.haiwainet.cn/n/2014/0321/c232657-20439253.html

中国高等教育学会外国留学生教育管理分会　http://www.cafsa.org.cn/new/show-1452.html

华龙网　http：∥news. cqnews. net/html/2014－03/21/content_30213979. htm

中国台湾网　http：∥www. taiwan. cn/xwzx/gj/201403/t20140321_5882249. htm

21CN 新闻网　http：∥news. 21cn. com/caiji/roll1/a/2014/0321/19/26768200. shtml

东南网美国频道　http：∥usa. fjsen. com/2014－03/24/content_13744657. htm

Russian students experience Chinese culture in Zhenjiang

Students of high schools in Stavropol of Russian, which is the sister-city of Zhenjiang, visited Jiangsu University in Zhenjiang on March 25, 2014. They experienced Chinese culture by learning speaking Chinese, writing Chinese characters and paper cutting.

JSCHINA.com.cn

2014 年 3 月 26 日

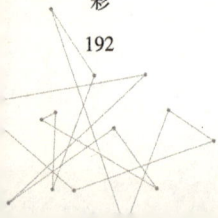

其他报道媒体：

中国江苏网　http：//jsnews. jschina. com. cn/system/2014/03/27/020633366. shtml

http：//gxtv. cntv. cn/2014/04/10/ARTI1397109179605167. shtml

江苏大学与安信地板共建来华留学教育基金

世界森林日，安信地板来华留学教育发展基金启动仪式在江苏大学大礼堂举行。据了解，该基金主要用于资助来华留学生，培养知华、友华、爱华的国际化人才。

此次落户江苏大学的留学教育基金，是江苏大学留学生教育首次接受企业大型资助。江苏大学校长袁寿其表示，此举为高校和企业共同合作、推进留学生教育打通了一个崭新的通道。

袁寿其表示，安信地板能赞助高校设立来华留学教育基金，是跨越国界的大爱，不仅能弥补该校留学生教育奖助学金的不足，也能引领更多的企业关注中国的留学生教育事业。

谈及为何会赞助高校设立留学教育基金的原因时，该企业董事长卢伟光说，安信地板在海外投资中，尤其是在一些非洲国家，看到不少孩子因为家庭贫困很早就辍学了，生活很艰难，而资助一名孩子并不能解决根本问题，"所以我就想设立一个基金，帮助更多的孩子，让他们能因为我们的帮助，顺利地完成在中国的学业"。卢伟光透露，他的企业还将为来华留学生提供工作实习的机会，提高他们的工作技能。

"来华留学生奖学金在扩大留学生规模方面发挥了巨大的作用"，颁奖仪式的最后，中国高等教育学会外国留学生教育管理分会常务副秘书长白松来说，"随着中国经济的发展和综合国力的提高，越来越多的外国学生竞相来到中国留学。来华留学生事业的发展，充分显示了其在推动中外合作交流、展示中国当代形象中的重要作用。"

在当天举行的仪式上，江苏大学为来自 11 个国家的 20 位留学生颁发了每人 5000 元的奖学金。这些资金来源于该校与安信地板合作设立的来华留学教育基金，将用于奖励资助该校在读留学生，重点资助西非、中南美地区家庭贫困的留学生。这 20 位海外来华留学生来自印度、喀麦隆、加纳、马达加斯加、尼日利亚等国，他们就读于江苏大学，学习临床医学、土木工程、计算机、工商管理、国际贸易、药学、临床检验等专业。

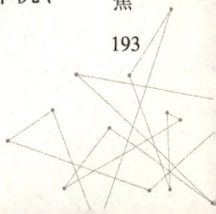

安信地板近年来全面提速国际化进程,展开全球一体化产业链布局,在全球木材黄金带,林业资源丰富的南美、非洲、东南亚布局原材料基地与初加工基地;在美国等地设立研发和设计中心,在中国设立深加工成品制造基地,在国内布局销售网点渠道的同时,将产品还销售到欧美、韩国、日本各地。

据了解,本次会议上,江苏大学还与安信地板共同为"江苏大学留学生教育实践基地"揭牌。未来,来华留学生可以在安信地板中国及非洲、巴西的公司和工厂实习实践,将自己的所学运用在实际操作当中。

CCTV.com 央视网

2014 年 4 月 10 日

其他报道媒体:

新华网　http://www.sc.xinhuanet.com/house/2014 – 04/10/c_1110180920.htm

马可资讯　http://news.makepolo.com/2176420.html

新浪网　http://jiaju.sina.com.cn/news/q/20140321/352510.shtml

留学中国网　http://www.study-in-china.org/China/LXZX/2014819104965556.htm

凤凰视频　http://v.ifeng.com/biz/2014004/01fbc699 – 5ef4 – 456e – 8daf – f102a01e0e8f.shtml

镇江民间文化艺术馆赴火星庙巷社区开展"非遗"走进社区文艺演出

3 月 29 日下午 2 点,镇江民间文化艺术馆党支部邀请润州区文化馆、江苏大学管理学院、海外教育学院、江苏科技大学"非遗"协会等单位,共同在金山街道火星庙巷社区"街巷剧场"举办"'三月浓情爱满社区'2014 镇江非物质文化遗产走进火星庙社区"文艺演出活动。

"非遗"文化进社区是民艺馆党支部的党建重要工作"文化三进"的品牌项目,也是受到省文化厅表彰的优秀文化志愿者项目。为保证这项文化惠民活动的演出质量,民艺馆党支部通过积极沟通、协调,特邀了由市民间艺术家、业余文艺骨干、我市两所高校的大学生文化志愿者及留学生志愿者组成了演出队伍,共同为社区居民带去了包括扬剧《上金山》、清曲《美丽乡村在行动》、相声《壕友》、新疆舞、乐器演奏、双截棍表演等在内的十余个特色节目。节目形式新颖,内容丰富,贴近生活,创意十足,整场演出社区群众掌声不断。

今年以来,镇江民间文化艺术馆党支部,在党的群众路线实践教育活动中,结合自身工作实际,充分落实"三解三促"活动的有关指示精神,以特色文化服务惠及基层民生为宗旨,开展了多项工作。此次在火星庙巷社区开展的"三月浓情 爱满社区"文艺演出活动,是对加强"非遗"宣传推广,促进社区精神文明建设,进一步落实党的群众路线实践教育活动生动体现。

(镇江民间文化艺术馆党支部)

镇江市文化广电新闻出版局
镇 江 市 文 物 局

2014 年 3 月 30 日

其他报道媒体:

镇江民间文化艺术馆 http://wmdw. jswmw. com/home/content/? 6539 -2102821. html

留学生学剪纸感受中国文化

当日,江苏大学海外教育学院开展中国传统文化体验活动,当地民间剪纸艺人走进校园,向留学生介绍中国传统剪纸艺术的历史由来,并指导留学生学习剪纸技巧,感受中国文化的魅力。

江苏省镇江市民间剪纸老人陈秀红(右)在指导留学生剪纸

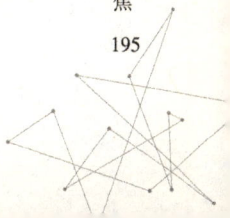

留学生在展示剪纸作品

留学生在练习剪纸

2014 年 4 月 4 日

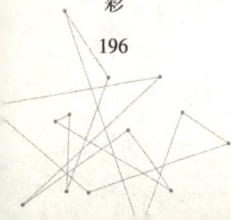

剪出中华情

——江苏大学海外教育学院开展中国传统文化体验活动

继镇江槐荫村非遗文化体验活动之后，江苏大学海外教育学院再次携手镇江民间艺术博物馆，举行中国传统文化体验系列活动。此次活动主题为"剪出中华情"，海外学院部分留学生参加了该活动。

体验活动由三部分组成：首先，江苏大学海外教育学院的老师向留学生们介绍了中国的剪纸艺术，强调中国剪纸艺术有 2000 多年历史，目前已经被联合国教科文组织列入世界文化遗产。紧接着，镇江民间剪纸艺术家陈秀红老师向留学生们展示了她所创作的"金山宝塔""西津韶关"及"镇江三怪"等剪纸作品，这些作品充分展示了镇江的名胜古迹和饮食特色。之后，陈老师还现场演示裁剪了"和谐中国龙""嘹亮大公鸡"等作品。一件件精美的剪纸作品极大地激发了在场留学生的兴趣，他们纷纷向陈老师求教，如何能用一张彩纸和一把剪刀剪出栩栩如生的图案。在陈老师的悉心指导下，留学生们也动起手来，剪出了窗花、灯笼、红双喜等，其中，还不乏别出心裁之作，获得了老民间艺术家的肯定与夸奖。

中国传统文化体验活动是江苏大学海外教育学院的系列活动，也是教学实践活动的一种重要形式，旨在丰富留学生校园生活，学院希望他们通过自身体验，更深入全面地了解中国文化。活动自开展以来，获得了留学生的一致好评。

江苏省镇江市民间剪纸艺人陈秀红在教留学生剪纸

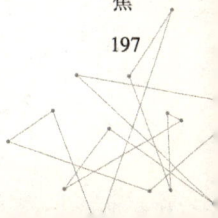

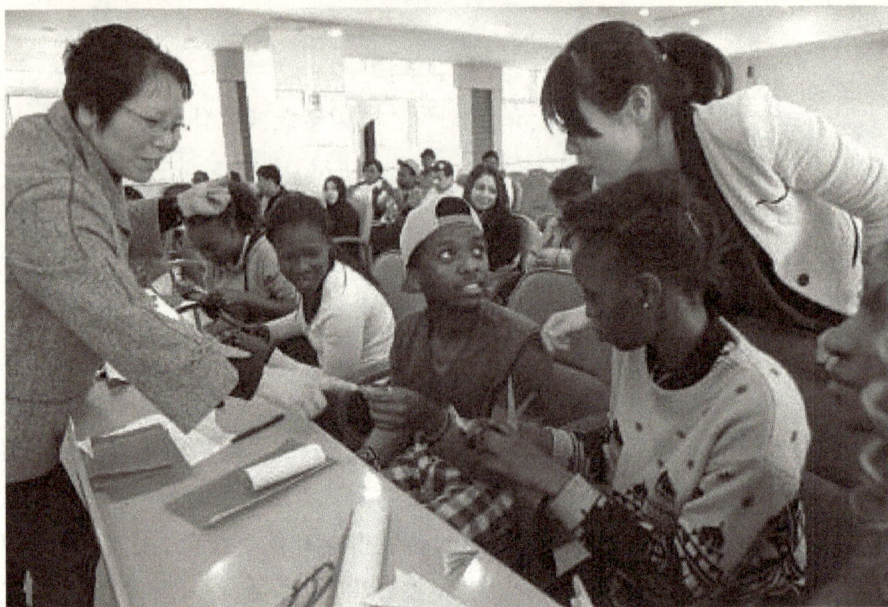

留学生在练习剪纸

留学生展示自己的剪纸作品

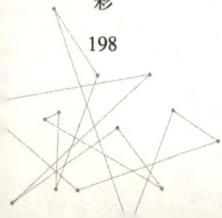

留学中国
study in china

2014 年 4 月 10 日

大学生"随手晒闺密"呼吁珍惜友谊　留学生也晒友情

中新网镇江　4月17日电（田雯　王煜）　一部《新闺密时代》的热播，让不少年轻人感受到了现代都市生活里久违的质朴友情。近日，江苏大学学生就发起了"随手晒闺密"的活动，呼吁大学生珍惜身边的友情。17日，一些留学生也参与其中，晒出了自己与中国闺密的幸福合照。

"我身边有的同学总觉得，大学里的朋友不及中学时代的朋友关系铁，但是我不这么认为。"活动发起人、江苏大学大二学生朱清馨说。在一些人眼中，由于存在着生活习惯等诸多方面的差异，大学同学之间的交往似乎显得比中学生困难一些。不过，她表示自己的闺密就是在大学里认识的，虽然来自不同地方，但是相处起来还是非常愉快。

活动开始以来，朱清馨收到了全校20多张闺密合照。在这些"晒友情"的闺密合照中，一对"异国闺密"吸引了不少眼球。这张照片上，一位青春靓丽的中国女生，轻轻地靠在一个头戴草帽、身穿着火红色拉丁舞裙的外国女生身后。照片背后，是一名古巴留学生和中国班长之间的友情故事。

李丽是一名来自古巴的留学生。起了个地道中国名字的她，来中国刚刚一年多。在江大，李丽认识的第一个同学就是她的班长徐静煜。经过一段时间的接触，李丽发现这个中国女生有很多想法，对未来有非常清晰的规划。李丽说："她离开家乡到这里读书，让我想起自己18岁的时候。有时候她跟我讲她的人生规划，我就好像从她身上看到了自己的影子。"

相似的经历，让李丽和徐静煜很快成了无话不谈的好朋友。在李丽的心中，徐静煜温柔而善解人意，常常在失落的时候给自己鼓励。"上学期临近考试的时候，我就特别紧张，担心自己考不好。徐静煜会发很长的短信给我打气。"李丽说，去年她参加了"同乐江苏"外国人演讲大赛，徐静煜放弃休息一遍遍帮自己排练，比赛当天还到现场加油助威。"闺密不是随便都可以叫的，徐静煜就是我的闺密！"

"人们对于闺密的理解，不应该只局限于逛街、聊天的朋友，而是可以互相扶持、互相进步的同路人。"朱清馨表示，希望通过这样的活动，唤起更多人

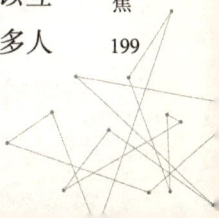

对校园友情的关注,呼吁大学生珍惜身边的友情。"闺密就在身边,希望大家能有更深厚的友谊。"

(李念觉)

2014 年 4 月 17 日

其他报道媒体:

中国新闻网　http：//www.chinanews.com/edu/2014/04 - 17/6077466.shtml

网易　http：//news.163.com/14/0417/21/9Q2J44NO00014JB6.html

人民网　http：//cq.people.com.cn/news/2014418/2014418754312126615.htm

凤凰网　http：//edu.ifeng.com/campus/detail_2014_04/18/35864213_0.shtml

中国日报网　http：//www.chinadaily.com.cn/hqgj/jryw/2014 - 04 - 17/content_11608329.html

东方网　http：//news.eastday.com/eastday/13news/auto/news/society/u7ai1255964_K4.html

中国网　http：//big5.china.com.cn/education/2014 - 04/18/content_32134063.htm

神问题神回复令观众爆笑不断

"你最喜欢中国的什么?""最喜欢中国姑娘,但我害怕姑娘让我买房。"

"你在中国遇到的最有意思的事情是什么?""刚来时一句中文都不会说,后来在店员面前模仿鸡的叫声才吃到了汉堡包。"

……

这些爆笑"神回复",是昨天外国人汉语大会面试环节涌现出的。

昨日,由中央电视台与孔子学院总部/国家汉办联合主办、中文国际频道(CCTV - 4)承办的2014"汉语桥"全球外国人汉语大会南京赛区的比赛在南京航空航天大学举行。

比赛吸引了来自亚洲、美洲、非洲共 17 个国家和地区的选手参加,分别来自江苏地区的 5 所高校。比赛先产生了 8 位待定进京的选手,最终来自苏丹的女孩甜甜和来自加纳的男生艾维斯 2 位选手顺利入围复赛,获得进京通

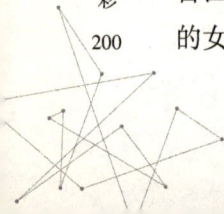

行证。

"宅男""女汉子"进考题

不仅是神回复频频涌现,在昨天的面试现场,评委问选手的即兴问题也是紧跟流行。面对来自也门的萨利赫,评委问:"你知道'宅男'一词怎么解释吗?""我知道,就是我这样的男人被称为宅男。"萨利赫的回答让大家哈哈大笑。当评委问女汉子是什么意思时,一位女选手回答:"学汉字的外国女生就叫女汉子。"

面试题中也有不少让选手大呼很难的题:"今天是中国二十四节气中的一个节气,请问你知道是哪个节气吗?"……

比赛评委、语言教学专家吴鼎民在采访中告诉记者,这次笔试与面试,去掉了很多的才艺展示环节,重点考察选手的汉语表达能力;而在考题设置上,重点考察选手对中国文化的了解程度,因为大赛的宗旨是向世界传播中国文化,需要一批对中国文化有感觉的选手脱颖而出。

小燕子、李小龙穿越来参赛?

记者在参赛选手名单中,看到了来自刚果(金)的"股神"、来自苏丹的"小燕子",还有来自刚果(布)的"李小龙"。"李小龙"告诉记者,他从小在自己的国家就看过李小龙的电影,特别崇拜李小龙,特别喜欢中国功夫,所以来到中国,就取名李小龙。

记者留意到,不少选手穿着中国的传统服饰来参赛,也有很多选手穿着自己国家的传统服装来参加比赛。

在笔试中获得第一第二名的两位越南选手宇氏云、范氏金银,却因在面试环节口头表达表现平平,遗憾没有进入复赛。但两位越南姑娘却表示"已经很开心了,书面与口头表达真的不一样,要加强自己的汉语口头表达能力"。

爱唱中文歌的苏丹女孩晋级

来自南京大学的苏丹姑娘甜甜特别活泼开朗,很喜欢观众的掌声。当记者问甜甜为什么起这个名字的时候,她说这个名字是中国朋友给她起的,她很喜欢。

刚登场的甜甜以一首《我的未来不是梦》惊艳全场。甜甜平时十分喜欢唱歌,中文歌基本都是自学的。

甜甜来中国已经 8 个月了,现在在读研一,这不是她第一次来中国。本科的时候,她曾参加苏丹的汉语比赛获得冠军,然后来中国参加决赛。她对中

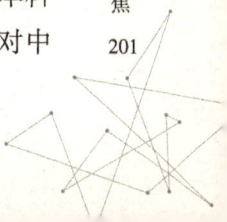

国城市印象最深刻的是长沙,因为自己喜欢吃辣。

(通讯员 宋彦洁 记者 陈蕴萱)

光明网 Gmw.cn

2014 年 5 月 6 日

其他报道媒体:

凤凰资讯 http://news.ifeng.com/a/20140506/40162152_0.shtml

评校网读报 http://www.pingxiaow.com/dubao/2014/0506/422715.html

南航新闻网 http://newsweb.nuaa.edu.cn/nuaa_html/newsweb/mtnh/2014/0507/15413.html

江苏大学举办第三届"汉语桥"比赛

翼牛网 5 月 23 日讯 5 月 17 日,江苏大学第三届"汉语桥"比赛成功举办。比赛吸引了十多个国家的 28 名留学生参加。经过自由演讲和才艺展示两个环节的激烈角逐,来自泰国的 Poch、孔诗琳和来自喀麦隆的马光分别夺得初级组、中级组、高级组一等奖。

汉语国际推广中心吴晓峰主任介绍了"汉语桥"比赛的意义,袁寿其校长为比赛致辞。袁校长娓娓而谈,用"祝贺""感谢""期待"三个关键词向在场师生讲述了江苏大学国际化事业走过的历程,分享了留学生教育取得的成就,更勉励留学生学好汉语、读懂中国,成为中外文化交流的桥梁。

学校关工委金树德主任及后勤集团、学工处、宣传部、团委的领导作为特邀嘉宾饶有兴致地观看了比赛全程并为获奖选手颁奖。

袁校长致辞

"汉语桥"比赛现场

比赛现场，气氛热烈，高潮迭起。担任主持的越南姑娘范氏金银一开口，观众们就为她流利的汉语热烈鼓掌。初级组选手个个勇于秀出自己，中级组的比赛亮点频频，高级组选手的表现艳惊四座。"黑头发、黑眼睛、黑皮肤的我，有着一颗赤诚的中国心。"来自喀麦隆的马光可谓是本次比赛的最大赢家，一等奖获得者、"最佳才艺奖""最佳人气奖"全部被他收入囊中。

一年一度的"汉语桥"汉语大赛，既是江苏大学的一个品牌赛事，也是留学生自我展示、体验文化、增进交流的重要舞台。本次参赛的28名选手是从230余名初赛留学生中选拔出来的，既展示了对汉语的热爱，同时也证明了自己的汉语实力水平。

翼牛网

2014 年 5 月 23 日

其他报道媒体：

中国江苏网　http：//news. jschina. com. cn/system/2014/05/20/021004509. shtml

江苏文明网　http：//wm. jschina. com. cn/9663/201505/t2168326. shtml

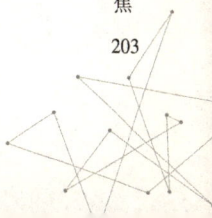

中外学子社区体验端午文化

　　端午节临近，江苏大学部分中外大学生走进镇江市润州区金山街道火星庙巷社区，与社区居民一起包粽子、品粽子、制香囊，交流民风民俗，开心体验中国传统的端午文化。

江苏大学的中外大学生与社区居民一起包粽子

江苏大学的中外大学生与社区居民一起制香囊

2014 年 5 月 28 日

江大举办国际文化节　上演校园版"世博会"

活动现场

留学生展示本国风俗文化

一位留学生在认真烹制美食

中国江苏网　5 月 29 日讯（通讯员　吴奕　王丽敏　记者　袁涛）　美国的汉堡、加纳的手鼓、韩国的炒年糕、南非的呜呜祖拉……近日，在江苏大学第四届国际文化节上，来自 70 多个国家的近 900 名海外留学生通过服饰、工艺品、美食和歌舞展示各国风土人情，现场成了一场校园版"世博会"。

活动现场分布着 30 多个国际文化展台，主办方为参与者准备了"护照"，同学们手持"护照"到各个展区盖章，品尝留学生亲手制作的特色美食、试穿民族服饰，互相交流各自的国家和习俗。

记者在现场看到，韩国是最受欢迎的展区之一，"韩美男"金珉秀一行带来了韩国传统小吃辣年糕，还现场手写韩文明信片，不时有女生上前要求与其合影。"《来自星星的你》等韩剧在中国热播，让大家了解并喜欢上了韩国文化。"金珉秀说，通过此次活动，不仅成功推荐了韩国特色，大家互相学习、不断尝试、彼此分享的过程也很有趣。

Mohamed Dahab 是一名苏丹男生，两年前来江大学习计算机，他展示了从家乡带来的一些食物和生活用品，包括一双动物毛皮制成的鞋子、巨型葫芦制作的器皿、一些不知真名的干果，还有花生、瓜子及花茶等。最让他得意的是一块形状类似洗衣板一样的白色木板，"这是很久以前苏丹学生写字用的本子，用一种可擦写的墨水笔书写，学生每天都要背着这块板子去上学，非常辛苦"。时至今日，木板已经被纸质书本替代了。"其实带着这么多东西出国也挺累赘的，不过看着这些东西，我就能回忆起我的家乡，"Mohamed Dahab 说。

"萨瓦迪卡，欢迎大家过来品尝美味的泰式咖喱。"一身泰式小礼服打扮的留学生 Ken 热情地招呼着过往的行人。这位 18 岁就来到中国的小伙在江大学习药学已经四年。今天，Ken 做了泰式咖喱，让大家一饱口福的同时，了解家乡的风俗文化。"制作泰式咖喱需要用到玉米、茄子、鸡肉、青椒、冬瓜等很多的食材，放入锅中慢火煮熟，口味的关键在于咖喱酱的配制。我们从泰国带来了家乡的厨艺，加上中国现有的丰富食材，做出自己家乡的美食，和中国朋友一起分享，这是一件幸福的事情。"Ken 说。

活动现场，记者了解到，不少留学生为了这次展示特意从自己的祖国空运食材、服装，埃塞俄比亚、印度、南苏丹等国使馆官员也亲临现场，为本国的留学生助阵。

"这次国际文化日的主题是同一个世界同一份爱，通过这样的活动，我们期望推动校园文化繁荣，促进中外学生的交流与融合。"江苏大学海外教育学院院长高静介绍，今年 5 月至 11 月，江苏大学还将先后举办一系列国际教育、文化、体育、学术和艺术交流活动，包括汉语大赛、国际时装秀、中外文化交流论坛、中外研究生学术论坛、电影配音大赛、国际艺术展等 20 多项活动。

（吴奕　王丽敏　袁涛）

中国江苏网
JSCHINA.COM.CN

2014 年 5 月 29 日

其他报道媒体：

凤凰网　http：//news.ifeng.com/a/20140529/40521471_0.shtml

新浪网　http：//news.sina.com.cn/c/2014－05－29/204030259444.shtml

"越剧哥"推广戏剧　留学生也着迷

金陵晚报讯（通讯员　陈珂　彭彬　记者　高洁）传统的戏曲文化，是很多老年人的最爱，但喜欢的年轻人却不大多，看到这种情况，江苏大学年轻老师冯磊很是着急。为了提起大学生们的兴趣，冯磊拜越剧名家为师，学成后亲自登台表演，随后获得了"越剧哥"的美誉。在他的带动下，江苏大学成立了戏剧社，一大批学生参与到戏剧的传唱中来，部分留学生也对戏曲着了迷，跑过来向冯磊拜师学艺。

冯磊出生在山城重庆，本科期间学的是广播电视新闻专业，由于与表演系的同学住在一栋宿舍，受同学影响，逐渐走进了戏剧的世界。"大多数学生喜欢的不是电子乐就是流行歌曲，很少会关注戏曲。"冯磊觉得很痛心，他最终决定身体力行，在年轻人群中推广戏剧文化。2008 年，冯磊开始自费购买戏曲道具在校园内推广戏剧。考虑到自己并非科班出身，冯磊认为最重要的是加强自己的理论水平。为此，冯磊报考了中国人民大学的研究生，专攻戏曲。为了在校园内选拔好的戏剧苗子，冯磊在江苏大学开设了一门戏曲鉴赏的选修课，三个学期坚持下来，选修的学生越来越多。

很快，慕名而来的学生越来越多，冯磊在校园内的影响力也越来越大。2013 年 4 月 1 日，冯磊以昆曲象征"幽兰"之意，成立了江苏大学兰韵戏剧社，这也是江苏大学历史上首个戏剧社。如今，戏剧社已发展至近 50 人，并获得大学生戏剧比赛的多个奖项。

"外国人把京戏叫作'Beijing Opera'，没见过那五色的油彩楞往脸上画，四击头一亮相，美极了妙极了，简直 OK 顶呱呱。"在前不久举办的江苏大学留学生文化节上，非洲的留学生阿普多唱了歌曲《说唱脸谱》，喀麦隆留学生马光也唱了一段戏剧，一时震惊全场。冯磊告诉记者，随着戏剧的推广，越来越多的留学生也被吸引了过来。来自波兰的研究生巴特、来自德国的艾琳和来自刚果的凯文，这三位留学生还向冯磊真正拜师学过，他们现在已经能独立唱一些选段。凯文告诉记者，他觉得这些戏曲很有意思，他期待以后能多学一点。

（高洁）

凤凰网
IFENG.COM

2014 年 6 月 13 日

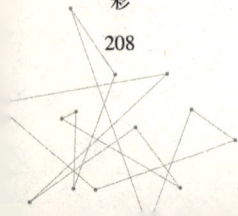

弘扬中国文化　推广篆刻艺术

中国江苏网　6月18日讯　昨天，镇江报业传媒集团江南书画院员工，江大马克思主义学院、海外教育学院的留学生共同在江大图书馆"李岚清书屋"，开展"弘扬中国文化　推广篆刻艺术"活动，邀请江大"篆刻协会"成员吴大帅和郭金增同学，向外籍留学生讲解金石文化历史，感受中国千年篆刻艺术的魅力。

据了解，该活动作为宣传中国文化的课外活动将定期在留学生当中开展。

（纪晨　魏沁菡　摄影报道）

中国江苏网
JSCHINA.COM.CN

2014年6月18日

江苏大学首批医学类外国留学生顺利毕业

中新江苏网　南京12月31日电（霍建伟　江永华）　"Health related, life entrusted……"在昨日举行的江苏大学首批医学类外国留学生毕业典礼上，来自印度的22名留学生庄重地重温了医学生誓词。

典礼上，学校向21名临床医学专业本科留学生和1名硕士研究生授予了学位。该批留学生2005年进入该校学习临床医学，成为该校首批成建制招收的学历留学生。今年年底，他们顺利完成了在华学习任务，圆满结束所修课程，均取得我国授予的学位和学历证书。

"感谢江苏大学把自己从一个懵懂的孩子培养成为一名济世救人的医生……"毕业典礼上，留学生代表黎明表达了对学校的感激之情。他表示，回国后一定努力工作，为母校争光。该校校长袁寿其对留学生们提出了三点期望。他希望留学生们牢记"博学、求是、明德"的校训，成为中外友谊的桥梁和知华、亲华的高级人才。

　　据悉，江苏大学曾荣获"新中国输出中华文化和技术优秀单位"先进称号，并成为改革开放后全国第一批有条件接受外国留学生的200所高校之一。目前，该校共有来自16个国家的近200名留学生。

博才网
hbrc.com

2014 年 7 月 1 日

外国留学生学习体验中国书画艺术

　　金山网讯　3 日下午，市老年书画协会来了 10 多名在镇求学的外国留学生，他们向老年书画爱好者学习体验中国书画艺术。

（胡四荣　摄影报道）

镇江新闻

2014 年 7 月 5 日

老外艾维斯　秀中文也疯狂

1. 问烦老师的"十万个为什么"

面前这个安静害羞的外国男孩,今年5月参加了2014全球外国人汉语大会南京赛区比赛,经过激烈的角逐,从来自17个国家的26名选手中脱颖而出,获得了5月27日参加全国决赛权的资格,而整个南京赛区仅两名选手晋级北京决赛。虽然在北京决赛的卡位战中,艾维斯未能闯入下一轮比赛略有遗憾,但他现场精彩的表现无不令人竖起大拇指。

"中文说得这么好,还参加了全球外国人汉语大会比赛,来镇江学的就是中文专业吗?"对记者的提问,艾维斯摇摇头,很自信地说他是学医的,4年前来镇江才开始学中文。也许是与中文有缘,在完全陌生的环境里,艾维斯的语感一直很好。他笑着说自己是个让老师觉得"有点烦"的学生,因为一遇到语法等不懂的问题,他会紧盯着老师问为什么,一堂课下来,他的问题多到让老师也忍不住了:"别问为什么,只管背下来就好!"可他依旧不依不饶,不弄懂不罢休。

2. 小时候喜欢看《西游记》

就是这股学习的拼劲,让艾维斯的中文越说越好,并在今年的5月5日,送入了2014全球外国人汉语大会南京赛区。比赛当天,分别进行了笔试、预面试、面试、评委合议几个环节。回忆当天的比赛,艾维斯直说好紧张,尤其是笔试环节,有着他最害怕的写汉字考题。"其他国家的选手都是学中文专业的,只有我一个人是学医的,这让我很紧张,但笔试开始后,我看有不少选手提笔却不会写,这稍稍舒缓了我的紧张。"艾维斯说,他接下去看考题,一道主观题"说说你最喜欢的中国电影或中国故事是什么"勾起了他的童年回忆。"我写的是《西游记》,早在1993年我就看过这部电视剧了。那时候我还小,我们国家有引进这部剧,我和小伙伴们当时都特别喜欢看。"

3. 边弹边说的创意自我介绍

面试环节需要选手做一分钟的中文自我介绍,艾维斯前面的几位选手拿起话筒,说完就下了台。艾维斯觉得过于单调,如果自己也像那样干巴巴地讲上一分钟,他可不乐意。灵感一来,他想起平时听广播时的背景配乐,自己有着吉他特长,何不一边弹奏一边说呢?不同于说唱,更像是配乐朗诵。想到就立即行动,轮到艾维斯时,他带着事先为才艺展示准备的吉他上了台。

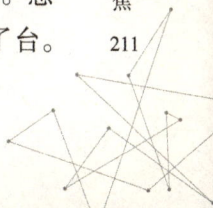

果然，艾维斯极富创意的表演让在场主持人、评委都眼前一亮，纷纷给他点赞，评委在打分时还给了他三个笑脸牌子。最终，艾维斯在 26 名选手中脱颖而出，获得去北京参加全国决赛的资格。

艾维斯说，他不仅会弹吉他，还会唱十几首中文歌，特别是《情非得已》，他最拿手。刚来镇江那会儿，他还在中文老师的婚礼上亮了一回嗓子。"我的老师知道我会唱中文歌，便邀请我去，我在婚礼上唱了《童话》。第一次当着那么多中国人的面演唱，非常紧张，还担心会不会忘词，不料往台上一站，台下的观众看起来比我还惊讶，他们都以为我要唱英文歌呢！"说到这，艾维斯开心地笑了起来，"我一开口，观众们更惊讶了，谁能料到一个老外在婚礼上弹吉他唱着中文流行歌呢？"

4. 将来不会放弃音乐的梦想

5 月 27 日至 6 月 2 日，艾维斯赶赴北京参加全国汉语大会的卡位赛。据了解，此次汉语大会决赛分为赛制培训、卡位战、复赛、复活赛、总决赛五道关卡。参赛的近百名选手均是从南京、上海、北京、厦门、杭州等各大赛区脱颖而出的佼佼者。

艾维斯说，卡位战要考选手 8 个主题知识：中国文学、历史、地理、民俗、民间技艺、音乐、书画、舞蹈，从 88 名选手中决出 48 名进入下一轮。"来到卡位战的舞台，让我大开眼界，其他选手都好厉害！"他感叹，没能入围下一轮略有遗憾，但能拼到这个舞台，体验全国大赛的氛围，艾维斯觉得很值。

不过，他也小小地表示了下自己的疑惑："和其他选手交流后我发现，有一些人是之前参加过几次汉语大会比赛的。我就想，他们之前都参加过了，有的甚至还拿了奖，为什么今年还要来参加呢？把机会让给我们这些新人不更好吗？"

从北京归来，暑假里艾维斯又投入到新一轮忙碌当中，学习、准备考试。业余时间，他用音乐来放松自己。他还和朋友组成了一支黑爵乐队，队里每一个人都会唱上几首中文歌。

（记者 肖方元）

光明日报

2014 年 8 月 30 日

其他报道媒体：

京江晚报 2014 年 8 月 30 日 第 018 版：封面延伸·青春

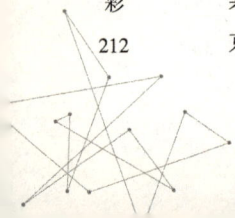

江苏大学留学生走进检验检疫局

检验检疫人员与留学生进行交流(1)

检验检疫人员与留学生进行交流(2)

新华网　南京11月20日电　11月18日,20名江苏大学财经学院的国贸专业外国留学生走进镇江检验检疫局,与检验检疫人员进行面对面的交流。镇江检验检疫业务人员向留学生宣讲进出口货物报检流程,带领留学生到镇江检验检疫局国家级食品添加剂实验室现场参观学习,对留学生们即时

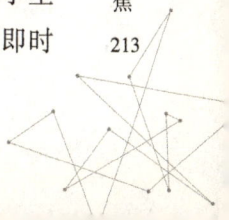

提出诸多有关货物进出口检验检疫的问题进行了现场解答。

（邵立君　李干荣）

N新华网 江苏频道

2014 年 11 月 20 日

"洋眼看中国"——江苏大学海外教育学院留学生摄影展开幕

11 月 23 日，由镇江市文广新局和江苏大学海外教育学院主办、镇江市图书馆协办的"洋眼看中国"江苏大学海外教育学院留学生摄影展隆重开幕。江苏大学副校长李洪波、镇江市外事办公室副主任李婕、镇江文广新局副局长周连锁、江苏大学国际处副处长任晓霏、镇江市图书馆馆长褚正东、江苏大学海外教育学院副院长李新朝、江苏大学海外教育学院副院长王丽敏、江苏大学海外教育学院的老师和中外学生出席了开幕仪式。江苏大学李洪波副校长向在场嘉宾介绍了江苏大学国际化工作的发展情况和留学生所取得的喜人成绩。文广新局周连锁副局长高度评价了留学生为镇江市的城市经济发展和多元文化交融做出的贡献。留学生摄影师代表用流利的中文说："通过这些照片，希望镇江的市民能了解我们这群'老外'在镇江的生活，我们也喜欢漫步西津渡，也喜欢夜游长江路"，引得台下掌声雷动。

此次摄影展尝试向镇江市民展现一个独特的群体——生活在江苏镇江、留学于江苏大学的外国摄影者眼中的中国。来自印度的 Arun、德国的 Paul 和尼泊尔的 Nichit 这三位视角独特而又技术高超的洋人摄影师"图说中国"，他们的摄影作品有些讲述着中国城市和乡村里某一个角落中已经发生或正在发生的细微变化，有些描绘着中国这个多民族国家的壮丽风光与多样文化，有些记录着中国人生活的点点滴滴与心情一刻。数十位外国摄影爱好者也奉上了留学生活里的所见所闻、所思所感，他们非常愿意分享自己生命中浓墨重彩的一笔、五彩斑斓的瞬间。

江苏大学海外教育学院留学生们的摄影作品将会从 11 月 23 日至 12 月 7 日在镇江市图书馆文心展厅展出，"最受欢迎作品"和"最受欢迎摄影师"将由观众投票选出。

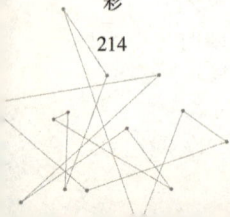

活动现场

留学生的摄影作品(1)

留学生的摄影作品(2)

镇江市数字图书馆
ZHEN JIANG DIGITAL LIBRARY

2014 年 11 月 23 日

江大留学生过"养生"圣诞节

留学生品花草茶、识中草药

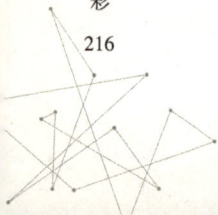

中国江苏网 12月26日讯 圣诞节对于外国留学生们来说很重要。昨日，来自江苏大学药学院的留学生和该学院老师一起品花草茶、识中草药，在浓浓的茶香和药香中度过了圣诞节，为他们在异国他乡的生活增添了不一样的乐趣。

"麦冬可以滋阴，半夏可以止咳，肉桂属热性……"昨日上午，在江大药学院的一间教室内，该院生药学老师万瑾毅正在为留学生们讲解中草药的相关知识，她为留学生们带来了红枣枸杞茶、桂花绿茶等花草茶，还带来了肉桂、番泻叶等中草药标本。万瑾毅说，虽然留学生们学的是药学，但他们对中草药并不十分熟悉。菊花清肝，枸杞明目，玫瑰养颜……花草茶丰富的功效引发留学生们的好奇。

"原来这小小的枸杞，竟然有这么多的功效！"得知有些药材既是中药又是食品，有着药食同源的功效，来自津巴布韦的留学生 Molody 惊奇不已，他捧着手中的几颗枸杞感叹着。

来自加纳的留学生 Omeri 从小对中国文化就充满好奇，看着老师带来的中草药标本他不停地提问："这两种药材长得这么像，怎么才能区分呢？"从药材的形状、气味等方面入手，万瑾毅细心地教留学生们辨认各种药材。

在活动最后，每位留学生都得到了一个精致的中药标本，他们开心地捧着标本合影留念。

（吴奕　孙晨飞）

中国江苏网
JSCHINA.COM.CN

2014 年 12 月 26 日

其他报道媒体：

中国网　http：//jiangsu. china. com. cn/html/jsnews/around/808220_1. html

光明网　http：//difang. gmw. cn/newspaper/2014 – 12/26/content_1032594-18. htm

江苏大学来华留学生教育

江苏大学来华留学生教育起步早、起点高。20 世纪 80 年代开始，受 UNIDO 和 ESCAP 委托，学校为 30 余个国家培养了高级农机管理人才。近年来，学校确立了"国际化是建设高水平大学的必由之路"的理念，制定了校院两级留学生发展规划，构建了"三推进""三激励""三保障"的工作机制，强化了留学生教育与人才培养、科学研究、学科建设和师资培养的结合，以创建外

国留学生留学中国重要目标高校和江苏教育对外开放先进高校为目标，大力推进教育国际化。2005 年起，学校开始招收成建制临床医学留学生（MBBS）；2006 年成立了国际教育交流学院（IEEC）；2011 年更名为海外教育学院（OEC），独立建制，负责外国留学生的招生、教学和日常管理。学校实施"打造工程类外国留学生教育特色，全方位扩大来华留学生规模"教育体制改革试点项目，大力发展留学生教育。截至 2013 年年底，学校留学生规模达到 869 人；学历生由 5 年前不足 130 人发展到 720 人，年增长 54%；全英文授课本科专业由 5 年前的仅临床医学一个专业拓展到工商管理、国际贸易、计算机科学与技术、土木工程、化学工程、药学、食品科学与工程、材料科学与工程，以及机械工程等。

高校教育管理
JOURNAL OF HIGHER EDUCATION MANAGEMENT

2014 年第 5 期

一、报纸杂志篇

找准国际化的落脚点

目前,江苏大学留学生规模已发展到 1100 余人,其中博士、硕士研究生 160 人,生源国拓展到目前的 92 个国家和地区,尤其是留学生中学历留学生的比例超过了 75%,学历留学生规模列江苏高校第 4 位。

找准国际化的落脚点——江苏大学生动实践国际化之路

"去农业工程专业世界排名第一的大学交流,要学习的东西很多!"徐立章是江苏大学农业工程研究院副研究员,刚刚捧得"第十四届江苏省青年科技奖"的他,2 月初即将"访国际名校,拜国际名师",奔赴美国伊利诺伊香槟分校做访问学者,学习和研究国际一流的农业机械技术。

作为一所地方高校,江苏大学找准国际化的落脚点,举全校之力推进国际化进程,4 年来已经选派了像徐立章这样的 240 余名青年教师赴海外进修深造。"国际化已经成为现代大学的一种生存方式,它既是大学的办学方向,也是提升大学国际竞争力的主要途径。"江苏大学校长袁寿其介绍,该校根据自身实际走好国际化之路,一场场国际化盛宴正在生动上演。

优势学科更有"国际范"

连续举办在行业内颇有影响力的"流体机械及工程国际学术会议",邀请十几位国际顶尖专家来校学术交流;获得国际水力机械会议、国际泵与风机学术会议、国际泵空化会议等高规格国际会议主办权,吸引 300 余名外国学者与会;和意大利帕多瓦大学、澳大利亚昆士兰科技大学等世界知名大学联合培养研究生,签订博士生双学位培养协议;每年选拔 5 至 10 名教师赴海外高水平大学访学,全额资助博士生和硕士生在读期间赴国外交流 1 次……

这些是江苏大学流体中心在国际化进程中所做的努力。该中心是国内唯一以研究水泵为主的国家重点学科。"花大力气，才能做大文章"，中心主任刘厚林说，"搭建国际化的学术平台，能让我们拥有更丰富、更高质量的科研资源，更快站在学术研究的国际前沿，更好地培养具有国际水准的研究生。"

零距离对接国际学术前沿，为江苏大学提供了坚实的学科基础和良好的学科生态。江苏大学的工程学、材料科学、临床医学和化学等4个学科领域进入了ESI排名全球前1%，在国际上赢得了一席之地。目前，江苏大学已与美国、澳大利亚等24个国家和地区的54所高水平大学或科研机构建立交流合作关系，中—澳功能分子材料国际联合研究中心、世界食品保藏研究中心、中丹材料学联合实验室的建立，产出了一批世界级高水平的科研成果。

1994年，江苏大学与日本三重大学、泰国清迈大学发起了"三国三校国际学术会议"。如今，"三国三校"已连续成功举办了21届，发展成为由10多个国家、20余所高校参加的大学生和青年学者的学术盛会，在亚洲乃至全球都产生了积极影响。

进来一个，带动一群

人才的国际交流是国际化工作中最活跃、最关键的因素。

"80后"教授黄智鹏是江苏大学一颗引人注目的科研新星。他原在德国马克斯普朗克学会微结构物理研究所从事博士后研究工作，2010年初作为"百名博士引进计划"人选进入江苏大学。短短5年时间里，他主持了国家自然科学基金、江苏省"六大人才高峰项目"等多个项目，入选江苏省"双创计划"，在《先进材料》等国际重要核心刊物发表高影响因子论文20多篇。作为主要成员，小黄所在的团队先后获评"教育部长江学者创新团队""江苏省高校青蓝工程科技创新团队"。

"江苏大学4年共引进了具有海外学习经历的高层次人才118人，他们起到了'进来一个，带动一群'的作用。"袁寿其介绍，依托国家、省部各级各类人才项目，学校大力实施海外引智计划，首批国家"外专千人计划"、首批江苏"外专百人计划"均榜上有名，在省属高校唯一获此殊荣的高校。专业外教比例目前已达到42%，兼职教授Elsbett荣获2012中国政府"友谊奖"，新材料研究院名誉院长Flemming教授2013年成功当选中国科学院"外籍院士"。

在努力"引进来"的同时，江苏大学注重提升交流的质量和效果，大力促进"走出去"。青年教师曲文娟正是受益者之一。身为江苏大学和美国加州大学戴维斯分校联合培养的博士,曲文娟曾在戴维斯分校开展了 28 个月的研究,并作为全球 3 人之一获得了第 17 届世界农业与生物工程学会世界大会"青年才俊奖"。"海外的学习研究经历,让我接触了国际前沿的科研领域、先进的科研理念,提升了我独立科研的能力,也决定了我后来的科研方向。"曲文娟说。

留学的青春是无悔的青春

在读期间有 3 人到美国北卡罗来纳大学学习一年,毕业后又有 3 人分赴日本国立山口大学和新加坡国立大学读研深造,30% 的同学都有出国经历。这是江苏大学能动学院卓越 1001 班交出的完美的"国际化"答卷。

为助力大学生留学圆梦,江苏大学每年拿出 500 万元作为留学交流基金,资助大学生出国学习交流,以及参加雅思、托福等出国类语言考试,同时规定国家重点学科、省优势学科,以及省重点学科建设经费的 10% 要用于国际学术交流与国际化人才培养。

正在新加坡国立大学读研的张蒙告诉记者:"之前总感觉出国留学距离自己很遥远,其实只要努力了,这个梦想完全可以变成现实。"近 4 年,江苏大学已有 1351 名学生走出国门,其中近 200 人赴哈佛大学、纽约大学、悉尼大学等世界名校留学。

"知华、爱校、实用性国际化人才是我们留学生培养的办学目标。"袁寿其介绍,江苏大学大力发展留学生,积极开展"打造工程类外国留学生教育特色,全方位扩大来华留学生规模"教育体制改革试点。目前,江苏大学留学生规模已发展到 1100 余人,其中博士、硕士研究生 160 人,生源国拓展到目前的 92 个国家和地区,尤其是留学生中学历留学生的比例超过了 75%,学历留学生规模列江苏高校第 4 位。

（吴奕　张明平）

科技日报
2015 年 2 月 2 日　6 版

洋学生南乡寻田歌

本报讯　昨天上午,江苏大学海外交流学院的 40 多名外籍留学生,来到丹徒区谷阳镇三山艺术幼儿园,开展"寻访来自中国田野里的歌——留学生

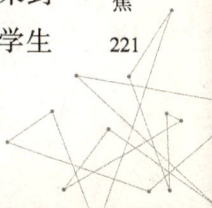

乡村采风行"活动。

三山艺术儿幼儿园作为省级非物质文化遗产项目"南乡田歌"的传承点，由省级非遗传承人孙阿英创办。幼儿园多年来以传承丹徒"南乡田歌"为主要任务，在园内开设了具有地域教育特色的田歌教程。

幼儿园师生现场与留学生们进行了各国民俗文化的互动交流，带领他们观看了南乡田歌的传统民俗表演节目和师生的手工技艺展示。来自加拿大、法国、韩国、哥斯达黎加、印度、柬埔寨的多名外籍留学生现场与小朋友们进行各国民俗游戏表演。

（刘燕平　马吉）

京江晚报

2015 年 4 月 11 日　7 版：A5 城事

其他报道媒体：

金山网　http：//www.jsw.com.cn/zjnews/2015－04/11/content_3323682.htm

江苏大学组织留学生开展暑期实践

中外学生参观企业

为丰富第二课堂，提高专业学习兴趣，增强实践动手能力，今年暑假，江苏大学化学化工学院组织"中外学子暑期社会实践团"来到索尔维（镇江）化学品有限公司，开展社会实践活动。留学生们分别来自加纳、巴基斯坦、津巴布韦等不同国家。

在企业，留学生和中国学生一起，通过参观学习、企业发展状况调研及岗位体验等，加深所学专业与实际知识的认识，巩固和深化所学的理论知识，为后续专业课的学习和毕业设计打好基础。社会实践活动也让同学们体会到不同的单位、不同的岗位对人才需求的多样性，需要努力学习来提高自己的综合素质，为将来顺利走向社会踏实走好每一步。

（庄蕾　方孙飞　摄）

江苏经济报

2015 年 7 月 2 日　B4 版区域综合

爱心"重阳宴"

昨天，金山街道太古山社区开展第四届"舌尖上的重阳"活动，来自江苏大学的外国留学生和社区志愿者共同为 30 多名空巢、孤寡老人制作重阳糕和家常菜肴，让老人们乐享爱心"重阳宴"，喜迎重阳节的到来。

（文雯　石玉成　摄影报道）

镇江日报

2015 年 10 月 19 日　3 版社会

高等教育走"国际范",怎能没有这样的平台?

——六国大学生汇聚江苏大学展开"头脑风暴"

本报讯(记者 吕玉婷 通讯员 吴奕) "我们决定通过 3D 打印机打印一个地下储水装置,把雨水收集储存用作生活用水,以此来展现人与自然和谐相处的理念。"为了能在主题汇报中充分表达出自己小组的环保理念,江苏大学学生汪姝桐与她的小组成员展开了一天多的"头脑风暴"。10 月 19 日至 23 日,在江苏大学举行的第 22 届"三国三校"国际学术研讨会上,来自中国、日本、韩国、泰国、印尼、俄罗斯 6 个国家的 118 名中外大学生,围绕"人口""粮食""能源""环境"等主题,进行了深入的交流研讨。

据介绍,"三国三校"国际学术研讨会起源于 1994 年,最早由中国江苏大学、日本三重大学、泰国清迈大学共同发起,每年举办一次,由 3 所大学轮流主办。这一会议吸引了多个非会议成员的国家和高校参加,目前已发展成 10 多个国家、20 余所高校的大学生和青年学者共同参与的学术盛会,今年首次迎来了俄罗斯的加盟。

"高等教育国际化"是今年研讨会特别增设的一个新主题。研讨会上,所有的中外大学生必须全程用英语进行汇报和交流,因此在准备主题学术报告、撰写论文等过程中,学生们均投入了大量的精力,江苏大学也从开学初就对学生们进行培训与辅导。"要求非常严格,小到论文标点,大到英文 PPT 制作,一遍遍地修改,我差点中途放弃,直到完成论文陈述,我才发现原来自己可以这么棒!"刚做完汇报的该校财经学院大四学生张萌萌大大地舒了口气。她告诉记者,通过参加"三国三校"活动,自己"get"了好多新技能——写论文、用英语顺畅地表达自己的观点、和外国学生交流相处……"能在本科期间参加一次国际学术研讨会,这样的经历太过瘾了!"

近年来,江苏大学大力实施"高等教育国际化"战略,通过"三国三校"平台,积极推进学生互换、学者互访、合作申请国际重大科研项目等国际合作交流工作。学校的留学生规模从 4 年前的 120 人发展到现在的 1100 余人,具有海外游学经历的学生人数也从 2010 年的不足 50 人,增加到 600 多人。此外,本次"三国三校"研讨会还牵头成立了"中泰可再生能源联合实

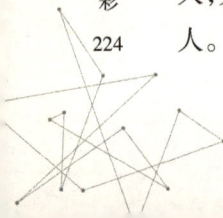

留光异彩

验室"。今后,江苏大学和清迈大学将在可再生能源领域开展更加深入的科研合作。

江苏教育报

2015 年 10 月 23 日　A1 版要闻

泰国小伙的中国梦
——用行动去帮助更多有需要的人

上个星期,每到中午放学和下午放学时,在江苏大学的校园里,总有个棕色皮肤的外国小伙,或站在校园的中门处,或站在学校六食堂楼下的广场上,用一口流利的中文和路过的大学生交谈着什么,还发给每人一张蓝色的宣传单。由于在校园内小有名气,不少路过的大学生还会主动和他打招呼。原来,这位外国小伙在上个星期发起了一个爱心活动,他希望大学生们能将多余的衣服捐出来,然后一起再捐给中国西部贫困地区的学生。

天乐在派发捐衣活动宣传单

作为外国留学生,学习雷锋帮助他人

"你好,如果有不穿的衣服,请捐给那些有需要的人,谢谢!"上周五的中午,在江苏大学校本部校园的中门处,来自泰国的留学生天乐,手里拿着一沓宣传单,每见到有大学生路过时,他便上前发一张宣传单给对方,并会很有礼貌地说声"谢谢"。宣传单上用中英文分别写道:"把你多余的衣服捐到捐献营,给它们一个新家!请把你多余的衣服捐到海外公寓。"

从中午 12 点开始,一直持续到下午 1 点钟,在这一个小时的时间里,天乐一直忙个不停,同样的一句话说了不下一百遍。有的大学生认为是商家在发传单,很远见到他就绕道而行;有的大学生看了宣传单后觉得一个外国人还这么有爱心,觉得他在自我炒作,根本不予理睬。但是让天乐欣慰的是,活动从本月 14 号开始至今,已经有不少大学生捐出了多余的衣服,虽然有时会遭受到别人的误解,但是见到自己发起的活动有了小小的收获,天乐的心里还是蛮开心的。

当记者问他,作为一名外国人,为什么要发起这样的一个爱心活动时,天乐笑了,他说:"虽然我是一名外国人,但是我知道中国有一位伟大的人,他经常会去帮助别人,他就是雷锋。"天乐说,三月份是学雷锋月,所以他也想做些事情来帮助别人,经过一番考虑后,他决定发起这个活动。当记者对衣服最终的去向产生疑问时,天乐让记者放心并表示,因为受捐助的那所学校,他的老师已经帮他联系好了。

校园里小有名气的主持人,学习成绩很优秀

学医的天乐,生于风景秀丽的泰国苏梅岛,今年 23 岁的他,看起来有些帅气。天乐来到中国已有两年半时间,是江苏大学海外教育学院的一名留学生。天乐介绍,由于生长在一个海岛上,天乐早就向往外面的世界,想尝试不同的生活环境,所以他很渴望到外面的城市里去生活。天乐有个哥哥和姐姐,一年之前,他们还都在中国留学,哥哥在广州学习贸易,姐姐在大连学医。从哥哥姐姐的口中,天乐得知中国是个美丽和友好的国家,来中国留学的想法便油然而生。在高中毕业后,天乐便把这个想法告诉了妈妈,最终天乐如愿以偿地来到中国留学,到江苏大学学习医学。

来到中国,学好汉语是首要的大事,天乐除了在课堂上认真学习外,在课后练习口语也是很勤奋,但是他汉语进步很快的最重要的原因还是得益于中国朋友们的帮助。天乐说,他接触到的中国同学和老师都很友好很热情,当他有困难时他们都会尽力地去帮助他,他有一个很好的中国朋友,在平时课后还会教他学习中文和练习口语,所以他的中文才会进步很快。

由于汉语说得很好,人长得又帅气,天乐便经常主持学院里的活动,加上主持风格幽默有趣,言辞流利,得到众多师生们的好评,偶尔也会主持一些校级活动。很快,天乐便成为校园里小有名气的人物。天乐笑着说,他的目标是成为江苏大学校园最好的主持人。虽然经常忙于活动,但是天乐的学习成绩却很优秀,据他介绍,在大一大二每学期的期末考试,班级里有 70 名学生,他的总分都是排在班级第一名。

对镇江赞不绝口,毕业后想在中国当医生

天乐曾对自己的肤色苦恼过,他总是觉得自己太黑了。天乐笑着说,他

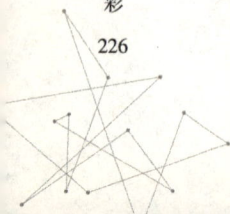

的这个中文名字"天乐",就是和自己的肤色有关。刚到中国时,天乐希望他的中文老师给他起个中文名字,当老师知道他对自己的肤色苦恼时,就给他起了名字叫"天乐"。为什么起名叫"天乐"呢?他介绍,当初老师跟他说,在中国有个明星叫古天乐,他的肤色就是变黑了之后才变得更加有名,事业也更成功,所以希望他也更有魅力。

"镇江的景点,我最喜欢的是北固山,因为那里的景色很美。"在镇江的两年半时间,天乐已经玩遍了金山、焦山、北固山风景区,就连西津渡,他也是去过好多遍。提起镇江的风景,这个来自旅游胜地的泰国小伙也是赞不绝口。在来中国之前,在天乐的心中,一直想去一座十全十美的城市生活,现在,天乐说,他觉得镇江就是这座十全十美的城市。

在来到中国之前,天乐的梦想是想成为一名医生。面对毕业后的打算,天乐并不打算回泰国,他希望能留在中国。天乐告诉记者,虽然他是一名外国人,但是他经常会被中国人的友好所深深感动,虽然大家有着不同的文化,不同的肤色,不同的语言,但是他和中国朋友就像兄弟姐妹一样,已经建立了不分国界的信任,互相理解和支持,早已成了一家人,他也早已把镇江当成了他的家。

（记者　孙晨飞）

镇江日报
2015 年 3 月 25 日　7 版

其他报道媒体:
新浪网　http：//blog. sina. com. cn/s/blog_780090130102vdfd. html

体验传统文化

11 月 14 日,江苏镇江,一名外国留学生在展示刚画的京剧脸谱。当日,江苏大学部分中外大学生共同开展"体验传统文化"活动,来自加纳、巴基斯坦等国的留学生与中国学生一起体验茶艺,学习戏曲表演,画京剧脸谱,快乐体验中国传统文化,迎接 11 月 17 日"国际大学生节"的到来。

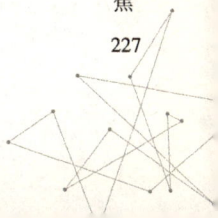

（石玉成　摄）

光明日报

2015 年 11 月 15 日　3 版

其他报道媒体：

光明网　http：∥pic. gmw. cn∕channelplay∕6200∕3595366∕4556553∕1. html

社区里来了留学生志愿者

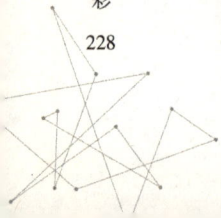

7月14日,外国留学生在指导小朋友学习英语。当天,江苏省镇江市金山街道红光社区"爱心暑期课堂"开课,来自江苏大学部分留校的外国留学生担当志愿者,将定期来社区为孩子们提供英语口语训练、读书学习等义务辅导。

(石玉成 蒋军 摄)

中国教育报

2015年7月15日 3版

中外学子共植友谊树

3月10日,江苏大学开展"中外学子共植友谊树"活动,来自法国、波兰、刚果、巴基斯坦等国的留学生和中国学生一起来到校园绿化带植树,表达共建绿色生态校园的决心,迎接植树节的到来。图为中外大学生在刚种下的小树上挂上护绿牌。

(石玉成 高伏康 摄)

江苏教育报

2015年3月13日 1版要闻

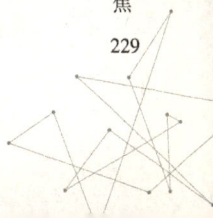

江苏大学留学生寻访田歌传承点

本报讯 日前,来自江苏大学海外交流学院的 40 余名外籍留学生,赴镇江市丹徒区谷阳镇三山艺术幼儿园,开展"寻访来自中国田野里的歌——留学生乡村采风行"活动。此次活动由镇江民间文化艺术馆、江苏大学海外教育学院主办。

三山艺术幼儿园是江苏省级非遗项目"南乡田歌"的传承点,由省级非遗传承人孙阿英创办。多年来,园内开设了具有地域教育特色的田歌教程,组建了以传承"南乡田歌"为主的谷娃艺术团,力求把田歌的乡土文化传播给下一代。活动现场,该园园长孙阿英向留学生们详细介绍了"南乡田歌"的保护和传承情况,并带领留学生们参观了园内"南乡田歌"传承历史及农耕文化工具的展示。

（刘燕平 吴悠）

中国文化报

2015 年 4 月 17 日 8 版

其他报道媒体:

中国民族宗教网 http：//www.mzb.com.cn/html/report/150424945 - 1.htm

国家公共文化网 http：//www.cpcss.org/

洋学生南乡寻田歌

本报讯 昨天上午,江苏大学海外交流学院的 40 多名外籍留学生,来到丹徒区谷阳镇三山艺术幼儿园,开展"寻访来自中国田野里的歌——留学生乡村采风行"活动。

三山艺术儿幼儿园作为省级非物质文化遗产项目"南乡田歌"的传承点,由省级非遗传承人孙阿英创办。幼儿园多年来以传承丹徒"南乡田歌"为主要任务,在园内开设了具有地域教育特色的田歌教程。

幼儿园师生现场与留学生们进行了各国民俗文化的互动交流,带领他们观看了南乡田歌的传统民俗表演节目和师生的手工技艺展示。来自加拿大、

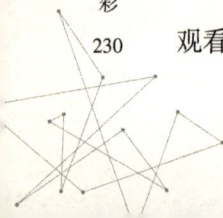

法国、韩国、哥斯达黎加、印度、柬埔寨的多名外籍留学生现场与小朋友们进行各国民俗游戏表演。

（刘燕平　马吉）

京江晚报

2015 年 4 月 11 日　7 版：A5 城事

二、网络篇

江苏大学专任教师中 24% 有海外留学经历

光明网镇江　1 月 7 日电（通讯员单素鹏　记者苏雁）　日前，江苏大学召开全校第二次国际化工作推进会，记者从会上了解到，近 4 年来，该校共有 240 余人赴海外进修深造，专任教师中具有海外留学经历的比例已从 2010 年的不足 10% 上升到 24% 。

近年来，江苏大学花"大力气"推进国际化工作，制定出台了 22 项旨在推进国际化的政策文件；设立了 500 万元大学生留学交流基金；要求国家重点学科、省优势学科，以及省重点学科建设经费的 10% 用于国际学术交流和国际化人才培养。在优惠政策倾斜和激励下，江苏大学的工程学、材料科学、临床医学和化学等 4 个学科在国际上占有了一席之地。

在海外引智计划中，首批国家"外专千人计划"、首批江苏"外专千人计划"江苏大学均榜上有名。

该校留学生规模列江苏省高校第 4 位，4 年中有 509 名学生走出国门，其中近 200 人赴哈佛大学、纽约大学等世界名校留学。

据江苏大学校长袁寿其介绍，今后江大将突出学术导向、突出队伍支撑、突出学生主体，通过国际学术声誉提升计划、国际化师资引进培养计划和国际化人才培养计划的实施，预计到 2019 年，江大在校学生具有海外学习或交流经历的比例本科生超过 5% ，硕士生超过 10% ，博士生超过 30% 。

光明网
Gmw.cn

2015 年 1 月 8 日

回眸聚焦

231

江苏大学："国际化"实践生动上演

"去农业工程专业世界排名第一的大学交流,要学习的东西很多!"徐立章是江苏大学农业工程研究院副研究员,刚刚捧得"第十四届江苏省青年科技奖"的他,2月初将"访国际名校,拜国际名师",奔赴美国伊利诺伊香槟分校做访问学者,学习和研究国际一流的农业机械技术。

作为一所地方高校,江苏大学找准国际化的落脚点,举全校之力推进国际化进程,4年来已经选派了像徐立章这样的240余名青年教师赴海外进修深造。

"国际化已经成为现代大学的一种生存方式,它既是大学的办学方向,也是提升大学国际竞争力的主要途径。"江苏大学校长袁寿其介绍,该校根据自身实际走好国际化之路,一场场国际化盛宴正在生动上演。

优势学科更有"国际范"

连续举办在行业内颇有影响力的"流体机械及工程国际学术会议",邀请十几位国际顶尖专家来校学术交流;获得国际水力机械会议、国际泵与风机学术会议、国际泵空化会议等高规格国际会议主办权,吸引300余名外国学者与会;和意大利帕多瓦大学、澳大利亚昆士兰科技大学等世界知名大学联合培养研究生,签订博士生双学位培养协议;每年选拔5至10名教师赴海外高水平大学访学,全额资助博士生和硕士生在读期间赴国外交流1次……

这些是江苏大学流体中心在国际化进程中所做的努力。该中心是国内唯一以研究水泵为主的国家重点学科。"花大力气,才能做大文章。"江苏大学流体中心主任刘厚林说,"搭建国际化的学术平台,能让我们拥有更丰富、更高质量的科研资源,更快地站在学术研究的国际前沿,更好地培养具有国际水准的研究生。"

零距离对接国际学术前沿,为江苏大学提供了坚实的学科基础和良好的学科生态。江苏大学的工程学、材料科学、临床医学和化学等4个学科领域进入了ESI排名全球前1%,在国际上赢得了一席之地。

目前,江苏大学已与美国、澳大利亚等24个国家和地区的54所高水平大学或科研机构建立交流合作关系,中澳功能分子材料国际联合研究中心、世界食品保藏研究中心、中丹材料学联合实验室的建立,产出了一批世界级高水平的科研成果。

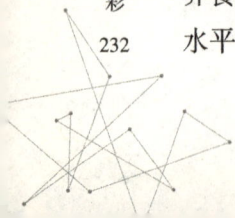

1994 年,江苏大学与日本三重大学、泰国清迈大学发起了"三国三校国际学术会议"。如今,"三国三校"已连续成功举办了 21 届,发展成为由 10 多个国家、20 余所高校参加的大学生和青年学者的学术盛会,在亚洲乃至全球都产生了积极影响。

进来一个,带动一群

人才的国际交流是国际化工作中最活跃、最关键的因素。

"80 后"教授黄智鹏是江苏大学一颗引人注目的科研新星。他原在德国马克斯普朗克学会微结构物理研究所从事博士后研究工作,2010 年初作为"百名博士引进计划"人选进入江苏大学。

短短五年时间,黄智鹏主持了国家自然科学基金、江苏省"六大人才高峰项目"等多个项目,入选江苏省"双创计划",在《先进材料》等国际重要核心刊物发表高影响因子论文 20 多篇。作为主要成员,黄智鹏所在的团队先后获评"教育部长江学者创新团队""江苏省高校青蓝工程科技创新团队"。

"江苏大学 4 年共引进了具有海外学习经历的高层次人才 118 人,他们起到了'进来一个,带动一群'的作用。"袁寿其介绍,依托国家、省部各级各类人才项目,学校大力实施海外引智计划,首批国家"外专千人计划"、首批江苏"外专百人计划"均榜上有名,是省属高校中唯一获此殊荣的高校。专业外教比例目前已达到 42%,兼职教授 Elsbett 荣获 2012 中国政府"友谊奖",新材料研究院名誉院长、教授弗莱明 2013 年成功当选中国科学院"外籍院士"。

在努力"引进来"的同时,江苏大学注重提升交流的质量和效果,大力促进"走出去"。青年教师曲文娟正是受益者之一。身为江苏大学和美国加州大学戴维斯分校联合培养的博士,曲文娟曾在戴维斯分校开展了 28 个月的研究,并作为全球 3 人之一获得了第 17 届世界农业与生物工程学会世界大会"青年才俊奖"。

"海外的学习研究经历,让我接触了国际前沿的科研领域、先进的科研理念,提升了我独立科研的能力,也决定了我后来的科研方向。"曲文娟说。

留学的青春是无悔的青春。在读期间有 3 人到美国北卡罗来纳大学学习一年,毕业后又有 3 人分赴日本国立山口大学和新加坡国立大学读研深造,30% 的同学都有出国经历。这是江苏大学能动学院卓越 1001 班交出的完美的"国际化"答卷。

为助力大学生留学圆梦,江苏大学每年拿出 500 万元作为留学交流基金,资助大学生出国学习交流,以及参加雅思、托福等出国类语言考试,同时规定

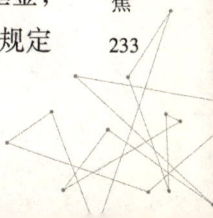

国家重点学科、省优势学科以及省重点学科建设经费的10%要用于国际学术交流与国际化人才培养。

正在新加坡国立大学读研的张蒙感慨地说："之前总感觉出国留学距离自己很遥远，其实只要努力，这个梦想完全可以变成现实。"近4年来，江苏大学已有1351名学生走出国门，其中近200人赴哈佛大学、纽约大学、悉尼大学等世界名校留学。

"知华、爱校、实用性国际化人才是我们留学生培养的办学目标。"袁寿其介绍，江苏大学大力发展留学生，积极开展"打造工程类外国留学生教育特色，全方位扩大来华留学生规模"教育体制改革试点。目前，江苏大学留学生规模已发展到1100余人，其中博士、硕士研究生160人，生源国拓展到目前的92个国家和地区，尤其是留学生中学历留学生的比例超过了75%，学历留学生规模列江苏高校第4位。

（吴奕　张明平）

光明网
Gmw.cn

2015年2月5日

江大300多名留学生联欢迎春

本报讯　在羊年新春佳节来临之际，昨天下午，江苏大学为该校寒假留校的300多名留学生举办了一场春节联欢会，该校海外教育学院的老师与留学生们齐聚一堂，喜迎春节。

昨天下午两点半，江苏大学"Happy Spring Festival of Sheep Year!"（羊年春节快乐）春节联欢会在江苏大学校园内举行，来自80多个国家的300多名留学生们齐聚一起，一边吃着学校给他们准备的零食，一边观看着由留学生自己带来的节目。

第一个上台表演的黑人小伙马光，来自喀麦隆，是该校土力学院大三的留学生，他抱着吉他自弹自唱了一首《茉莉花》，虽然中文不太流利，但他坚持用中文将这首歌唱完，博得了台下观众的热烈掌声。之所以会选择《茉莉花》这首歌，马光说，茉莉花是他特别喜欢的一种花，来到中国读书后，他得知中国还有一首名叫《茉莉花》的歌曲特别有名，并且还是江苏的民歌，所以他就专门去学了，在这次春节联欢会上，他特地把这首歌唱给同学们听。

大三男生天乐来自泰国，这已是他在中国过的第二个春节了。天乐说，虽然身处异国他乡，加上中国的春节习俗与泰国不一样，但他觉得在中国过春节是件很快乐的事，同学们能聚在一起聊天做游戏，学院老师还教他们包饺子，还能了解一些中国春节的习俗，他觉得很有趣。

江苏大学校长袁寿其也来到联欢会现场，为在场的留学生们送去新春祝福，并抽取幸运观众、送上新年礼物。

联欢会结束后，留学生们还跟着老师们一起包起了饺子，提前吃了一顿团圆饭。

（记者　孙晨飞）

光明网
Gmw.cn

2015 年 2 月 14 日

其他报道媒体：

京江晚报　2015 年 2 月 14 日　第 004 版：A2 喜迎羊年春节

江苏文名网　http：//wm.jschina.com.cn/9663/201502/t2013799.shtml

外籍留学生赴丹徒开展"非遗"文化交流活动

留学生为幼儿园师生表演节目

留学生参观幼儿园

金山网讯 为传播和弘扬我市"非遗"文化,扩大对外文化交流,4月10日上午,来自江苏大学海外交流学院的40余名外籍留学生,来到丹徒区谷阳镇三山艺术幼儿园,开展"寻访来自中国田野里的歌——留学生乡村采风行"活动。此次活动由镇江民间文化艺术馆、江苏大学海外教育学院主办,丹徒区三山艺术幼儿园承办。

三山艺术幼儿园作为省级非遗项目"南乡田歌"的传承点,由省级非遗传承人孙阿英自主创办于2001年,它以传承丹徒"南乡田歌"为己任,在园内开设了具有地方教育特色的田歌课程,组建了一个以演唱"南乡田歌"为主的谷娃艺术团,力求于对该园小朋友的培育和传承。

在幼儿园活动现场,该园园长孙阿英向留学生们介绍了"南乡田歌"的保护和传承情况,然后带领留学生们参观了园内展出的"南乡田歌"赖以生存的农耕文化。

参观中,幼儿园师生还现场与留学生们进行了各国民俗文化的互动交流,带领他们观看了南乡田歌的传统民俗表演节目和师生的手工技艺展示。来自加拿大、法国、韩国,哥斯达黎加、印度、柬埔寨等多名外籍留学生还现场与小朋友们进行各国民俗游戏表演,现场充满了中外友谊的热烈气氛。采风期间,留学生们还一起品尝了南乡的农家菜肴和时令食鲜。

本次对外交流活动为外籍留学生们了解镇江"非遗"文化提供了一个良好的契机,也为扩大我市"南乡田歌"的社会影响力,推动镇江的对外文化交流,发挥了一定作用。

（张祯）

镇江日报

2015 年 4 月 10 日

江苏镇江：外国留学生体验茶文化

2015 年 4 月 14 日,江苏大学来自法国、波兰、津巴布韦等国的十多名外国留学生走进镇江市七里甸街道五峰茶场,学习采摘春茶,了解茶树的生长过程和茶叶制作工艺,在茶园大课堂里开心体验茶文化,增长新见识。

外国留学生在茶场工作人员指导下学习采摘春茶(1)

外国留学生在茶场工作人员指导下学习采摘春茶(2)

外国留学生在展示采摘的春茶鲜叶

光明网
Gmw.cn

2015 年 4 月 14 日

为西部贫困生捐赠衣物牵头的是个帅气的留学生

日前,一批由江苏大学学子们捐赠的旧衣服送达贵州省黎平县肇兴镇堂安村委会,当地贫困家庭的孩子们优先得到了自己需要的衣服。不过让人意外的是,这个给西部贫困儿童捐衣服的活动,是由江苏大学海外教育学院的一名泰国留学生天乐发起的。

以前在泰国就热心公益

在江苏大学海外学院,记者看到了这个高高瘦瘦、长相帅气的小伙子,他笑得憨憨的,温和的性情给记者留下了深刻印象。天乐出生于泰国苏梅岛,能说一口流利的汉语。选择到中国来读书,是因为他的哥哥和姐姐都在中

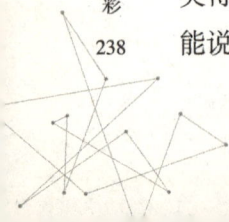

国,所以他也一直渴望到中国来,并选择了江苏大学的医学外科。天乐指着自己英俊的脸庞告诉记者,虽然他出生在泰国,但他的爸爸妈妈都是印度人。

"把你多余的衣服捐到捐献营,给它们一个新家!"今年3月14日至20日,天乐和他的同学们每天在江苏大学的大门口,以及几个食堂门口,向同学们散发中英文的宣传单。天乐说,他在泰国读高中时,学校经常会组织类似的活动,他在泰国就读的高中是一所用英文教学的学校,有250名学生,"学校会组织许多公益活动",说到这里,天乐颇为自豪地说:"我当时是学生中的Primus(超级领袖)。"

来到镇江读书两年多,天乐说,他接触到的中国同学和老师都既友好又热情,大家不仅给他很多的帮助,还给他介绍好吃的美食,所以他也想自己能够做点什么帮助别人。今年3月初,他跟朋友一起聊天时谈起想搞个捐赠活动,于是说干就干。发起这个爱心活动,天乐的目的是"希望大学生们能将多余的衣服捐出来,然后一起再捐给中国西部贫困地区的学生"。

(马彦如)

京江晚报

2015 年 5 月 9 日　18 版封面延伸·青春

江苏大学举办汉语桥比赛20 个国家留学生同台竞技

汉语桥比赛现场

参赛选手

中新江苏网 镇江5月19日电（孙越 通讯员 吴奕）"到了中国，我入乡随俗，说汉语、写汉字、吃中国菜。""我希望有一天能写出行云流水的书法作品！"19日，记者从江苏大学获悉，该校第四届汉语桥比赛成功举办，比赛中，来自20个国家的29名留学生饱含"汉语情、中国心"表达着自己对于汉语、对于中国的诚挚愿望。

此次汉语桥比赛共分为自由演讲、知识抢答和综合比拼三个环节。初级组的波兰美丽女孩魏依晨用"静如处子，动如脱兔"这样"高难度"的语句来形容自己的性格，赢得观众好评；来自苏丹的一轮"明月"说唱结合，吐词清楚、发音标准，令评委们刮目相看。中级组选手——来自韩国的朴祥淳详细地描述了自己想要开办学校的远大理想，办学宗旨、教育方针等细节问题，给在场观众留下了深刻印象。

"同样都是'意思'，你能分得清'小意思''意思意思''不好意思''什么意思'的区别么？"土库曼斯坦的马瑞铎列举了和"意思"相关的精彩语句，点明了汉语词汇意义之丰富，令在场留学生获益匪浅，也博得中国师生会心一笑。法国学生艾玛还举出了"问、间"和"己、已、巳"等易混淆的汉字，分享了学习辨析形近字的方法，也表达了自己传播汉语的志向。最终，来自的南非的 Natalia 和韩国的朴灿英分别夺得初级组、中级组一等奖。

比赛中，来自乌兹别克斯坦的开诚学习汉语的故事优美而且励志。"为了我的女朋友，我开始学习中文，去年 8 月底来到了中国。"开诚和同样来自乌兹别克斯坦的女朋友茉莉互相勉励、互相依靠，共同学习汉语。2012 年就来到中国的茉莉在江苏大学第二届汉语桥比赛中获得第一名，不管是在陌生的名词还是繁杂的语法方面，茉莉都会为开诚耐心讲解。可无论是中文的语法、声调还是汉字的书写，对于开诚来说都还是不小的挑战。"记不住的汉字我就写一千遍。"开诚用勤奋认真地书写着自己和茉莉的爱，他坦言："我觉得和女朋友在中国一起学习汉语是世界上最浪漫的事。"

此次汉语桥比赛内容涉及汉语的语音、词汇、语法、汉字和中国文化等诸多方面，气氛紧张却不失趣味。"妈妈骑马去买瓦"，初级组选手在规定时间内四声标准，流畅自然地说出了绕口令。在现场给《新白娘子传奇》的片段"西湖游船借伞"进行配音的环节中，金发碧眼的小青、肤色黝黑的许仙和亚洲面孔的白娘子到了一起让人耳目一新，虽然配音还不够专业的他们将故事情节演绎得惟妙惟肖。

活动主办方、江苏大学海外教育学院相关负责人介绍，留学生用精彩的表现阐释了"快乐学汉语，幸福在中国"的美好意义，江苏大学每年举办一次汉语桥比赛，以此来促进留学生取长补短、学好汉语、读懂中国，成为中外文化交流的桥梁。

（张萌）

中国江苏网
JSCHINA.COM.CN

2015 年 5 月 18 日

其他报道媒体：

东方网　http：//news. eastday. com/eastday/13news/auto/news/csj/u7ai3968022_K4. html
搜狐　http：//mt. sohu. com/20150519/n413358042. shtml

回眸聚焦

241

江大"迷你世博会"

2015 年 5 月 23 日,江苏大学第五届"国际文化节"开幕,部分相关国的领馆官员及万名中国大学生参与文化交流。今年的文化节有亚、欧、美、非等 45 个国家文化展示、20 个国家才艺表演、37 个国家的美食 SHOW 等活动,让你足不出市体验"世博会"。

江大"迷你世博会"现场(1)

江大"迷你世博会"现场(2)

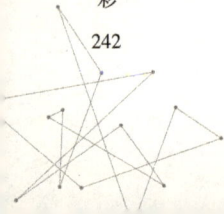

江大"迷你世博会"现场(3)

2016 年 3 月 5 日

其他报道媒体：

镇江日报 2015 年 5 月 24 日 第 02 版：要闻·社会

新浪新闻 http://news.sina.com.cn/c/2014-05-29/204030259444.shtml

金山网 http://news.sina.com.cn/c/2014-05-29/204030259444.shtml

江苏大学：2015 年"国际文化节"拉开帷幕

5 月 23 日，江苏大学 2015 年"国际文化节"正式拉开帷幕。"国际文化节"现场分布着印度、加纳、泰国等 45 个国家的展台，来自世界各国的近千名留学生们通过服饰、工艺品、美食和歌舞展示各国风土人情。与此同时，现场观众可持主办方发放的精美"护照"到各国展区盖章，品尝留学生亲手制作的特色美食、试穿民族服饰，体验各国文化和习俗，宛若走进了江苏大学迷你版"世博会"。

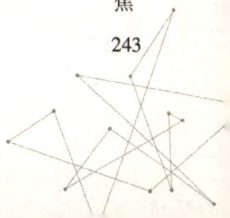

"国际文化节"开幕式现场(1)

"国际文化节"开幕式现场(2)

"国际文化节"开幕式现场(3)

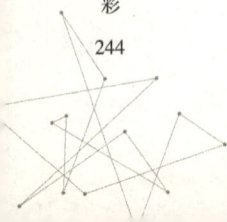

韩国留学生现场烹制韩国人最爱吃的辛拉面，还穿着传统服饰，和来参加活动的朋友们拍照。苏丹女生 Rewa Mohamed，一年前来江大学习汉语，她展示了从家乡带来的一些食物和生活用品，包括一双动物毛皮制成的鞋子、巨型葫芦制作的器皿、一些干果，还有花生、瓜子及花茶等。

　　一身越南小礼服打扮的留学生范氏金银热情地招呼着过往的行人。这位姑娘可是个不折不扣的"中国通"，她来中国已经快 3 年了，中文说得非常地道。活动现场，她做起了美味的越南牛肉米粉，让大家在一饱口福的同时，也了解了越南的风俗文化。

　　据悉，今年国际文化节的主题仍是"同一个世界、同一份爱"。5 月至 11 月期间，全校各学院还将先后举办一系列国际教育、文化、体育、学术和艺术交流活动，包括汉语大赛、国际时装秀、中外文化交流论坛、中外研究生学术论坛、电影配音大赛、国际艺术展等。

搜狐教育

2015 年 5 月 29 日

其他报道媒体：

江苏教育发布　2015 年 5 月 29 日

留学生比赛包粽子　越南小伙 5 分钟包 4 个粽子夺冠

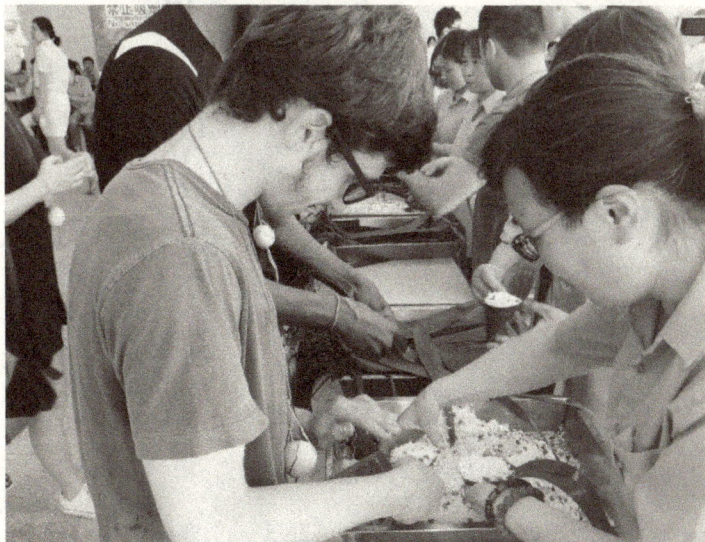

留学生比赛包粽子

扬子晚报讯（通讯员　晓钱　吴奕　记者　万凌云）"南国风俗美，端午闻粽香。家门挂艾草，龙舟竞过江。"在端午节到来之际，为让留学生更好地了解中国传统文化，6 月 12 日下午，江苏大学后勤服务集团公寓管理中心为来自各国的留学生们，精心准备了一场"牵手世界　粽情端午"感知端午文化体验活动。在举行的包粽子比赛中，最终来自越南的小伙子，5 分钟内包了 4 只粽子夺冠。

看着两片粽叶在阿姨的手上轻松翻了几下，一个小巧精致的粽子就完成了，来自印度的 Fareha 经不住赞叹起来："真是太棒了，我也来试试！"说着便拿起粽叶，有模有样地学了起来。谁知这小小的粽子，真包起来可不是那么容易，卷叶、裹米、扎线……缠来裹去，不是扁了，就是漏了。但她一点儿不泄气，一边包一边说："中国的传统节日真棒，总是又好吃又好玩儿。去年我包了元宵，今年又包了粽子，真是有意思！"

留学生 Fareha 展示自己包的粽子

终于，在阿姨的帮助下，Fareha 成功包好了一个像模像样的粽子。她激动地给粽子拍了张照片，并上传到网上，她说："我的家人一定不信这是我包的，在中国的生活真是太开心了!"

　　结束了短暂的学习,是时候验收留学生们包粽子的水平了。只见他们分成6组,比赛起包粽子来。在场下观众的加油声中,5分钟的比赛很快结束了,只见越南小伙潘孟辉高举双手,仿佛胸有成竹。果然,他在同伴的帮助下,以4个的总成绩,遥遥领先于其他留学生夺得第一名,并获得了香囊和中国结作为奖品。

留学生潘孟辉在展示自己包的粽子

　　潘孟辉告诉记者,其实包粽子自己还是有一定基础的,因为越南也过端午节,主要也是吃粽子、端午驱虫。"我们认为,吃粽子可以求得风调雨顺、五谷丰登。听说今天有端午节活动,我一下课就赶了过来!这让我想起小时候和妈妈一起包粽子的感觉,挺想家的,下次回国一定要把香囊和中国结送给妈妈。"

　　据介绍,江苏大学海外公寓内住着来自80多个国家的1000多名留学生。每年的端午节、中秋节等传统节日,公寓管理中心党支部都会举办类似的文化体验活动,如包粽子、品月饼、包饺子等联欢活动,让留学生感受中国传统文化的魅力。

(晓钱 摄)

扬子晚报
2015年6月13日

镇江外国留学生志愿者向居民宣传禁毒知识

　　6月23日,在镇江市润州区金山街道鱼巷社区,参加活动的一名外国留学生志愿者向居民宣传毒品的危害。"6·26"国际禁毒日前夕,江苏科技大学学生邀请江苏大学部分外国留学生志愿者一起走进镇江市润州区金山街道鱼巷社区,向居民们宣传禁毒知识。

　　　　　　　　　　　　　　　　　　　　（新华社发　石玉成　摄）

新华日报

2015 年 6 月 23 日

江苏镇江:外国留学生担当禁毒志愿者

　　2015 年 6 月 24 日,江苏大学的外国留学生担当禁毒志愿者,与禁毒民警一起走进镇江市七里甸街道四摆渡社区,通过创作禁毒文化扇、禁毒知识宣讲等,引导广大市民自觉远离毒品,珍爱生命,迎接 6 月 26 日国际禁毒日的到来。

来自泰国的留学生天乐在展示用泰语创作的禁毒文化扇

禁毒民警在为市民讲解毒品的危害

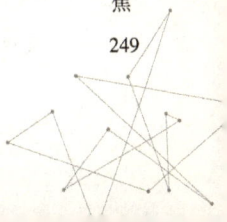

2015 年 6 月 24 日

其他报道媒体:

扬子晚报网　http：//www.yangtse.com/jiaoyu/2015－06－24/556382.html

新华网　http：//www.js.xinhuanet.com/2015－06/24/c_1115709334.htm

奥地利中学生来华体验汉文化：非常神奇

奥地利中学生在江苏大学体验中国京剧(1)　　　　　　　　（盛捷　摄）

奥地利中学生在江苏大学体验中国京剧(2)　　　　　　　　（盛捷　摄）

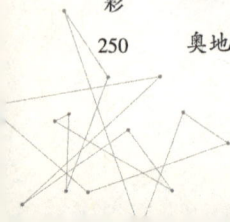

奥地利中学生在江苏大学体验中国京剧(3)　　　　　　　　　　　（盛捷　摄）

中新网南京　7月21日电（盛捷　通讯员吴奕）　收放水袖、照扇、甩拂尘……21日，来自奥地利的中学生现身江苏大学体验中国传统文化，从剪纸到唱京剧，这些来自奥地利的学生们直呼神奇。

这些来自奥地利的高中生们在中国学习了汉语课，了解了中国的语言，及各式了解中国传统文化的课程，如做月饼、剪纸、面塑、太极及京剧等。

"以前听说过京剧，但是没有体验过，那么近距离的接触对他们来说非常的新鲜，而这样的体验，他感到非常的神奇。"17岁的Georg正在体验京剧小生的扮相，以前他就是在奥地利在课堂上报纸上学过或知道一点中国文化，来了后感受到一个很真实的中国，并表示自己很爱中国。

Georg在这次的体验中透露，自己最喜欢的是剪纸，因为剪纸是结合中国文化课去进行的，自己觉得很有创造力。

此次最小的是15岁的Postl感慨，能够很亲密的接触到一个很真实的中国他很高兴，来了后觉得和书本还是有不同的，太神奇了。他最喜欢的是太极，因为自己很小的时候就学了功夫，太极是非常特别的功夫。

江苏大学兰韵戏曲社指导老师冯磊是孩子们的京剧老师，这次他安排了一些基本的动作来教这些孩子。从教授中，他感觉到这些外国孩子的热情，甚至能够感受到他们对这些文化有着"敬畏"之情。

"奥地利离中国还是挺远的,那里对中国文化了解还是比较少,他们也很感兴趣,江苏大学与奥地利格拉茨大学共同建设了孔子学院项目,我们也希望通过这样的活动能将中国文化传播到海外去",江苏大学海外教育学院韩语老师徐丹表示,这次"汉语桥—奥地利中学生夏令营"第一站在北京,第二站在江苏大学,下一站在上海,其中有旅行,有汉语课程,可以体验中国文化,力求在两周内让学生们体验到丰富多彩的中国。

据了解,2010年江苏大学与奥地利格拉茨大学共同建设孔子学院项目后,"汉语桥—奥地利中学生夏令营"活动已成功举办过两届,共有40名15~19岁的来自奥地利格拉茨大学孔子学院汉语课堂的中学生参加了该活动。活动对进一步促进中奥两国文化交流,促进奥地利青年通过实地体验中国文化进一步了解中国,增强学习中国语言文化的兴趣都发挥了积极的作用。

中国新闻网

2015 年 7 月 21 日

其他报道媒体:

网易　http://news.163.com/15/0721/22/AV35T3C600014JB6.html

人民网　http://culture.people.com.cn/BIG5/n/2015/0721/c172318-27339957.html

中国社会科学网　http://www.cssn.cn/wh/wh_whrd/201603/t20160309_2908133.shtml

孔学堂网站　http://www.kxtwz.com/system/2015/07/22/014449876.shtml

中华网　http://culture.china.com/baike_5aWl5Zyw5Yip.html

江苏镇江:外国留学生社区当志愿者

7月14日,江苏省镇江市金山街道红光社区"爱心暑期课堂"开课,来自江苏大学的部分留校的外国留学生担当志愿者,他们将定期来社区为孩子们提供英语口语训练、读书学习等义务辅导。

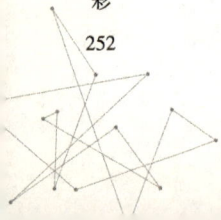

江苏镇江,来自加纳的留学生 Keli 在指导小朋友学习英语

光明网
mw.cn

2015 年 7 月 15 日

"中国的比萨"让留学生想起了家

留学生与社区老人欢度中秋佳节

"奶奶,祝您生日快乐,中秋快乐!"昨天,来自非洲加纳的江大留学生Yaa 和 Jeff 将切好的月饼送到陆月华女士手中。为了让老人过一个热闹的生日,银山门社区工作人员早早就委托月饼厂为老人制作了一个大型月饼。

家住丰和巷 23 号的陆月华是一名退休教师,独自生活。昨天是她 98 岁生日,又恰逢中秋节将至,社区工作人员便决定借机为老人热闹一下。昨天上午 9 点半,在银山门社区的街巷剧场,社区工作人员将做好的大型月饼和水果等摆上桌子。这只月饼直径将近 50 厘米。因为老年人不适合吃糖分太高的馅,所以特意没有加糖馅。

这场欢度中秋和庆祝生日的宴会,也吸引了江大医学院的留学生们。Jeff 和 Yaa 都是江大医学院的,他们来自加纳,今年已经是留学的第五年了。他们俩的中文都挺不错。Yaa 说:"今天能够来到这里非常开心,我想祝这里所有的人中秋节快乐。我的老师告诉我,在中国中秋这一天是月亮最圆的时候,家人们会团聚在一起吃月饼。"Jeff 个子很高,也非常活泼,在现场一直笑个不停。他说:"我很高兴来到这里,能够和老人一起品尝'中国的比萨'。别看她年纪很大,但是看起来身体很好。中秋节是家人团聚的时候,我现在也非常想念我在非洲的家人,和他们在一起我也非常感动,祝大家中秋节快乐。"

(记者 冷国方 摄影 文雯)

2015 年 9 月 21 日

其他报道媒体:

江苏文明网 http://wm.jschina.com.cn/9663/201509/t2407086.shtml

江苏大学:和谐共建美好家园
——公寓管理中心和海外教育学院联合开展实践活动

10 月 18 日上午 9 点,江苏大学公寓管理中心和海外教育学院联合开展的"和谐共建美好家园"实践活动在海外公寓正式开始。海外公寓管理员与全体保洁员及海外教育学院 12 名留学生共同参与了此次活动。活动由来自印度的留学生 Syed Hamza Ali 担任主持。

活动前,Ali 介绍说,按照传统惯例,我们已经在上半年举办过一次保洁体验活动,我们今天将再次穿上蓝色的衣服,和我们的保洁阿姨一起劳动,美化我们的家园。活动一开始,大家纷纷卷起袖子,拿起工具,互相配合,仔细清理卫生死角。经过两个小时的辛勤劳动,整个公寓焕然一新。

保洁体验活动

活动结束后,留学生们都露出开心的笑容,纷纷表示,经过自己的劳动,看到这么整洁的环境,感到很有成就感,也感觉到了平时保洁阿姨工作的辛苦,以后一定要呼吁所有同学一起维护我们共同生活的地方。

本次活动是海外公寓留学生"一日体验"系列活动之一,除了保洁体验,留学生还参加了公寓管理中心组织的值班工作体验活动等。通过此类活动的开展,一方面可以加强留学生和公寓员工的交流沟通,使留学生充分了解公寓日常管理服务工作的辛苦和不易,更加理解和支持公寓工作;另一方面,也可以让留学生参与到日常管理中来,增强了留学生自主管理意识。

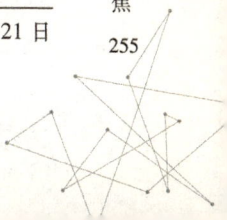

中国教育后勤协会
CHINA ASSOCIATION FOR CAMPUS MANAGEMENT

2015 年 10 月 21 日

回眸聚焦

第五届中外研究生学术论坛在江苏大学开幕

尚七网讯 10月21日下午,江苏大学第五届中外研究生学术论坛开幕式在小礼堂举行。校长袁寿其,副校长施卫东、李洪波,国际处、学工处、团委及各学院有关负责人,以及江苏大学"外专千人计划教授"、海外教育学院全体师生、中外研究生代表共计800余人参加了本次活动。海外教育学院院长高静主持开幕式。

开幕式现场

开幕式上,袁寿其校长用英语发表了演说。他阐述了江苏大学对研究生的培养要求,希望全体研究生成为具备"4C"(批判性思维、交流、合作、创造)特质的国际化人才。袁校长要求,参加论坛的研究生要珍惜机会、大胆实践、广交朋友、相互合作,并预祝"第五届中外研究生学术论坛"取得圆满成功。

施卫东副校长宣布论坛开幕。

澳大利亚国立大学化学研究院 Mark Humphery 教授做了题为"卫生与制造领域的先进材料"的报告。江苏大学食品学院黄星奕教授做了题为"农产品无损检验先进技术"的报告。报告结束后,主讲人与现场人员进行了互动交流,气氛热烈。

此次活动由学工处、研究生院、海外教育学院、校团委共同主办,各学院、校研究生会、牵手走进世界协会承办。论坛从10月21日持续到11月27日,设工程一、工程二、工程三、生物制药、财经管理、文化交流六个分论坛。目的在于为中外研究生搭建一个共同研究与思考,互相交流与学习,激发创新灵感的学术平台。

尚七网
有你的态度 EDU777.COM

2015 年 10 月 30 日

江苏大学留学生慰问精神疾病患者

11 月 8 日,江苏大学海外教育学院心理咨询师万峻梅老师带领 50 多名江苏大学留学生来到镇江市精神卫生中心,向住院的精神疾病患者表达爱心。留学生分成三组,分别来到我院普通精神科男病房及女病房,与患者一起唱歌及游戏。留学生们铆足了全力把欢乐和祝福带给这些需要慰藉的病友们,希望他们能早日康复,回归社会。

精神病患者是社会的一个弱势群体,药物治疗虽然关键,但社会康复、人文关怀更为重要。医院衷心地感谢留学生们能主动伸出援助之手,帮助精神病患者早日康复。同时,我们也真诚呼吁有更多的志愿者弘扬志愿者精神,对精神病患者给予帮助,让他们感受到社会的关怀,使他们能以积极乐观的心态去面对生活。

留学生与患者一起做游戏

(沈蕾)

镇江新闻

2015 年 11 月 17 日

江苏大学 MBA 中心组织留学生赴金东纸业参观

11 月 20 日，江苏大学 MBA 中心组织 MBA 留学生一行十余人前往金东纸业（江苏）股份有限公司参观，受到企业的热情接待。

金东纸业（江苏）股份有限公司为印尼金光集团在中国投资的超大型造纸公司，是目前世界上最大的单一铜版纸生产工厂，年销售收入近百亿。从 2005 年开始，江苏大学 MBA 教育中心受金东公司委托为其培养高素质经营管理人才，双方形成了良好的合作关系。

师生们首先来到企业的展厅，工作人员分别从森林浆纸、工业用纸、生活用纸、文化用纸等方面详细地向师生们介绍了金东公司的产品，以及企业绿色造纸的理念，丰富多样的产品令 MBA 留学生们印象深刻。随后，在工作人员的带领下，师生们来到企业的三号纸机生产现场，该台纸机曾经以平均 1750 米/分钟的车速刷新车速世界纪录。通过现场的观摩，MBA 留学生们加深了对铜版纸生产过程的了解，也对 MBA 相关课程内容学习的作用和意义有了更为深刻的认识。

江苏大学 MBA 中心近期组织的企业参观和企业家走进课堂活动，受到了 MBA 留学生广泛欢迎。这些活动不仅深化江苏大学 MBA 中心实践教学的理念，推进了国际化工作，同时也对 MBA 留学生们知识、能力等综合素质的提升起到了积极的促进作用。

MBA
财智网
www.mbarich.com

2015 年 11 月 20 日

"洋眼看江苏"走进镇江

11 月 1 日，由江苏省政府新闻办和镇江市委宣传部共同举办的"洋眼看江苏"活动在镇江举行，来自美国、吉尔吉斯斯坦、尼日利亚等 16 个国家的 40 多名外籍友人走进镇江，领略古城历史，感受中国文化的博大精深。

"白娘子水漫金山寺，救出心上人许仙，她真的好勇敢。"在金山寺听说白娘子的故事后，来自江苏大学医学院的喀麦隆留学生艾瓦拉竖起大拇指。她来镇江6年,平时学习忙没来过金山寺。西津渡古街"一眼看千年"景点,玻璃罩底下"唐宋元明清"不同朝代的渡口遗迹,更让外籍友人们惊叹,纷纷拍照留念。南京大学的澳大利亚留学生马俊说,他学了4年中文,今天才知道自己对中国历史文化还是知之甚少。

"洋眼看江苏"活动创办于2012年,是"同乐江苏"系列活动的重要项目。作为对外文化交流的平台,"洋眼看江苏"已成为外籍人士了解、感受、体验江苏文化的重要渠道。

（董超标）

央广网
www.cnr.cn

2015年11月2日

一、报纸杂志篇

留学生走进街道社区过腊八

　　1 月 17 日是腊八节,为了解民俗习惯和腊八粥的制作方法,体验中国传统民俗,江苏大学 10 多名来自赞比亚、乌兹别克斯坦、印度尼西亚、土耳其等国的留学生,走进镇江市金山街道杨家门社区,开心品尝社区居民为他们熬制的腊八粥。

（人民视觉　石玉成　摄）

人民日报

2016 年 1 月 17 日　4 版

其他报道媒体：

镇江日报 2016 年 1 月 17 日 2 版,外国留学生体验腊八习俗

京江晚报 2016 年 1 月 17 日 封面版

体验年俗

1 月 17 日,江苏大学部分外国留学生来到镇江市润州区金山街道银山门社区,开展"体验中国年俗"活动,通过学习编织中国结、剪纸、写春联、包饺子等,快乐体验中国春节相关的年俗文化。

人民日报

2016 年 1 月 18 日 22 版

其他报道媒体：

人民网 http：//picchina. people. com. cn/n1/2016/0119/c364818 – 28066089. html

光明网 http：//big5. gmw. cn/g2b/pic. gmw. cn/cameramanplay/620080/3839380/0. html

中国新闻图片网 http：//www. cnsphoto. com/newsphoto/detail. jsp? picid = 102593603&pid = 100545046

留学生进社区体验中国年俗

外国留学生在展示编织的中国结

　　春节临近,江苏大学部分外国留学生来到镇江市润州区金山街道银山门社区,开展"体验中国年俗"活动,通过学习编织中国结、剪纸、写春联、包饺子等,快乐体验中国春节年俗文化。

（石玉成　摄）

2016 年 1 月 18 日

其他报道媒体:

镇江日报　http://www.jsw.com.cn/site3/zjrb/html/2016-01/20/content_3014920.htm

缘起镇江的异国之恋

我的2016

卡弥尔与爱琳

在 2013 年来中国学汉语之前,卡弥尔,这个来自波兰的帅小伙,绝不会想到他的恋情会在镇江这座古城开了花。他在江苏大学留学生汉语中级班上邂逅了爱琳,一位美丽的德国姑娘,彼此结了缘。毕业回国后,两人对镇江——这段恋情诞生的地方分外想念,于是,2016 年,他们再次回到了这里,看望昔日的老师和同学,吃最喜欢的干锅白菜,逛一逛曾经牵手走过的小街……

是缘,也是"圆"

"每当我告诉朋友,我们两个是怎么认识的,他们都觉得太特别了,一个波兰人,一个德国人,却在中国镇江认识,还成了恋人。"卡弥尔说。

2013 年,他参加夏令营来到中国,最后一站的镇江给他留下了美好的印象,于是,他选择在镇江学汉语。同年,就读德国科隆大学的爱琳,在老师的建议下也来中国学汉语,两人便在江大汉语中级班上相遇了。

每天一起学习,卡弥尔和爱琳结下了不解的缘分。回忆那段共同求学的往事,爱琳笑着说,卡弥尔上课经常迟到,都是她跑去宿舍敲门叫他起床。上课时老师喊他回答问题,也是她在一旁小声提醒。对此,卡弥尔不得不摊手无奈地说:"早上 8 点就要上课,太早了。在波兰一般是 10 点左右,上课时间比较晚。"

2014 年 6 月，两人结束在镇江的学习各自回国。因为双方的老家相距 1000 多公里，他们只能每两周见一面，有时是卡弥尔开车从波兰去德国，有时是爱琳坐 15 个小时的大巴去波兰。

但是，对这对异国情侣来说，有太多美好的回忆留在中国，他们还想回去看看。

2016 年 1 月 10 日，他们进行了新年计划的第一步——回镇江，也为这段缘更增添一分圆满。

"想念干锅白菜"

新年第一次回镇江，最想做些什么？对记者的提问，爱琳突然很兴奋地说："想吃干锅白菜！"

原来，初到镇江那段时间，爱琳很怕与人用汉语交流，入学第一周吃饭，她都是去穆斯林的店，指着墙上有图片的菜单点菜。熟悉校园生活后，她在江大后街第一次吃了干锅白菜，从此，这道菜就成了她的最爱，并且百吃不厌。爱琳说："回德国后，我找遍了那边的中餐馆，都没有这道菜，为此我遗憾了很久。我还尝试为父母做宫保鸡丁，可惜失败了……"

这次回镇江，两人去江大看望许久不见的老师与同学，有的留学生惊喜地问："咦？你们怎么回来了？"让他们怀念的还有学校图书馆前的小湖，"记得夏天时，我们喜欢去湖边草地上野餐、看书。"

再次走在镇江街头，让卡弥尔和爱琳想起了曾经一起游览镇江的往事。"有一次，我们想看长江，就按照地图沿着江边走。"爱琳说。后来走了很远，他们看到江边停着一条船，好奇地上去一望，里面坐着两个在闲聊的中国人，对这一对突然冒出的老外，只能"大眼瞪小眼"。

想去中国西部旅游

提及 2016 年的打算，卡弥尔和爱琳说，他们会在上海实习 6 个月，之后再用两个月去泰国、马来西亚、越南等地旅游。"我们已经去过上海、苏州、北京、青岛等城市，有机会还想去中国西部的城市看看。"卡弥尔说。对于两人将来的生活，他们也有着明确的规划：今年 6 月，爱琳将本科毕业，旅游结束后两人打算一起回德国找工作、生活。

（肖方元）

文明剧目进校园

留学生"取经"票友

　　3月27日是世界戏剧日。昨天,市金山街道杨家门社区街巷剧场热闹开唱,戏曲票友表演了扬剧等传统曲目,并指导来自赞比亚、韩国、印度等国的江大留学生画戏曲脸谱、学习戏曲唱腔及其表演艺术,弘扬中国传统的戏曲文化。

（文雯　摄影报道）

镇江日报

2016年3月26日　2版

体验中华戏曲文化

　　3月25日,来自赞比亚、韩国、印度等国的江苏大学留学生走进镇江市金山街道杨家门社区街巷剧场,在当地戏曲票友指导下画戏曲脸谱,学习戏曲唱腔及其表演艺术,体验中国传统的戏曲文化。

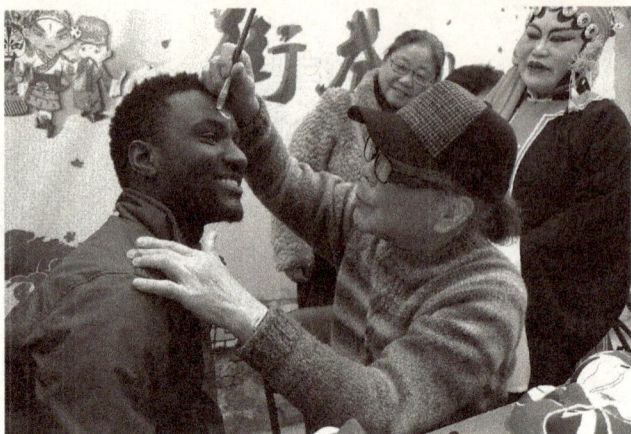

（石玉成 摄）

老年周报

2016 年 3 月 29 日 2 版

外国留学生快乐体验茶文化

留学生参观茶场

日前，江苏大学来自乌兹别克斯坦、喀麦隆、赞比亚等 10 多个国家的 50 名外国留学生，走进润州工业园区五洲山茶场，学习采摘春茶，了解茶叶制作工艺，在采茶、制茶、品茶等快乐体验中感受中国茶文化的魅力。

茶场场长戴小龙介绍，随着茶场品牌效应的不断放大，该茶场已成了润

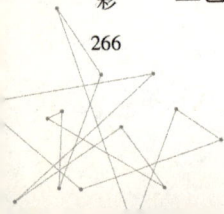

州区发展田园观光的一个"人气点",每年春天除了大量的茶客"闻香而来",亲子游、学生体验农事也为茶场带来了人气。

（陆琦　蒋军　石玉成　朱婕　摄影报道）

镇江日报

2016年4月13日　5版

留学生走进红梅托老园

"五一"前夕,江苏大学来自巴基斯坦、赞比亚、泰国、印度等国的留学生和镇江市金山街道红光社区志愿者共同走进红梅托老园,为老人包饺子,与孤老们聊家常,并送上水果等慰问品,为老人送去节日的真情关爱。

人民日报

2016年5月1日　3版

镇江为海外留学生上禁毒课

本报讯（通讯员　苏公瑾）　4月27日下午,镇江市禁毒办会同京口区禁毒办、区疾控中心等多部门一道走进江苏大学海外学院电教室,为海外留学

生开展禁毒防艾集中宣传活动。活动中,民警结合我国禁毒法律法规和全市毒情现状,采用 PPT 的形式向留学生们具体讲解了毒品的种类、特征、危害及如何做好禁毒防艾等相关知识。

活动还在大厅设立了咨询点,接受留学生们的现场咨询。民警结合现场展示的传统毒品海洛因和新型毒品冰毒、K 粉、摇头丸、吸食工具等实物,向留学生们进行具体解答,告诫同学们要珍爱生命、远离毒品、拒绝艾滋,并宣讲了艾滋病传播途径及如何做好对艾滋病的预防等相关知识。活动吸引了海外学院的各国留学生纷纷前来,留学生们踊跃用本国语言和汉语提问,民警一一耐心解答,原本一小时结束的活动一直延续了两个半小时。

活动共展出了禁毒及防艾宣传展牌 40 块、发放禁毒宣传资料和防艾宣传手册 200 余份,接受现场咨询 300 余人次。全过程均安排英文同声翻译。

江苏法制报

2016 年 5 月 5 日　2 版

其他报道媒体:

新浪网　http：//news. sina. com. cn/o/2016 - 05 - 05/doc - ifxryhti3575618. shtml

留恋镇江美景,还有最喜欢的西津渡
奥地利女孩举办中国文化沙龙

近日,在奥地利第二大城市格拉茨,一场由奥地利女孩举办的中国文化沙龙活动受到当地人的欢迎。活动中,这名奥地利女孩教大家学习剪纸,学写毛笔字,还给大家介绍了中国美食、中国传统音乐和中国的传统节日。

这名奥地利女孩名叫马琳娜,2014 年暑假她来到中国参加夏令营,并在江苏大学学习了 5 天的汉语。回国后,她一直坚持学习汉语。虽然她来到中国的时间很短,在镇江停留的时间也只有短短 5 天,但她一直留恋镇江这座城市的美景,还有她最喜欢的西津渡。

在江大学习五天　汉语水平显著提高

近日,在江大语言中心教师的帮助下,记者联系到了远在奥地利的马琳娜。今年 24 岁的马琳娜,是格拉茨大学法律专业的一名博士研究生,介绍起自己的中国之旅,她仍有些兴奋。马琳娜说,她是 2014 年 7 月份来到中国的,此前,她已在格拉茨大学孔子学院学习了 5 年汉语。"之所以会来到江苏大学学习汉语,是因为格拉茨大学孔子学院是格拉茨大学和江苏大学共建的。每年暑假都会选拔格拉茨大学孔子学院的学生去中国参加夏令营。"马琳娜说,因为她一直都想来中国看看,所以在 2014 年她申请并最终顺利入选。"我一直都期待着去中国看看,去了解这个文明古国的悠久历史和璀璨文化,我也盼望着能认识中国朋友,检验一下我在奥地利学习的汉语能不能在中国行得通。"马琳娜笑着说起她在中国的故事。

马琳娜

在中国的半个多月里,马琳娜先来到北京,游览了故宫和长城等景点,曾经在书本和媒体上看到的景点,一下子栩栩如生地出现在眼前,让马琳娜兴奋不已。之后,马琳娜就来到了江苏大学,在这里的 5 天学习,让她的汉语水平有了显著提高。

"虽然在江苏大学的汉语课程是基础课,可是我发现,中国的汉语课程十分密集、有效。"马琳娜说,给她授课的徐丹老师在教学时,内容生动有趣、方法风趣灵活、态度耐心严格,徐老师了解她的水平高于别的学生,所以常常问她一些比较难的问题。马琳娜认为江大的老师了解学生并且很有教学策略,因此她学到了许多新的知识,尤其是她的发音得到了很大提高,在奥地利学习汉语,发音是最大的问题,声调对外国人来说,比较难克服。

马丽娜告诉记者,要想真正学习汉语,就必须来中国,必须在这里真正地生活。她很渴望能再次回江大学习汉语,因为这里不仅有她最喜欢的西津渡,还有镇江人的热情,也让她难忘。

希望成为中国与欧洲的"文化人桥"

为什么会选择学习汉语,马琳娜说,她的爸爸是意大利人,妈妈是奥地利人,她已经会说德语、意大利语、英语、法语等多种欧洲语言,而汉语是一门完全不同的语言,更难、更复杂,她想挑战一下自己。而最让她迷恋的,就是汉字,她觉得每一个汉字都像一幅画,里面有着不同的故事。

"中国历史悠久,文化灿烂,是人类文明的宝库,我想要学习更多的汉语言文化知识，是因为我希望能成为中国与欧洲的'文化人桥'，今后我还要更多学习。"马琳娜说，中国之行结束后，她回到奥地利，继续在格拉茨大学学习汉语。在日常生活中，她还常常和徐丹老师分享彼此的生活，经常电话联系，或者是发语音信息，这对她来说，也是练习汉语的好机会。

"有时候我的学习和工作太忙，没有足够的时间集中精力学习汉语，但是我的老师会用最自然、最日常的汉语跟我聊天，我就能复习词汇和语法，我很感谢她。"马琳娜说，当你真正去过一个国家，你在那就会有朋友，自然而然就有了一份感情，你会想为这个国家建立更多的了解和交流。

前不久，马琳娜加入了当地的一个慈善组织，专门照顾老人和残疾人，为了让他们的生活更丰富，能了解中国文化，于是马琳娜想到为他们举办一次中国文化沙龙。马琳娜说，这些老人和残疾人没去过中国，也不曾有机会了解中国文化。"在活动中，我为他们介绍了中国美食、语言、音乐、传统节日和书法，教会他们认识一些简单的中文，我竟然还帮助他们学会写中文名字。"马琳娜激动地说，除此以外，她还给他们尝了她自己包的饺子，这些老人和残疾人都很高兴，纷纷表示，通过沙龙他们就好像真正来到中国一样。对马琳娜而言，组织这样的活动，让她非常有成就感，她向着成为"文化人桥"的梦想又迈进了一步。

最近，马琳娜在忙于撰写博士论文，她也计划着博士毕业后，会再次来中国学习汉语。

（记者　孙晨飞　通讯员　任晓霏）

镇江日报

2016 年 5 月 25 日　6 版

其他报道媒体：

光明网　http：//edu. gmw. cn/newspaper/2016－05/25/content_112708965. htm

"留"光"异"彩

270

镇江警方深入开展禁毒人民战争

外国留学生社区宣传禁毒

镇江日报

2016 年 6 月 24 日　7 版

"小候鸟"课堂来了老外志愿者

8月11日，江苏省镇江市官塘桥街道宝平社区开设的"小候鸟"课堂，迎来了江苏大学的外国留学生志愿者，他们定期为30多名外来务工人员子女提供英语口语、科普等方面的义务辅导。

（石玉成　摄）

光明日报

2016年8月12日　6版

其他报道媒体：

凤凰网　http://news.ifeng.com/a/20160812/49762953_0.shtml

东方网　http://mini.eastday.com/a/160812062753494.html

中国文化传媒网　http://www.ccdy.cn/xinwen/jiaoliu/xinwen/201608/t20160812_1246512.htm

二、网络篇

一个字回顾2015，你会选什么？

本报讯　如果只用一个字来总结过去的岁月，你能想到什么？连日来，江苏大学掀起仅用一个字回顾2015年的征集热潮。从学生到老师，从校内公交车司机到宿管阿姨……全员参与，在总结出一个个属于他们自己的年度汉字时，也道出了一个个感人故事。

江大文法学院经济法与国际经济法系主任周爱春把"长"定为自己的年度汉字。"老师在成长，学生也在成长。"2015年，周爱春博士生毕业，职位也得到提升，这是她在这一年里最大的成长和收获。

来自乌兹别克斯坦的Babur Uzbekistan是江大的一名留学生，他用英文单词"Graduation"形容他此时的心情，而中文的"结"字恰恰符合意境。结，代表了他异国求学路的圆满结束，这不仅仅是一个结果，更是一份硕果累累的收获。"来到中国，来到江苏，3年里，我在学习国际经济与贸易专业知识的同时，也领略了别样的异域风情。看到了长江，游览了镇江，参观了苏州教堂，品尝了江浙美食……在每一个旅程中，都有不同的感悟和收获。"他说，即将毕业回到祖国的怀抱，现在他只想尽量留住更多的回忆，在江大的生活将成为他一生中最美好的回忆。

奔波在校园各个角落的校内公交车"小绿皮"师傅李文海笑着用"美"概括了自己的 2015 年。李文海说，他本是扬州人，相依多年的老伴儿去世后，去年他通过网上应征，来到江大做了一名校内公交车司机。"做'小绿皮'师傅以来，同事们都很照顾我，还把看管 14 辆绿皮车和 2 辆白色面包车的工作交给我，这不就是对我极大的信任嘛！"一年来的司机工作让李文海觉得很踏实、很感激。不过，还有一件更美的事让他笑眯了眼。前阵子，经人介绍，李文海认识了现在的老伴儿。"她现在在大市口上班，对我也很好。"李文海说着便拿出手机翻到老伴儿的照片，满面春风。

在江大宿舍 D 区门前，一把小板凳，一个工具箱，一双磨出老茧的手，修自行车师傅始终驻守在摊位旁，为来往骑车的师生们搭建了一个温暖的驿站。师傅说："如果要用一个字来形容 2015 年，那就是一个'安'字吧。2015 年平平安安地过去了，没有大起大落。但仍有一件心事令我困扰，就是儿子总不听话，这一年惹了不少麻烦，真希望他能安安稳稳的。"

一位宿管阿姨也用"稳"字表达了对 2015 年的回顾。她说，踏实地坚守在工作岗位，能为年轻的学生们提供些帮助，不让儿女操心，就是最大的幸福。

（陈曦　古瑾）

光明网
gmw.cn

2016 年 1 月 13 日

其他报道媒体：

新华报业网　http：//js.xhby.net/system/2016/01/13/027641540.shtml

京江晚报　2016 年 1 月 13 日第 009 版

外国留学生社区体验"腊八"习俗

在腊八节来临之际，江苏大学十多名来自赞比亚、乌兹别克斯坦、印度尼西亚、土耳其等国的留学生，走进镇江市金山街道杨家门社区，开心品尝社区居民为他们熬制的腊八粥，了解民俗习惯和腊八粥的制作方法，快乐体验中国传统民俗。

回眸聚焦

外国留学生在开心品尝腊八粥

（石玉成　摄）

外国留学生与社区居民一起品尝腊八粥

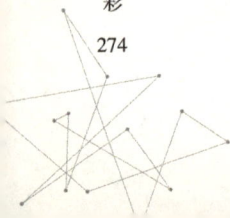

居民在向外国留学生介绍腊八粥的食材和习俗

中华人民共和国教育部

2016 年 1 月 19 日

其他报道媒体：

光明网　http：//pic. gmw. cn/cameramanplay/620080/3835361/0. html

人民网　http：//picchina. people. com. cn/n1/2016/0119/c364818 – 28065670. html

中国教育新闻网　http：//news. jyb. cn/photo/gjjy/201601/t20160119_650097. html

中国新闻图片网　http：//www. cnsphoto. com/newsphoto/detail. jsp？picid = 102591993&pid = 100544411

除夕穿唐装酒店迎宾　留学生体验中国春节

　　本报讯　"欢迎光临，祝您新年快乐……"昨天傍晚五点半，位于解放路的一家酒店一楼，一名身穿大红唐装的迎宾小伙子吸引了不少前来吃年夜饭市民的注意——这是一名操流利普通话的黑人小伙子。这名生于 1993 年、来自非洲刚果的江苏大学留学生 Arnel，利用寒假时间打工，体验中国人最隆重的节日——春节。

　　"请慢走！""您是哪个包厢？酒水我来帮您搬吧！"热情的 Arnel 告诉记者，自己有个中文名，叫小龙。"来中国已经三年了，目前在江苏大学化工学院读大三。"他介绍,寒假期间,绝大多数中国同学都回家了,留学生们也有不少去了外地旅游,"我选择在镇江过春节,刚好看到网上招聘寒假工,想体验一下普通中国人的春节,就来寒假实践了。"他一口流利的中文,让不少前来就餐的市民都乐开了。

"有意思,饭店让老外穿唐装来迎宾,而且普通话说得这么好,好玩!"和家人来吃年夜饭的市民陈女士告诉记者,留学生来饭店打工,体验中国传统文化,也促进了文化交流,也是一道别样的风景。江苏科技大学人文学院教师朱月莹表示,中国的传统节日很多,要真正了解中国,感受传统文化,深入体验春节文化是必不可少的,"让留学生更多地体验春节文化,为中国文化传播搭建了桥梁,让中国优秀的文化走向世界"。

(胡冰心　记者)

光明日报

2016 年 2 月 8 日

其他报道媒体:

镇江日报　2016 年 2 月 8 日第 02 版

上海新闻网　http://www.021news.cn/show – 120366 – 1.html

"社会儿女"给空巢孤老拜大年

金山网讯　2 月 8 日,中国春节。近 500 名"社会儿女"带着年礼、带着祝福,分 31 路走进市区 86 户空巢孤老家拜大年。贴福字、吹葫芦丝、唱歌、包饺子……空巢孤老的春节热热闹闹。

"社会儿女"给空巢孤老拜年活动由市文明办、市慈善总会、市红十字会、市福彩中心、市妇联、京江晚报、镇江交友网、镇江市社会儿女公益社等联合主办,今年已经是第 9 年,有近 500 名志愿者报名参加。

下午 1:30,社会儿女给空巢孤老拜大年活动如期举行。在活动现场,米、油、水果、毛毯堆得满满当当的。记者看到,与老人长期结对的志愿者来了;市慈善总会常务副会长史寿胜,市红十字会副会长石耘,市文明办副调研员、市志愿者协会常务副会长李洪,市福彩中心主任严刚来了;爱心老总孙徕喜、鄂秀萍、戚杰来了;安利、金莲麻油厂、镇江人行、京口农行、雷锋车队的志愿者来了;外国朋友——江苏大学留学生也来了……

今年的社会儿女团队中增加了不少新面孔，甚至有了三个小队的外国留学生。在沈佩珠夫妇家、陶祖驷夫妇家，留学生向老人了解中国过年民俗，为老人演唱中国歌曲《大中国》，标准的普通话引得老人频频竖起大拇指。来自乌兹别克斯坦的茉莉同学说："今天参加了这个拜年活动，很感动。我愿意多抽时间去好好照顾他们，跟他们聊聊天。"

（林玲　晏海雁　海波　胡杞泽）

江苏文明网

2016 年 2 月 14 日

其他报道媒体：

环球大华头条网　http://tt.509.cc/a/jsxw/zjrbtt/2016/0216/435883.html

江苏镇江：外国留学生体验元宵习俗

2016 年 2 月 20 日，外国留学生和社区居民一起展示刚包的元宵。当日，在元宵节来临之际，江苏大学来自加纳、印度、孟加拉国、刚果等国的留学生走进镇江市润州区金山街道杨家门社区，与社区居民一起包元宵、品元宵、猜灯谜、话习俗，开心体验中国元宵节传统民俗。

外国留学生和社区居民一起展示刚包的元宵

外国留学生在猜灯谜

外国留学生开心品尝元宵

光明日报

2016 年 2 月 20 日

其他报道媒体：

教育部网站　http://www.moe.edu.cn/jyb_xwfb/s5984/201601/t20160118_228246.html

江苏工人报　2016 年 2 月 22 日 1 版

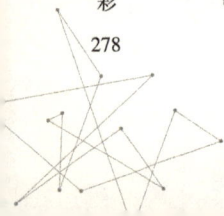

外国留学生现场"扎花灯"

留学生参观西津渡灯区

留学生制作猴年纸灯

金山网讯 今天(2月25日)下午，来自江苏大学的50多名外国留学生，走进苏台灯会西津渡灯区，感受中国的传统文化及元宵节的喜庆氛围，赏灯会、说心愿、猜灯谜，并在现场亲手制作猴年纸灯。

(记者 董礼)

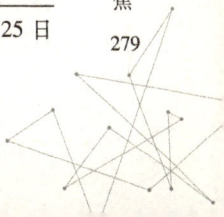

2016 年 2 月 25 日

江苏大学：公寓管理中心召开留学生公寓管理工作协调会

2 月 23 日下午，江苏大学后勤服务集团公寓管理中心和江苏大学海外教育学院在海外教育学院会议室联合召开留学生公寓管理工作协调会。海外教育学院副院长王丽敏、海外教育学院学工办副主任王斌、海外教育学院辅导员吴文浩老师，公寓管理中心主任糜方平、副主任丁雷，以及海外公寓管理员骨干代表参加了此次协调会。会议由丁雷副主任主持。

会议现场

　　丁主任首先从"加强内部管理，做好基础服务"和"打造亮点工程，创新工作方式"两个方面，对新学期海外公寓服务工作提出总体规划。丁主任提到，海外公寓在今后的工作中，将进一步完善规章制度，建立长效管理机制，以海外学堂为抓手，加强员工培训教育，提升员工素质；结合"认识人"考核及员工星级制度，提高员工服务的主动性和针对性，进一步做好海外公寓各项日常基础服务工作。同时，海外公寓还将秉持"和谐共建　文化先行"的理念，通过每月工作例会、学生座谈会等形式加强与留学生的沟通协调，从而提升服务满意度。中心还将通过留学生值班保洁体验活动、中国传统文化体验活动、中外日常文化宣传、汉语角交流、海外公寓微信平台等各项举措，着力打造海外公寓特色亮点。

糜主任代表江苏大学后勤服务集团公寓管理中心感谢海外教育学院对海外公寓工作的理解和支持,希望在新学期海外公寓的各项工作中,继续得到海外教育学院大力支持和配合。新的一年,公寓管理中心将按校领导在我校三届五次教职工代表大会上提出的"供给侧改革"的理念,大力推进海外公寓管理创新,全面提升服务品质和效率,齐心协力、奋力拼搏,为我校研究型大学建设尽心尽力。

随后,双方就近期海外公寓的日常服务管理工作中出现的一些问题进行了探讨,并一一寻求解决方案和对策,例如:设施设备维修管理、财务系统更新、门禁管理落实、学生安全卫生长效管理机制、学生自主管理以及即将到来的春季生入学工作等相关问题。

最后,江苏大学海外教育学院副院长王丽敏代表学院,对前一阶段海外公寓服务管理工作,尤其是春节期间海外公寓的管理工作给予了充分肯定和高度评价,也对今后的公寓工作提出了一些新的服务要求和管理建议。

通过座谈,双方就打造海外公寓亮点工程,进一步明确了思路,达成了共识。江苏大学后勤服务集团公寓中心海外公寓将根据此次会议精神,逐一落实和改进,全力提升服务留学生的能力和水平,为学校"高水平、有特色、国际化"研究型大学的建设,打造一支与之相适应的优质服务团队。

中国教育后勤协会
CHINA ASSOCIATION FOR CAMPUS MANAGEMENT

2016 年 2 月 25 日

扎花灯着汉服逛大街　留学生镇江乐享中国年

昨天下午,市旅游委举办了"扎花灯、着汉服、逛大街"共享中国年活动,邀请几十名海外留学生和市民一起来到"苏台灯会"现场,感受中国传统的年味。

下午 4 点多,在西津渡多功能厅,来自江大海外教育学院的 50 多名留学生和市第六中学的学生们进行扎花灯比赛。面对这充满着浓浓中国味的"传统手艺",有的留学生心灵手巧,迅速掌握了扎花灯的技巧,有的却是一筹莫展。10 多分钟后,来自乌兹别克斯坦的桑迪率先完成了花灯的制作,拎着略显滑稽的花灯,桑迪迫不及待地向大家展示他的劳动成果。"这是我第一次

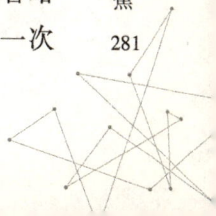

做花灯,看起来很有意思。今年是猴年,这是一个猴子,所以我觉得很好玩啊,还有西津渡也很好玩。"桑迪高兴地说。

留学生们在制作花灯　　　　　　　　　　　　　　　（辛一　王丽敏　摄）

扎完花灯后,留学生们又和本地的学生们一起赏花灯许心愿、猜灯谜赢奖品。

下午6点钟左右,大家统一换上了汉服,手提各式灯笼,从西津渡鉴园广场出发,徒步走向"苏台灯会"金山湖主灯区。他们中有的扮演白娘子、有的扮演许仙,一路上游街赏灯、"招摇过市"。

还有一年就要离开中国的印度尼西亚学生奥利维亚告诉记者,中国的春节让他感受到了不一样的节日气氛:"参加这个活动我特别开心,因为印尼没有这样的节日。这么多的灯笼,这么多的人,这么浓浓的年味,很特别。"

（高琴　朱秋霞）

人民网
people.cn

2016 年 2 月 26 日

其他报道媒体:

中国江苏网　http://jsnews.jschina.com.cn/system/2016/02/26/027950547.shtml

扬子晚报网　http://www.yangtse.com/jiangsu/2016/02/28/812262.html

京江晚报　2016 年 2 月 26 日 4 版

「留」光「异」彩

江苏镇江：留学生喜迎中国年

2016年2月2日，江苏大学举办留学生喜迎中国年联欢活动，来自印度、加纳、巴基斯坦等107个国家和地区的600余名寒假留校的留学生欢聚一堂，载歌载舞，一起包饺子、做游戏、话新年，用别样的方式在异国他乡共同迎接中国农历猴年春节，感受浓浓的中国文化魅力。

来自津巴布韦的留学生 Musiyazwiriyo Selina Vimbai(左)在参加拼词游戏

留学生参加"抢凳子"游戏

留学生参加"运花生"游戏

留学生表演舞蹈"小苹果"

几名留学生展示她们领到的新年红包

一名来自巴基斯坦的儿童 Taha Umar 在留学生联欢活动上玩耍

中国网图片库
photostock.china.com.cn

2016年2月2日

其他报道媒体：

光明网　http：//pic.gmw.cn/cameramanplay/129783/3923394/0.html

人民网　http：//picchina.people.com.cn/n1/2016/0215/c364818－28125051.html

江苏大学女留学生找到"中国妈妈"

中国江苏网　3月7日讯　拥有黄白黑皮肤、处在不同年龄段的美丽女人相聚在一起，用汉语畅所欲言，欢笑声此起彼伏。日前，在江苏大学妇委会、女工委、女教授联谊会的组织下，6位女留学生与中国女教授结对。有了中国妈妈，她们在镇江又有了一处温暖的家。

来自波兰、德国、喀麦隆、印尼、乌兹别克斯坦的6位外国女留学生都来自江苏大学海外教育学院，她们在中国已生活了一段时间，深入中国家庭体验最真实的中国文化，是她们共同的心愿。

来自德国的蓝眼睛学生刘大花热爱旅游、登山、滑雪，到过中国的16个省，她笑谈自己最爱美食之省——四川。正是有着同样的爱好，刘大花与土力学院党委书记张虹一拍即合。"大花真诚直爽，看着她就像看自己的孩子一样。"活动现场，张虹把自己亲手制作的一块真丝面料送给了刘大花，"这是用藏红花扎染而成的，藏红花是一种名贵的中药材，也是一种香料"。刘大花当即把丝巾扎了起来，显得更加俏皮可爱。

有着白皮肤、高鼻梁的波兰学生葛蓉是一位妈妈，女儿已经两岁，当过记者、获得戏剧硕士的她把全家都带来了中国。她向自己的中国妈妈杨娟教授讲述了现在的学习生活：早上6点起床，8点前把两岁的女儿送到幼儿园，赶在8点准时回学校上课。学习中，她只要遇到不懂的问题，都会及时找老师。

现场，中国妈妈们把精心准备的礼物送给了留学生们，手绘苏州折扇、精致香料、甜美巧克力……在一片欢笑声中大家唱起了《相亲相爱一家人》。"从不认识、相识、再到熟识，这个活动就像细水长流，是一个持续的过程。"江苏大学海外教育学院院长高静表示，今后每个月，海外教育学院都会组织中国妈妈与结对的留学生聚集在一起，分享她们的相处趣事和情感体会，每一对"母女"也将轮流策划活动，分享异域风情及她们对各自文化的认识体会。

（陈曦　古瑾）

其他报道媒体：

江苏国际在线网　http：∥www.jsgjzx.com.cn/20382/201603/t2702844.shtml

江苏文明网　http：∥wm.jschina.com.cn/9663/201603/t2702870.shtml

东方网　http：∥news.eastday.com/eastday/13news/auto/news/csj/20160307/u7ai5376346.html

留学生体验茶文化

江苏大学 15 名海外留学生走进茶文化体验馆　　　　　（徐国文　杨雨　摄）

来自韩国的留学生朴晙慧在学习不同茶叶的香气鉴别方法　（徐国文　杨雨　摄）

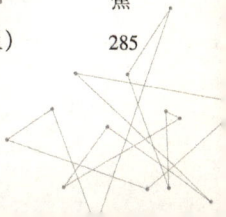

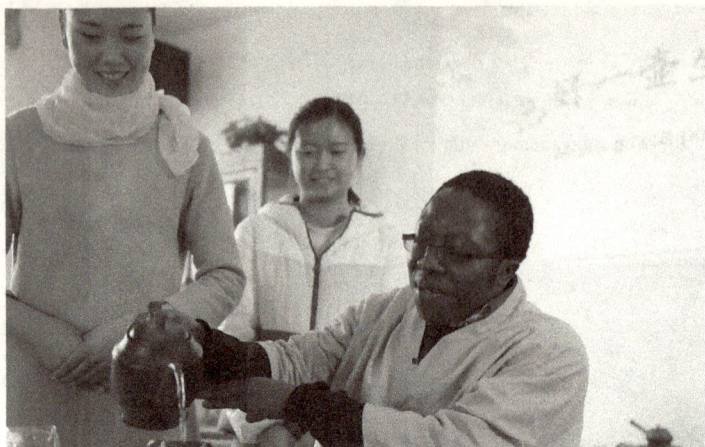

来自加纳的留学生 Emmanuel Kwaw 在体验冲泡茶叶（徐国文　杨雨　摄）

留学生们在茶艺老师带领下学习品茶礼仪　　　（徐国文　杨雨　摄）

中华人民共和国教育部

2016 年 3 月 17 日

投票首日资深美女显实力

　　昨日,扬子晚报"我美我秀"封面丽人活动,进入网络报名与投票并行阶段。中午 12 时首轮投票开启,首日起票选就是你追我赶,第一名的纪录不断被刷新。据了解,首轮票选将与报名并行持续到 4 月 8 日,不到截止日期,第一名花落谁家,仍是最大悬念。

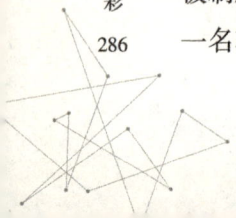

活动海报

其中两位参赛选手照片

　　昨天 17 时,480 号、1090 号、1088 号前三名得票数十分接近,竞争激烈。据悉,按照投票规则,每人每天可免费为心仪的选手投 10 票,超出 10 票的,可付费购买,每票 0.1 元,允许合理刷票。

　　被称为"南京杨丽萍"的旗袍夫人窦晓琴昨天人气高涨,截至记者发稿时

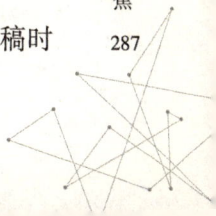

共获得 2796 票。她曾是一名书法培训教师，现任陶玉梅美姿艺术团团长，兼任模特走秀培训老师，她的学员们都亲切地称她为"豆豆"老师。她说这次参加封面丽人的活动也是学生们给她报的名，票数绝对是意料之外。"豆豆"老师说十分感谢自己给力的亲友团为自己投票加油。一直到记者昨晚发稿前，"我美我秀"的投票都是我追你赶，第一名不断被刷新。

一席旗袍庄重古典，照片中用完美侧颜进行书法展示的是 1055 号选手刘玉珍。她不仅是"世界旗袍联合会南京分会"的会员，书法、T 台秀、朗诵、唱歌等等都是她的拿手才艺。去年，刘玉珍在"2015 中国辣妈秀南京站"比赛中崭露头角；今年，她又在"陶玉梅梅花使者十佳评选"初试复试一路过关斩将，目前已到决赛阶段。

"我美我秀"昨日还突然涌现出一批异域风情美女的身影，有深眼高鼻、肤色如雪的乌克兰美女；也有性感迷人的印度女郎，眼神纯净、笑容灿烂，令网友大呼养眼。

1089 号选手苗苗今年 21 岁，是一名印度留学生，在江苏大学学医。苗苗很喜欢中国，她去过中国很多城市，比如北京、上海、无锡等地都留下过她的足迹，她挺想去领略一下如画的苏州园林。唱歌是苗苗的放松方式，她最爱的中文歌是曲婉婷的《我的歌声里》。

（记者　王颖　张楠　实习生　吴洁　杨攀攀）

扬子晚报
2016 年 3 月 19 日

江苏大学：公寓管理中心海外公寓召开留学生代表座谈会

为增进与留学生的沟通交流，提高海外公寓管理服务水平，江苏大学公寓管理中心海外公寓于 3 月 17 日召开了本学期第一次留学生代表座谈会。公寓管理中心丁雷副主任、海外教育学院学工办吴文浩老师、海外公寓骨干员工及 9 名留学生代表参加了此次座谈会，座谈会由海外公寓管理员史筱玮老师主持。

座谈会现场

　　座谈会以加强留学生公寓服务为主题。会上，史筱玮老师首先简单介绍了海外公寓基本运行情况。接着，丁主任代表中心向留学生对海外公寓工作的支持表示感谢，并细心询问了留学生的入住感受，鼓励在座留学生畅所欲言。随后，留学生代表们踊跃发言，大家纷纷表示对海外公寓的服务比较满意，同时针对电梯运行时间、宿舍用电量查询、学生晚归管理、维修等问题进行了反馈。针对留学生代表们反映的部分问题，丁主任和吴老师现场进行解答。对于同学们提出的涉及其他相关部门的意见和建议，收集整理后分别报送相关部门。

　　最后，史筱玮老师希望留学生们能够积极参与公寓各项管理服务工作，有困难、有问题、有建议及时反馈，提倡大家能够及时发现学生中的违规现象，并且及时得到有效制止，同时欢迎大家对海外公寓员工的工作进行监督，以便改进和提高。

　　今后，留学生代表座谈会将成为海外公寓常态化工作，相信通过全体工作人员的共同努力，定能为广大留学生提供更为贴心的服务，营造海外公寓安全、舒适、温馨的生活学习环境。

中国教育后勤协会
CHINA ASSOCIATION FOR CAMPUS MANAGEMENT

2016 年 3 月 22 日

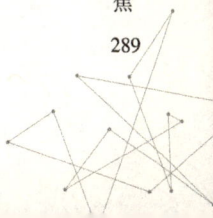

江大外国留学生 体验中国茶文化

镇江日报 近日,江苏大学食品学院组织学校里来自韩国、土耳其、印度、阿尔及利亚、加纳等国的留学生们参加了一次茶文化体验之旅。

活动过程中,茶艺老师先后介绍了茶的发展历史、茶的功能价值及茶的种类划分,通过专业的"普洱茶"茶艺表演,留学生们真实地感受到茶文化背后隐藏的艺术。在柔美宁静的音乐中,留学生在茶艺老师的指导下完成茶具选取、冲泡、品茶礼仪的学习。

"如何识别茶的真假?"来自韩国的留学生朴晙慧好奇地问。一旁的老师从茶叶的颜色、气味、口感等方面教留学生识别真伪,并带领留学生参观茶叶珍藏室,一一介绍洞庭碧螺春、九曲红梅、冻顶乌龙等茶叶样品,让留学生现场辨认茶叶种类。

(邹仁英 孙晨飞)

光明网
mw.cn

2016 年 3 月 23 日

其他报道媒体:

镇江日报 2016 年 3 月 23 日 6 版

江苏镇江:外国留学生街巷剧场体验戏曲文化

江苏大学的外国留学生和戏曲票友一起画戏曲脸谱

戏曲票友在为江苏大学的外国留学生化妆

戏曲票友在指导江苏大学的外国留学生学习戏曲唱腔

2016 年 3 月 25 日

其他报道媒体：

扬子晚报网　http：//www.yangtse.com/jiangsu/2016/03/26/833777.html

光明网　http：//pic.gmw.cn/cameramanplay/620080/4142373/0.html

回眸聚焦

291

人民网　http：//vip. people. com. cn/do/userbuy. jsp？ aId ＝982426&picId ＝6352403

凤凰网　http：//news. ifeng. com/a/20160326/48221873_0. shtml

新华网　http：//news. xinhuanet. com/politics/2016－03/26/c_128835068. htm

大众网　http：//www. dzwww. com/xinwen/guoneixinwen/201603/t20160326_14052154. htm

中国青年网　http：//qnzs. youth. cn/2016/0326/4109923. shtml

爱心无国界

——江苏大学 20 余位国外留学生集体献血

　　4 月 3 日,正是清明小长假,天空下起了蒙蒙细雨,然而在市中心血站江苏大学采血点前却来了一群特殊的人群。只见她们有的扎着头巾,有的留着胡须,长相和周边过往的学生有着明显的区别,原来他们是来自江苏大学海外学院的留学生。当天,这群留学生们相约来到江大采血点参加献血活动。

　　参加献血的有来自印尼、巴基斯坦、丹麦、苏丹等国的留学生,虽然大家的国籍不同,但奉献爱心的愿望却是一样的。他们有的用略显生硬的汉语咨询医务人员关于献血登记表的相关问题,有的排起了队等着体检、抽血。现场的留学生都是第一次献血,问起为什么想起参加这样的活动,一位来自巴基斯坦的留学生说:自己就是在江苏大学海外学院学习临床医学的,今后将要从事医疗行业救治病人,今天听说有很多和自己一样的留学生来参加献血,自己也报名参加了。自己虽然是外国人,但能参加这样的公益活动去帮助他人挽救他们的生命感到非常开心和自豪。经过体检、化验,最终共有 25 位爱心留学生献血 8300 毫升。

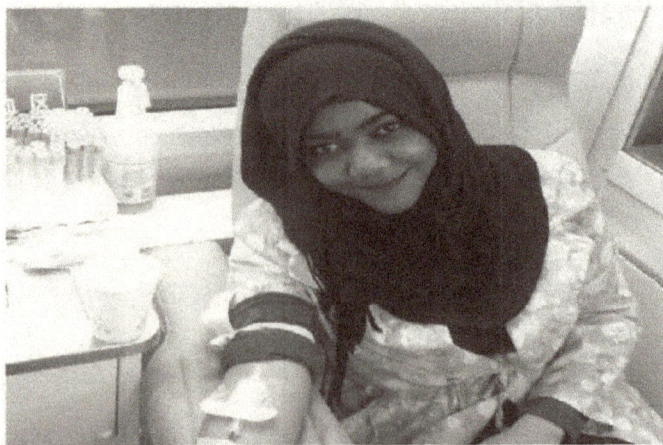

留学生在献血

献血留学生合影

中国输血协会
www.csbt.org.cn

2016 年 4 月 5 日

江苏镇江：外国留学生快乐体验茶文化

2016 年 4 月 8 日，江苏大学来自南非、赞比亚、乌兹别克斯坦等十多个国家的 50 多名外国留学生走进镇江市润州工业园区五洲山茶场，学习采摘春茶，了解茶叶制作工艺，在采茶、制茶、品茶等快乐体验中增长见识，感受茶文化的魅力。

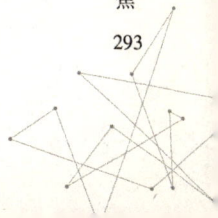

外国留学生在茶农指导下学习采摘春茶

来自南非的留学生 Provie 在展示采摘的春茶鲜叶

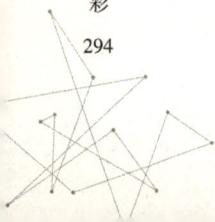

外国留学生正在开心品茶

光明网 Gmw.cn

2016 年 4 月 8 日

其他报道媒体：

镇江日报　2016 年 4 月 13 日第 05 版：润州天地

人民网　http：//picchina. people. com. cn/n1/2016/0119/c364818 – 28066089. html

中国新闻网　http：//www. cnsphoto. com/newsphoto/detail. jsp？pid＝100597834

外国留学生社区宣传禁毒

2016 年 6 月 20 日,外国留学生向居民赠送禁毒文化扇宣传禁毒。当日,在 6 月 26 日国际禁毒日即将来临之际,江苏省镇江市润州区禁毒大队和金山派出所民警联合江苏大学外国留学生志愿者,走进金山街道风车山社区,通过禁毒文化扇创作、宣传咨询等,引导社区居民自觉远离毒品、珍爱生命。

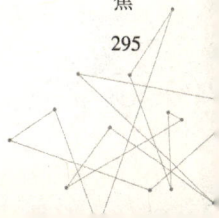

外国留学生向居民赠送禁毒文化扇宣传禁毒

外国留学生向居民展示自己创作的禁毒文化扇

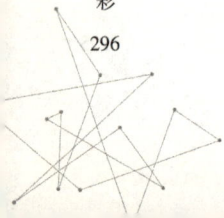

外国留学生在展示刚创作的禁毒文化扇

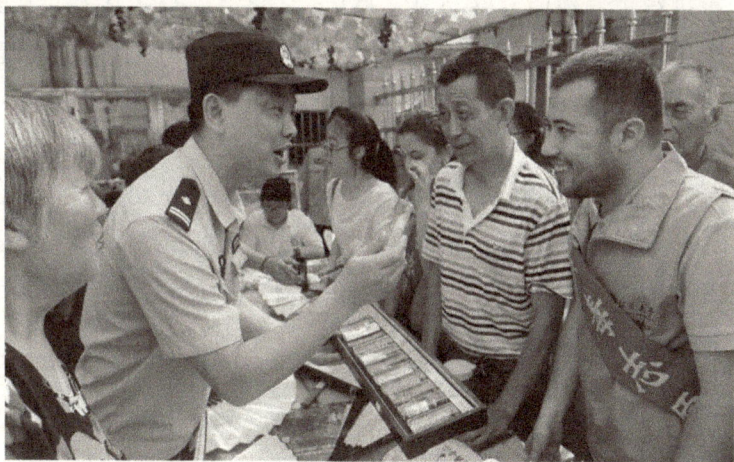

民警在为社区居民和外国留学生讲解毒品的危害

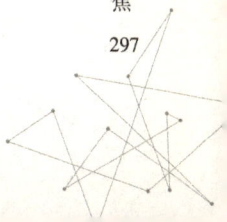

2016 年 6 月 20 日

其他报道媒体：

光明网　http：//pic.gmw.cn/channelplay/6200/4509376/0/0.html

江苏大学来华留学生一行莅临安徽天康参观特种车辆

近日,江苏大学来华留学生一行来到安徽天康(集团)股份有限公司特种车辆公司参观访问。安徽天康特种车辆装备有限公司总经理瞿安利、副总经理阮洪泉等接待了留学生一行。

留学生一行首先参观了天康集团展示厅,对安徽天康集团的发展规模之大和涉及领域之广,给予了高度评价。随后来到安徽天康特种车辆公司,参观了安徽天康特种车辆生产线,并在安徽天康特种车辆会议室举行了现场交流会。

安徽天集团特种车辆公司总经理瞿安利和副总经理阮洪泉分别和来自印度、津巴布韦、加纳、孟加拉、尼日利亚、埃塞俄比亚、索马里等14个国家的留学生进行了愉快的友好交流。最后,留学生一行还饶有兴趣地参观了安徽天康新能源锂电池材料生产线、锂电重点实验室、纳米钛酸锂动力/储能电池生产线等,并对安徽天康新能源产业建设工作给予了充分肯定。

此次交流活动展示了天康集团系能源事业的美好蓝图,同时也展现出了天康集团的企业风采,更为今后双方更深层次的产学研合作交流奠定了基础。

安徽天康集团股份有限公司简称安徽天康,全资子公司安徽天康股份有限公司专业生产天康仪表和天康电缆。

◇ 天康集团

2016 年 4 月 26 日

中外关爱情　爱心敬孤老

　　"五一"劳动节来临,江苏大学来自巴基斯坦、赞比亚、泰国、印度等国的留学生和镇江市金山街道红光社区志愿者共同走进红梅托老园,为老人包饺子,与孤老们聊家常,并送上水果等慰问品,为老人捎去节日的真情关爱。

(石玉成　摄)

中华人民共和国教育部

2016 年 4 月 29 日

其他报道媒体:

光明网　http://c.360webcache.com/c? m = 8f1e5d78e54e527601f49c46a52f8317&q

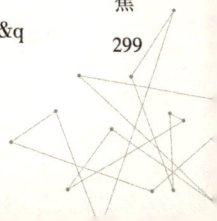

江苏大学："今日我值班"留学生一日体验活动

留学生体验公寓管理工作

近日,江苏大学后勤服务集团公寓管理中心海外公寓开展了"今日我值班"留学生一日体验活动。

活动开始前,各楼栋接待员就公寓内各项设施设备,以及值班工作流程向留学生做了详细介绍,让他们能够深入了解海外公寓的内部运作。随后,留学生们体验者从交接班开始,打扫值班室、钥匙管理、报修登记、跟随消防安全员检查违章电器、消防设备等,一项项工作有条不紊地进行。活动快结束时,留学生体验者把自己对公寓管理工作的感受记录下了来。一句句感谢的话,短小而朴实,背后的感恩之情却深深温暖了公寓员工。

"今日我值班"体验活动的开展,让留学生们亲身参与到公寓的日常管理中,站在工作人员的角度上看问题,感受到身边公寓人员的辛勤付出,增进了公寓员工与留学生之间的沟通交流,让留学生们真正理解支持海外公寓的工作,对建设和谐、安全、温暖的公寓环境起到了积极作用。

中国教育后勤协会
CHINA ASSOCIATION FOR CAMPUS MANAGEMENT

2016 年 5 月 4 日

中外联手　献爱孤老
托老园里来了老外志愿者

本报讯　"五一"前夕,江苏大学公寓管理中心和汽车学院党员带着来自巴基斯坦、赞比亚、泰国、印度等国的留学生志愿者走进红梅托老园,与金山街道红光社区的党员志愿者共同为老人包饺子,与孤老们聊家常,并送上水果等慰问品,为老人捎去节日的真情关爱。

记者当天在活动现场看到,志愿者们一大早就忙活开了。洗菜、切菜、拌馅,红光社区的志愿者手把手地指导留学生包饺子,大家忙得不亦乐乎,热闹似"一家人"。在一片欢声笑语中,满含着幸福和温暖的饺子包好了!

"老奶奶,您身体还硬朗吧?这是我们刚包的煮好的饺子,请您品尝一下……"来自赞比亚的留学生玛丽与 98 岁高龄的吉凤英老太太聊得十分火热。玛丽告诉记者,她们是第一次来到托老园开展志愿服务活动,"能为老人们提供一些敬老、爱老、助老的爱心服务,我们很开心。"老人们一边品尝着志愿者端给他们的饺子,一边与志愿者拉着家常,个个脸上洋溢出幸福的微笑。

"老吾老以及人之老",一盘饺子一片关爱情,深深的情意送进了老人们的心田里。这次"情牵中外,献爱孤寡"活动是江大公寓管理中心与汽车学院两个支部共建后首次走出校园,并与红光社区党员志愿者一起来到托老园。这次活动在为老人们送去温暖的同时,也增强了这些来自不同国度的留学生对中国传统文化的认同感。

（石玉成）

光明网
mw.cn

2016 年 5 月 4 日

其他报道媒体:

新时网留学　http://www.univtimes.com/jiaoyu/liuxue/8578.html

《镇江日报》　2016 年 5 月 4 日　第 5 版　润州天地

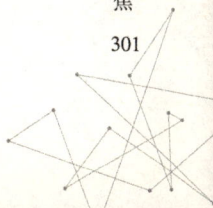

情牵中外 献爱孤老

"老吾老以及人之老,幼吾幼以及人之幼",为了弘扬中华民族的传统美德,使敬老、爱老、助老的良好社会风尚继续发扬光大,近日,公寓管理中心与汽车学院党员带着来自巴基斯坦、赞比亚、泰国、印度等国的留学生志愿者代表来到润州区红光社区敬老院开展了"情牵中外献爱孤老"送温暖活动。

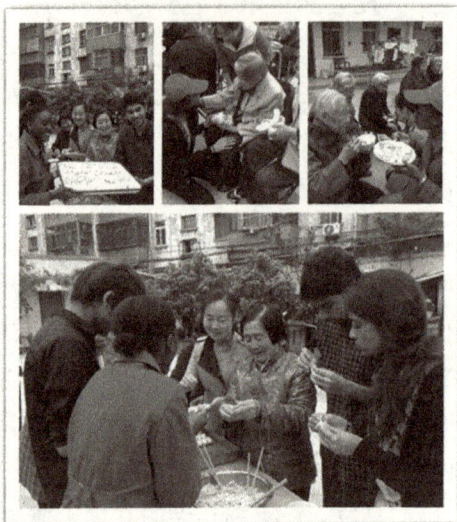

与老人一起包饺子

一大早,党员志愿者们就忙活开了,洗菜、切菜、拌馅,手把手教留学生包饺子,忙得不亦乐乎,热闹似"一家人"。在一片欢声笑语中,满含着幸福和温暖的饺子包好了!老人们端着饺子,脸上洋溢出幸福的微笑。一盘饺子一片情,深深的情意送进了老人们的心田里。老人们纷纷表示,平时在敬老院生活挺冷清,江苏大学的党员和留学生志愿者们送来了饺子和慰问水果,让他们再一次感受到了被关心的温暖,感到很幸福。

本次"情牵中外 献爱孤老"活动是公寓管理中心与汽车学院本科车辆两支部共建后首次走出校园来到敬老院,在为老人们送去温暖的同时,也增强了留学生的认同感和归属感,在良好的氛围之中搭建起一座沟通的桥梁,为构建和谐校园、和谐社会增添了一抹亮丽的色彩。

中国教育后勤协会
CHINA ASSOCIATION FOR CAMPUS MANAGEMENT

2016 年 5 月 4 日

雨水井"噬脚" 镇江消防及时出动解救留学生

5 月 12 日下午 14 时 24 分,江苏省镇江市 119 指挥中心接到报警称:位于镇江市京口区学府路江苏大学校区内,有一外国留学生的小腿被卡在下水道窨井盖中。

指挥中心立即下达命令:令九里街消防中队迅速出动到场进行处置。到场后经询问观察得知,一位外国留学生在走路时不慎将小腿卡在了道路旁的雨水井处。中队指挥员立即下达命令先用液压扩张器将雨水井扩张开。可是却发现雨水井过于坚硬无法扩张开。中队指挥员迅速改变方法,先行使用金属切割机进行切割,在边缘形成一个凹槽再使用液压扩张器进行扩张,同时中队指挥员让旁边江苏大学老师安抚被困学生的情绪。

消防员经过十几分钟的努力,终于将学生解救出来。

中国网

2016 年 5 月 13 日

"留动中国"三对三篮球赛 东华大学摘冠

腾讯体育讯 5 月 20 日,"留动中国"在华留学生阳光运动文化之旅东南赛区迎来了三对三篮球赛,东华大学最终夺冠。

本次比赛,共有来自江苏省、安徽省、湖北省、浙江省、福建省、上海市等 24 支队伍,队员大多来自不同国家。

来自江苏大学的 22 岁南苏丹留学生肯达克接受采访时道,热爱运动的他对篮球十分钟爱,虽是业余选手,却总会去旁听篮球课程,因此也结识了来自不同国家的诸多好友。作为第一次参加"留动中国"的选手,刚刚开始上场时,不免有些紧张。但随着比赛的开始,一切杂念都被抛之脑后,只想着打好每一分钟。而比赛结束后,他也与对手迅速结为好友。"体育运动最容易拉近人的距离。我非常有幸参加此次活动。"他擦掉汗水,笑容满面道。

(王怡薇)

腾讯体育

2016 年 5 月 20 日

江苏镇江：外国留学生托老园里话端午

2016 年 6 月 6 日，外国留学生与托老园的老人热聊端午民俗。

当日，江苏大学的外国留学生和镇江市金山街道红光社区志愿者共同走进红梅托老园，为老人包粽子、制香囊，与孤老们一起品尝粽子，话端午民俗，体验中国端午文化，喜迎端午节的到来。

（石玉成　摄影报道）

人民网
people.cn

2016 年 6 月 15 日

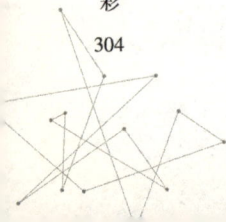

附录 "留"下"中国心"

　　一个土生土长的镇江人、一名江苏大学的留学生汉语教师、一名江苏大学的教工记者，这三重身份，令我对异彩纷呈的多元文化尤其敏锐。这些年，我明显地感受到，镇江的外国人越来越多，校园、咖啡厅、街头巷尾，多样的肤色和语言，给这个具有悠久历史和深厚内涵的山水小城抹上了一笔异国风情。在镇江国际化的渐进过程中，江苏大学发挥了极其重要的作用，大多数外国人都是通过留学镇江的方式，逐渐融入镇江的生活，成为一张独特的"城市名片"。通过在镇江的学习，他们对这个小城的感情愈发深厚，甚至戏称自己为"镇江人"，他们带着"故乡情"离开后，自发自觉地为中国和各国的交流贡献着一分力量，化身为一座座"文化人桥"。

　　多元文化背景的外国人汇聚在镇江，他们的所见所闻、所思所感，本身就是对中国的一种独特的解读。他们的经历和故事，一方面能够让镇江民众了解异国文化，理解文化差异；一方面也能够让我们通过外国人的视角，思考多元文化的意义，推进更加有效的跨文化交流。因此，这些外国人的故事，是极其重要的对外宣传素材。

　　目前，江苏大学已经有一千余名留学生，海外教育学院始终将对外宣传作为重要的交流窗口，浓墨重彩地展示多元文化。分管宣传的谢志芳院长一直致力于建立清晰的对外宣传工作思路，并在近几年的工作中结合实际情况不断调整、锐意创新，打造了一支精干的宣传团队，涵盖学生工作、教学实践、重大活动等方方面面，以全方位、立体化的方式向外宣传多元文化的碰撞与交流。

"点"式宣传——"留学生"的传奇人生

　　作为教工记者，我的职责是协助分管院长，把关每一篇稿件，并与外媒积极交流沟通，不断开拓更新颖、更有效的宣传方式。多年承担留学生的汉语

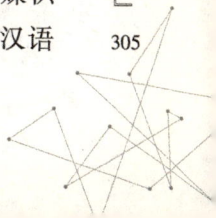

课,成了我得天独厚的资源条件。在课堂上,我通过由浅入深的接触,对留学生的文化背景和个人经历有了比较充分的了解,这些故事逐渐形成一个个火花,成为我选择和挖掘素材的丰富源泉。我一直在思考,如何突破传统的"通讯式新闻"来宣传外国人的故事,如何在这些故事中展现出更真挚的"第二故乡"情结?经过与媒体的反复商讨,我们决定在《镇江日报·青春版》和《京江晚报·Ta 周刊》开辟专栏,对那些有故事、有经历、有思考的留学生进行深入采访,由我们的宣传团队和外媒记者共同撰写长篇报道,这可以称为我们的"点"式宣传。

这个做法颇有成效,我印象比较深的几位受访留学生有:艾维斯,加纳人,江苏大学医学生,2014 年参加了由国家汉办、中央电视台联合举办的"全球外国人汉语大会",获得江苏省冠军、全国决赛优秀奖。如果从通讯的方式来报道他,那依然是一个老外参加汉语比赛的俗套形式。我们认为,他学习汉语的过程,充满着曲折与传奇,他出众的音乐才华,为他的比赛增加了许多亮点。如果我们去挖掘这样的故事,不但能让读者了解到他得奖、成名的前因后果,更能为他开拓更多的发展平台。于是,我们在《京江晚报·Ta 周刊》上刊出了《老外艾维斯,秀汉语也疯狂》一文。许多镇江市民阅读以后,在街头就把他认了出来,与他攀谈,江苏卫视、天津卫视等节目组也积极联系他,请他去参与节目录制,展示他的音乐才华。艾维斯在各大媒体上都不忘介绍江苏大学,不忘介绍镇江,以这样优秀的学生为媒介,江苏大学的知名度也进一步打开。这样的对外宣传效果是良性的、叠加的、持续的。除了艾维斯之外,2014 年我们还推荐阿润(印度)、马平(加纳)、Brice(美国)登上了《京江晚报·Ta 周刊》,围绕他们学习汉语的经历撰写了采访,收到了较好的宣传效果。

留学生的传奇故事,也是我们着重挖掘的素材。2014 年,德国学生Michel 来到江苏大学留学,在汉语课上,他造句说,他曾经骑着自己发明的"躺式"自行车环游世界。我敏感地抓住了这个素材,课后详细地询问了他的奇特经历,并第一时间提供给了记者。很快,我们就推出了《江大德国留学生"躺"游世界 974 天》,这篇采访详细地记叙了 Michel 骑车走过的欧亚线、美洲线共 30 多个国家和地区,无数个抑或惊险抑或惊喜的"第一次"引人入胜,他遭遇过偷窃、抢劫、遇到过九死一生的危险,也经历过哭笑不得的"被围观"趣事,他认识了形形色色的人,结交了世界各地的好友,而他最难忘的,是中国人的友好、真挚、热情。他在中国的 5 个月,得到了无数中国人的支持和帮助,

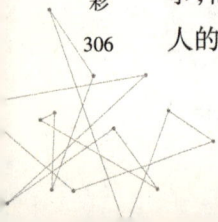

这也是他结束环游后决心来中国学习汉语的原因。这篇采访刊出后，引起了轰动，光明网、搜狐网等知名媒体纷纷转载，许多读者追随着他的讲述，感同身受地"躺游世界"了一回。我在与德国学生的接触中发现，他们都偏爱用特别的方式环游世界，因此我们还询问了其他德国留学生。令人欣喜的是，同样是来自德国的刘大花用"拦车"的方式在亚洲旅行，在中国逗留了88天，我们对她进行了深度采访，撰写了《德国女孩刘大花88天搭车环游中国》一文，讲述了她在中国14个省的9700公里旅行，而她的出行方式就是拦顺风车，139次拦车，没一次失败。这次旅行，刘大花对中国的印象有了颠覆性的改变，她爱上了中国。纵然语言不通，她却说"走过的城都有温暖我冰冷的好人"，她与热心帮助过她的中国人建立了深厚的感情，也决心来中国学习汉语，将来让更多的德国人了解发展中的中国、改变中的中国、真正的中国。这样的报道以一种温情、动人的方式，拉近了两国读者的距离，也可能触发彼此了解对方国家的愿望。

镇江素有"东方爱情小城"的美称，留学生在这里学习了诸如《白蛇传》等许多爱情传奇，有趣的是，不少留学生也在镇江遇到了自己的美好情缘，为这个城市留下了更多的爱情佳话。我们同样抓住了这一题材，先后采访了在镇江结缘的4位留学生，一对是不远千里一起来中国学习汉语的乌兹别克斯坦留学生，一对是因为在镇江学习汉语而结缘的德国/波兰留学生。报道推出后，得到了读者的热烈反响与祝福。

留学生在《京江晚报》的出镜率越来越高，他们逐渐成了地方媒体的重要素材来源之一。在《京江晚报·Ta周刊》一百期的座谈会上，我们的留学生应邀出席，与镇江市各行各业登上《京江晚报·Ta周刊》的故事主人公济济一堂，共话往昔，预计未来。留学生为周刊的发展提出了许多建设性的意见：如增加英文文摘、增加留学生记者团与地方媒体记者的互动、与海外媒体加强联动等，获得了高度的称赞。德国留学生保罗将自己登上周刊的报纸给父母阅读后，他的父母在德国广泛宣传，许多德国人因此了解了保罗的中国生活。《京江晚报·Ta周刊》也收到了一张来自保罗父母的照片，照片中，他的父母手持《京江晚报·Ta周刊》，面带笑容，他们表示，这样的对外宣传方式，真实、新颖。

"线"式宣传——国际化背景下的江苏大学

"点"式宣传,是一种个性化的报道。依托江苏大学日益发展的国际化事业,我们以"线"式宣传生动呈现了江苏大学丰富多彩的国际化活动,在意义深远的活动中展现个性鲜明的留学生群体。社会反响较为热烈的活动有:江苏大学国际文化节——来自世界各国的近千名留学生们通过服饰、工艺品、美食和歌舞展示各国风土人情,国际文化节被称为江苏大学迷你版"世博会",得到了《镇江日报》、搜狐教育、新浪网、土豆网的高度关注。江苏大学—奥地利格拉茨大学孔子学院夏令营——远道而来的奥地利师生游览北京,细品镇江,感受上海,度过了一段难忘的中国时光。我们把他们学习汉语言与中国文化的精彩图文供稿给新华社、人民网、搜狐教育、《人民日报》和《镇江日报》等重要媒体,获得了高度关注。参加过该夏令营的格拉茨大学博士生Marlene 在 2016 年于奥地利格拉茨举办了中国沙龙活动,为格拉茨民众教授了简单的汉语,开展了编中国结、剪窗花、包饺子等文化体验活动,格拉茨民众对中国文化有了直观的感受,活动获得了圆满成功。当我们得知这一消息后,马上与《镇江日报·青春版》记者共同撰写了《奥地利女孩举办中国文化沙龙活动》一文,让中国读者也有机会了解这位有志于成为"文化人桥"的欧洲女孩。

2015 年,我们与麦秋传媒旗下的 MAP 杂志有了合作,这也是我们对外宣传的一次大胆尝试与创新。MAP 杂志是江苏省颇具影响力的多语种杂志,拥有一大批中外读者,我们力求呈现出江苏大学的国际化办学思路,因此与MAP 杂志共同策划了一期专访,题为《大学之道,教育国际化背景下的江苏大学》。参与采访的既有院领导,也有留学生;既阐述了江苏大学推动国际化的战略性思路,也分享了学生细致入微的感受与心语,宏观与微观相结合,将江苏大学海外教育学院几年来所取得的成绩较为完整地呈现了出来,尤其突破了媒体的地域限制,走出镇江,面向江苏,辐射全国,获得了更加广泛的读者群。

"网"式宣传——特别的"城市名片"

随着信息时代的到来,网络、微信等新兴媒体开始与广播、电视、报纸等传统媒体并驾齐驱,成为人们主要的信息来源。海外教育学院践行全媒体、立体化对外宣传思路,群策群力,不断创新,通过丰富的现代媒体深度报道了来华留学生教育工作,展示了江大留学生精彩纷呈的小城生活。这即是我们的"网"式宣传。

在电视传媒方面,我们选择的是具有较大社会效益的题材。2014 年 3月,镇江电视台报道了江苏大学"安信地板来华留学教育发展基金"这一校企合作、推进留学生教育的崭新通道。安信基金主要用于资助来华留学生,培养知华、友华、爱华的国际化人才。这一外宣形式既能直观展示中国当代形象,吸引更多优秀留学生,为江苏大学得到并培育更多人才发挥积极作用;也能引领更多企业关注中国留学生教育事业,资助家庭贫困的留学生顺利完成学业并获得更多在华就业机会。

在传统媒体报纸方面,我们主要是与地方媒体深度合作,拉近了镇江市民和外国留学生的距离,增加了镇江的国际化氛围:许多市民通过阅读专栏,深入了解了留学生的传奇;留学生通过专栏,表达了对镇江的热爱之情,更在这座被他们视为"中国故乡"的小城中留下了自己的传媒故事。

在广播媒体上,我们与镇江外事办公室联合制作的电台节目《乐游全球》在 FM96.3 镇江音乐广播播出。由 963 主持人和江苏大学来自世界各地的留学生共同主持。留学生们和听众分享了各国的风土人情、特色音乐等。海外教育学院通过这一外宣方式,展示了留学生的才华,更为留学生拓展了一方展示汉语水平的优质平台,让听众以"乐"游全球的新鲜体验,"心"行世界。

在网络媒体上,海外教育学院制作网络视频特辑,与全球 123 个国家和地区共庆孔子学院建立 10 周年。该视频记录了首个全球"孔子学院日"活动当天在江大举办的汉语公开课与中国文化游艺会。同时,江大与奥地利格拉茨大学积极互动,两校学生在视频中均用汉语发表感言,展现出"中奥友谊,汉语传情"的美好意义。该视频在两校网站播放并提交国家汉办/孔子学院总部。自 2016 年起,我们加入国家汉办孔子学院奖学金生网站传媒团队,定期传送江苏大学留学生活动的稿件。

回首几年时光,我们的对外宣传成果或许并不算厚重,可是每每翻阅一张张报纸、一本本杂志,欣赏一个个视频的时候,我们都会觉得,那都是超越了国界、种族、语言、宗教而理解彼此的纪念,每一个情谊满满的瞬间,都以最温存的方式令人回味。这些短暂停留的外国人,都将是一座未来的"文化人桥",他们留了一份真挚的感情在中国,在镇江。

(徐丹)

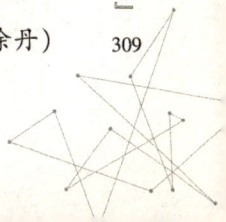

后　记

　　行重行行,道路阻且长,之前我们没有路;桃李不言,下自成蹊,这是走过的路。江苏大学的来华留学教育事业经历了从无到有、从弱到强、从默默无闻到渐入佳境的发展过程。作为来华留学生管理工作者,面对这本即将付梓面世的作品,难掩澎湃心绪,更有感慨万千。这次,我们对江苏大学海外教育学院成立十余年(独立建制6周年)来的报道进行认真细致的梳理,最后筛选出200余篇汇编成册,也算是对近年来学校来华留学工作的一个阶段性的总结。书名定为《"留"光"异"彩》,一方面展现了来华留学生在异国他乡学习生活的丰富多彩;另一方面也正是因为来华留学生这个特殊的群体,给新闻报道带来了不一样的视角,亦给我们的教育工作者带来了不一样的体验和感受。这些五彩斑斓、流光溢彩的文字和图片,便由此定格,向每一个关心、支持来华留学工作的人细说着来华留学工作的过往,点点滴滴、滴滴点点汇成那精彩难忘的十余年。

　　十余年的坎坷艰辛,十余年的不辍前行。如何将这些报道呈献给大家,给人以尽可能清晰的脉络、完整的感受? 在这本书的体例上,我们做了这样的安排:彩插部分选取了媒体报道学院有关的重要事件、人物的部分图片;"高端视点",以媒体影响力大小为顺序,选编了十余年来各主要媒体刊发的报道;"回眸聚焦",以时间先后为主线,选编了学院组建十余年来媒体报道的一些大事、要事。选编的这些报道,一方面在内容上尽可能关注学院建设发展历程中的大事、要事;另一方面考虑力求全面,覆盖学院工作的各个层面。在次序上,每个部分均根据稿件发表的时间先后进行编排。而在不同媒体上发表的、相同主题的稿件,一般则根据需要选择其一收编。稿件的标题、正文、署名等都基本保持了发表时的原貌。

　　对外宣传,是高校提升软实力的重要途径。学院也一直将宣传来华留学工作作为宣传工作的重要抓手和学院品牌建设的重要战略来抓,学院的对外宣传发稿数量由少到多,稿件层次由低到高,媒体类别由单一到多样,对外宣

「留」光「异」彩

传工作不断实现新的突破：《人民日报》《中国教育报》《光明日报》《新华日报》及国务院办公厅网站、中央电视台、江苏卫视等各种形式和类型的媒体报道……整个对外宣传工作如扬帆之舟，一往无前。对外宣传工作内聚人心，外塑形象，对提升学院知名度、美誉度，打造江苏大学形象和品牌起到了积极的作用。

这些新闻报道，客观、真实地反映了我校留学生在镇江生活学习的方方面面，他们对中国和中国文化的热爱，情真意切；同时也展现了我校在培养知华友华的留学生工作上，做了大量卓有成效的工作。如果说这本书见微知著地体现了我们目前取得的些许成绩，那么这一切都离不开留学管理者"莫道桑榆晚，彩霞尚满天"的乐观主义的拼搏奋斗精神，更离不开学校领导、社会各界的鼎力支持。每一篇文字，每一张照片，都是江苏大学来华留学工作上下齐心，各部门通力合作最生动的展示。尤其是学校宣传部、各级新闻媒体的记者朋友，多年来对海外教育学院的发展，对留学生的成长给予了热切的关注，并用他们的笔触、镜头，为学院的建设和发展鼓与呼。如果没有他们不遗余力的关怀与帮助，我们的来华留学工作将很难取得这样的成绩，编辑出版这本书也就无从谈起。值得一提的是，这本书也是学校迎接国家首批"来华留学质量认证"工作很有说服力的佐证材料。在此，我们谨向为学院的对外宣传工作给予大力支持、付出辛勤汗水的各界人士表示衷心的感谢！

江苏大学出版社的领导和编辑也对本书的出版给予了大力的支持。在此，一并表示感谢！

尽管我们做了种种努力，本书的错漏之处仍在所难免，敬请广大读者批评指正。

王丽敏

2016 年 6 月